**Peter Geye** est né et a grandi à Minneapolis où il vit toujours avec sa famille et où il conduit des ateliers d'écriture au Loft Center. Diplômé de l'université de La Nouvelle-Orléans et de la *Western Michigan University*, il est l'auteur de quatre romans dont deux sont publiés en France jusqu'ici : *L'Homme de l'hiver*, lauréat du Minnesota Book Award, (2017) et *Au nord du Nord* (2022).

Arrière-petit-fils d'immigrants, il a passé l'essentiel de son enfance avec sa grand-mère maternelle norvégienne, qui vivaient dans sa famille. Ses histoires sont une source d'inspiration depuis son premier livre. Il a aussi passé une bonne partie de son enfance à batifoler dans la nature sauvage du Minnesota du Nord, qu'il considère comme son deuxième chez-lui.

C'est dans cette région limitrophe du Canada où les lacs se transforment en rivières, les rivières en lacs, et les hivers, en épreuves du feu, que Peter Geye a installé son univers romanesque. La famille Eide, dont les racines se cristallisent dans les glaciers de Norvège, y habite Gunflint, petite ville imaginaire, depuis trois romans et plusieurs générations.

# L’homme de l’hiver

Du même auteur
aux Éditions Rivages

*Au nord du Nord*, 2022

Peter Geye

# L’homme de l’hiver

Traduit de l’anglais (États-Unis)
par Anne Rabinovitch

Rivages

Retrouvez l'ensemble des parutions
des Éditions Payot & Rivages sur

payot-rivages.fr

Titre original :
*Wintering*, Borzoi Book/Alfred A. Knopf

*À mes garçons, Finn et Cornac.*
*À Dana, toujours.*

La région située entre le lac Supérieur et le lac des Bois est, comme la ligne de partage des eaux entre la baie d'Hudson et la vallée du Saint-Laurent, un assemblage hétéroclite de collines avec, dans les intervalles, des lacs, des rivières, et des fondrières de formes et de tailles variées. C'est en réalité une terre noyée, dont les eaux assument leurs particularités pérennes grâce à un équilibre entre la rétention et le dégorgement.

Ils communiquent presque tous entre eux, soit par voie d'eau soit par portage, de telle sorte que le voyageur peut atteindre le lac des Bois en suivant de multiples itinéraires qui diffèrent seulement par le danger, la difficulté et le nombre de détours.

John Jeremiah Bigsby

Nos hivers sont constants, indéfectibles, nous prenons ce qu'ils apportent, mais cette saison a mis à rude épreuve les plus fervents d'entre nous. Le thermomètre suspendu au bord de ma fenêtre indique moins trente-cinq degrés. Cinq degrés de plus qu'hier, une journée déjà plus douce qu'avant-hier. J'entends les pins qui explosent, les éclats et la pulpe du cœur des arbres jaillissant de part et d'autre sur la rivière du Bois Brûlé.

Comme si le froid n'était pas assez cruel, un autre événement est venu hier en redoubler la rigueur. Gustav Eide est venu me l'annoncer, tenant le bonnet de laine rouge que son père mettait presque chaque jour – semblable à celui porté par les enfants pour faire du toboggan –, ramassé par les jumeaux Bargaard alors qu'ils patinaient de l'autre côté du brise-lames.

Ce n'était pas la première fois que Gus venait frapper chez moi cet hiver-là. En novembre dernier c'était son propre chapeau qu'il tenait dans ses mains. Gus, avec le regard esseulé, indolent de son père, tête nue mais son manteau boutonné jusqu'en haut.

« Je m'en veux de passer à l'improviste, Berit, avait-il dit alors.

– Depuis quand faites-vous tant de cérémonies ? Entrez. »

Il s'avança à l'intérieur mais resta appuyé contre la porte, fixant les lacets de ses bottes. J'ai assisté à beaucoup des malheurs de cette ville, je connais sa souffrance et ses tragédies, et ils sont restés présents dans mon esprit. J'attendis que Gus se décide à parler, soudain gagnée par une tristesse intime, rémanente.

« Il a disparu hier soir, Berit. » Il me l'annonça sans me regarder. « Il est parti. »

Je me retournai et m'avançai avec précaution jusqu'au banc, où je m'assis.

« Nous avons repéré des empreintes de pas en amont de la rivière », poursuivit-il.

Je levai les yeux vers lui, qui me fixait à présent. Je me revis assise au chevet de son père la veille au soir, lui prenant la main pendant que je chantais pour lui. Je me souvins du regard qu'il avait posé sur moi sans me voir, en quête du passé qu'il était le seul à discerner. Il m'effaçait de son champ de vision. Cela, je le savais.

Gus vint prendre place à côté de moi sur le banc. « Ce nouveau shérif – il s'appelle Ruutu – dirige les recherches. Nous sommes remontés jusqu'aux chutes les plus basses, et au-delà. Les chiens ont perdu sa trace vers le gouffre du Diable. Ruutu est redescendu à Gunflint pour demander du renfort. »

Il se pencha pour me prendre la main, un geste à la fois étrange et familier qu'il tenait sûrement de son père, et qui m'apaisa. Il y a chez les Eide une profondeur qu'aucune ligne de sonde n'atteindra jamais. C'était vrai pour Harry et j'ai fini par le déceler chez Gus, mais ce matin de novembre il me connaissait beaucoup mieux que je ne le connaissais.

« Ils ne le trouveront pas, Berit. »

Il lâcha ma main, se cala sur son siège, et frictionna ses joues glacées.

« Pourquoi dire une chose pareille ? Il ne peut pas être allé bien loin, répondis-je, repensant à l'expression lointaine des yeux de Harry.

– Ce ne sera pas la première fois, n'est-ce pas ?

– Parlez sans détour, je vous prie. Par égard pour une vieille dame ? »

Gus me fixa sans me voir, tel son père à peine quelques heures auparavant. « Ici, on ne retrouve jamais les gens qui disparaissent. Pas dans ces bois. » Il ferma les yeux, secouant la tête comme pour chasser une pensée. « Vous voulez bien préparer du café ? Je vais vous raconter comment tout cela est arrivé. »

Je suis donc allée dans la cuisine, j'ai rempli la bouilloire au robinet de l'évier. Pendant que l'eau coulait, j'ai regardé vers l'amont de la rivière que j'ai rarement quitté des yeux depuis. Ce jour de novembre, deux histoires ont commencé. La première était nouvelle, la seconde aussi vieille que le monde. L'une et l'autre portées par la rivière.

Ruutu et ses adjoints, Gus et sa sœur, Signe, ainsi que les bonnes gens de Gunflint, passèrent une semaine à chercher Harry, s'élançant à l'aube sur une nouvelle piste sans issue à travers l'étendue neigeuse, reparaissant le soir au terme de leur équipée, épuisés, transis, aussi bredouilles que la veille. Gus s'arrêtait alors chez moi pour me dire où ils étaient allés, m'assurant chaque fois sans exception qu'ils ne le retrouveraient jamais. Et pourtant, il se remettait en route le lendemain avec les autres. Parfois trois ou quatre groupes partaient, chacun prenant une direction différente. Lorsqu'ils renoncèrent enfin, abandonnant Harry au monde sauvage, ce fut sur l'insistance de Gus. Signe rentra chez elle, à Minneapolis. Gus retourna au lycée d'Arrowhead, où il enseignait l'anglais et l'histoire. Et Ruutu se consacra de nouveau aux délits mineurs et aux infractions au code de la route du comté.

Moi ? Je poursuivais les recherches à ma façon. Ce premier matin, je visitai la couche de Harry. Il y avait la tête de lit en fer forgé, les draps de flanelle, l'édredon froissé à ses pieds. Harry avait toujours trop chaud. L'empreinte de son crâne était encore visible sur l'oreiller. Les médicaments, posés sur la table de chevet, à côté de la radio et d'un verre d'eau à demi plein. La commode placée face à la table de nuit était vieille et abîmée par le temps, autant que le lieu secret où Harry avait enfoui sa mémoire. Je traversai la pièce, j'ouvris le tiroir du haut, et remarquai tout de suite que son bonnet tricoté avait disparu. Bizarrement, le pompon avait été coupé.

J'avais passé la soirée précédente comme beaucoup d'autres auparavant, assise à son chevet, lui rappelant qui nous avions été autrefois, sentant par instants que j'étais happée par les ténèbres de son esprit et, même, effacée de la surface du monde. Ce soir-là, voir un homme encore si solide sur le plan physique redevenir un enfant était aussi étrange qu'au début de sa période de confinement. Pas moins étrange, toujours aussi intolérable.

D'après mes souvenirs de cette dernière nuit passée auprès de lui, il ne laissa paraître aucun signe indiquant qu'il se préparait à partir. Pas un seul mot, pas un geste qui m'eût donné à réfléchir. Il ne fit rien qui aurait pu m'alerter. Ce soir-là j'espérai simplement, comme tous les autres soirs, que lorsqu'il s'endormirait, ce serait en sachant que je l'aimais, et que ses rêves, s'il en avait, seraient paisibles.

Le Dr Ingebrigsten – qui avait grandi à Misquah et fait ses études de médecine à Minneapolis avant de revenir à Arrowhead parce que, disait-elle, cet endroit avait besoin de l'un des siens pour prendre soin de ses malades – nous décrivit, à Gus et à moi, ce que la vie de Harry allait devenir. « À nos yeux, expliqua-t-elle, le passé est semblable à une journée d'été ensoleillée. Les arbres verdoyants, les fleurs épanouies, l'eau bleue qui scintille. Le passé de Harry va peu à peu s'effacer de sa mémoire, et malheureusement, il finira par avoir l'impression que cette période de sa vie est plongée dans une tempête de neige nocturne au cœur de l'hiver. » C'était un matin de septembre illuminé par le flamboiement des feuillages d'automne – la plus belle saison dans nos régions – et je me mis à pleurer à l'idée que même s'il vivait encore dix ans, l'homme de ma vie resterait à jamais indifférent à cette splendeur.

Ce matin-là, le Dr Ingebrigsten me dit aussi que la meilleure façon d'aider Harry serait de rester auprès de lui. De m'asseoir à son chevet, de lui parler, de lui répéter que je l'aimais encore. De le retenir parmi nous aussi longtemps que je le pourrais. Je fis ce qu'elle me disait. Bien sûr.

Aujourd'hui la moitié de l'hiver s'est écoulée depuis la disparition de Harry, et je peux enfin laisser mon esprit en repos. Je devrais éprouver du soulagement. J'en suis sûre. Savez-vous ce que l'on ressent quand on tient dans ses mains à vif la preuve de l'ultime peine de cœur qu'on connaîtra jamais ? Je l'ignorais moi aussi jusqu'à hier matin, quand Gus m'a rapporté le bonnet rouge de Harry, un flotteur en liège cousu à l'emplacement du pompon. Les récits de Gus et ce fichu bonnet – remis entre mes mains tel un verdict, et dont nous ne devions plus jamais reparler – ont laissé mon cœur dans le même état que les pins explosés le long de la rivière cet hiver.

Gus ne retira ses gants et ne déboutonna son manteau qu'une fois le café servi. Il fixait la fenêtre sans raison particulière, mais ses yeux étaient emplis de tristesse. Dehors, la première neige de la saison, qui était tombée toute la nuit sans interruption, se calmait enfin.

Je songeai aux habitants de la ville qui, à cet instant, fermaient leur anorak et déneigeaient leur véhicule. Coûte que coûte, ils arriveraient à l'église luthérienne d'Immanuel à temps pour l'office de neuf heures, affrontant le froid et la neige plutôt que de s'exposer aux feux de l'enfer. Les familles pénétrant dans l'église, prenant place sur les bancs, le dos très droit. Les épouses et les enfants captivés par les mots sacrés du pasteur Nils. Les hommes assis auprès d'eux, la tête baissée ou levée vers le ciel. Ses prières silencieuses étaient aussi audibles que son chant lorsque venait l'heure d'entonner un cantique. J'ai vécu parmi ces gens pendant près de soixante ans – toute ma vie d'adulte et la fin de mon enfance. Je connais leur manière de vous faire attendre.

Je patientai donc, me réchauffant les mains avec ma propre tasse de café. Au bout d'un moment, il détourna les yeux et retira son manteau.

Il parla lentement, presque comme s'il avait répété son texte, ce qui bien sûr n'était pas le cas. « Vous l'avez rendu très heureux, Berit. Grâce à vous, sa vie a été digne d'être vécue. » Il fit une pause et me regarda. « Qu'y avait-il de digne dans l'état où il se trouvait, à votre avis ? J'aurais pu partir moi aussi, si j'avais su ce qui allait se passer. Bon Dieu, je me serais pendue au plafond de la fish-house[1]. » Il porta son café à ses lèvres mais ne but pas. « Je suis désolé », dit-il par-dessus le bord de la tasse. Il avala une gorgée, puis reprit. « J'ai sans doute adopté son habitude de dire toutes les idioties qui me passent par la tête. » Il essaya de sourire, mais en vain. « Ces derniers temps, je me suis beaucoup interrogé sur les souvenirs qu'il avait pu conserver. Se rappelait-il encore quelque chose ? » Il s'interrompit de nouveau. « Je suis sûr qu'il n'avait pas oublié les bons moments passés avec vous.

– Inutile de me ménager, Gus. Je le connaissais. »

Comme s'il n'avait rien entendu, il poursuivit. « Quand Tom et Greta étaient bébés, je les portais pour les endormir. Vous savez, je me promenais dans la maison la nuit, leur murmurant des mots à l'oreille, je leur chantais des berceuses, je leur assurais que tout irait bien. J'aimais à penser qu'ils me croyaient, que ma voix les apaisait et finissait par les calmer, et ensuite ils sombraient dans le sommeil. » Il sourit. « Bien entendu, ils ne comprenaient pas un traître mot. Ils savaient seulement qu'ils étaient fatigués

1. Il s'agit d'un bâtiment servant à stocker l'équipement de pêche, assez grand pour y entreposer un bateau en hiver. On en trouve sur la côte du lac Supérieur, dans le Minnesota. *(Toutes les notes sont de la traductrice.)*

et malheureux. » Il inspira profondément et secoua la tête. « J'aurais vraiment aimé qu'il prononce une petite phrase toute simple avant de partir. Juste une petite phrase, bon sang.

– Je vous regarde, Gus, et je constate que vous êtes son portrait craché. Mais vous n'avez pas hérité de son franc-parler, n'est-ce pas ?

– Pardonnez-moi, Berit. Même au mieux de ma forme, ce que je dis n'a ni queue ni tête.

– Vous avez affirmé qu'ils ne le retrouveraient pas.

– C'est la vérité.

– Eh bien, je vais passer tout l'hiver ici avec vous », dis-je.

Il leva les yeux avec un sourire et, par un tour de passe-passe, posa sur la table un petit carnet relié en cuir d'orignal. « Il va sans doute falloir vous y résoudre, répondit-il. Ruutu a trouvé cet objet en amont de la rivière. » Il le fit glisser de mon côté.

« Qu'est-ce que c'est ?

– La preuve qu'il n'a jamais trouvé ce qu'il cherchait. »

Je le ramassai, l'ouvris à la première page et je vis une carte du littoral du lac Supérieur, dessinée à la main.

« Je ne sais pas comment aborder le sujet. J'ignore si la conclusion que j'en tire est logique ou si je suis moi aussi en train de perdre la tête. Mais vous pouvez peut-être m'aider à comprendre, Berit.

– À comprendre quoi, Gus ?

– Pourquoi il s'en est allé. Ce qu'il a laissé derrière lui. » Il secoua la tête. « Ce qui s'est passé cet hiver-là, quand j'étais jeune.

– Je sais ce qui s'est passé cet hiver-là.

– Non, c'est faux. Vous ne savez pas tout. »

Je me levai pour refaire du café et, lorsque je me rassis, je répondis : « Ce matin, les gens manquent l'office pour aller chercher votre père, le pasteur Nils prie pour un vieil homme perdu dans les neiges, et vous êtes en train de raconter des histoires à son amoureuse.

– Je vous le répète, ils ne le retrouveront pas. C'est tout. Le pasteur Nils est un brave homme. L'un des meilleurs. Mais ses prières ne porteront pas secours à mon père. » Ses yeux étaient vitreux. « Et vous ? Vous n'étiez pas seulement sa bien-aimée. Vous le savez aussi bien que moi. Vous étiez la seule raison qui l'a empêché de partir il y a trente ans. Écoutez-moi jusqu'au bout, Berit. Je vous en conjure, cessez de vous persuader que mon père n'est pas mort et qu'il ne repose pas en paix aujourd'hui. » Il ferma les paupières, puis les rouvrit. « À supposer qu'au fond de l'eau il ait trouvé le repos. »

Je n'eus pas besoin d'attendre tout l'hiver que Gus se mette à parler. Ni même la fin de la matinée. Assis dans ma cuisine, il aborda aussitôt le début du récit, du moins je le suppose. En tout cas, il commença par une matinée de la fin de l'automne 1963, trente-trois ans plus tôt.

Harry examinait le recueil de cartes en cuir d'orignal à la lumière de la lampe qui éclairait la table de la cuisine. Le transistor bourdonnait sur le plan de travail. « Je suis vraiment bête de penser autant à ces choses, dit-il.

– Sûrement pas », répliqua Gus. Pourtant ces cartes l'inquiétaient. Même à cette époque.

« Dès le premier jour où j'en ai recopié une, j'ai su que je m'en servirais. Ne me demande pas comment. » Il referma le carnet et le poussa sur le côté. Sur les cartes Fisher étalées sous ses coudes, tous les lacs, torrents et portages étaient reproduits avec exactitude.

La radio s'anima, c'était l'heure des informations du lundi. Nationales, locales, puis le sport, il fut question de la World Series des Yankees et des Dodgers qui démarrait le lendemain. Avant le bulletin météo,

Harry éteignit le poste, puis traversa l'immense pièce. Au-dessus du manteau de la cheminée était accroché le tableau que Lisbet avait peint de nombreuses années auparavant. Celui qui, disait-elle, lui rappelait son mari quand il était absent. La tête courbée sous un capuchon de pluie, des bretelles maintenant son pantalon ciré. Son bateau – qui avait appartenu à son père avant lui, et faisait autant partie de la ville que la famille Eide – flotte sur une eau lisse. Il y a un enrouleur de filets chargé à l'arrière. Des bacs à poissons empilés jusqu'aux plats-bords. Le tableau, intitulé *Les Filets*, était, selon les critères de sa mère, le meilleur qu'elle eût produit.

« Hé Gus, lança Harry, viens ici. »

Le garçon repoussa les œufs auxquels il n'avait pas touché et traversa la pièce.

Harry lui dit, sans quitter l'œuvre des yeux. « Il y a quelques mois, Charlie Aas amène ici son ami collectionneur, Ruben Mazecki. Nous n'avions jamais rencontré ce type avant, c'était un des potes de Charlie, un avocat véreux de Duluth. Voilà donc Ruben planté ici même, dans son costume trois-pièces, avec un drôle de chapeau vissé sur le crâne, qui pend mollement sur son œil. Il empeste l'encaustique. Il dit à ta mère : "Je vous en donne cinq mille dollars." » Harry pencha la tête, comme pour inspecter plus attentivement le tableau accroché depuis une décennie au-dessus de leur manteau de cheminée. « Cinq mille dollars, hein ? » Sa voix retomba et il étudia de nouveau la peinture.

« Maman me l'a raconté.

– Bien sûr. » Il regarda Gus. « Ce n'était pas l'argent de Mazecki. Ni son idée. Tu savais ça ? » Il ferma les yeux. « Sacré Charlie. En tout cas, l'offre de

Mazecki, c'est ce qui a déclenché tout ce gâchis. » Il fit un geste pour englober la pièce tout entière. La maison. Il se rapprocha encore du tableau et désigna le ciel en arrière-plan. « Au moins elle a vu juste pour l'horizon. Dieu sait combien de temps elle l'a observé. » Il entoura Gus de son bras. « Quoi qu'il arrive, ne deviens pas cet homme. » Il indiqua le personnage du tableau. « Cet homme te décevra, c'est sûr. »

Il lâcha l'épaule de Gus, contempla l'œuvre plusieurs minutes encore, hochant lentement la tête, jusqu'au moment où il entendit l'eau couler à côté, dans la salle de bains.

Il se tourna vers son fils qui le fixait d'un œil interrogateur, et sourit.

« Tu devrais manger tes œufs et prendre une douche bien chaude. Ce sera la dernière avant longtemps. » Il consulta sa montre. « On part dans une heure. »

Plus tard dans la matinée, Gus regarda son père charger les canoës. La brume se levait sur la rivière. Sa mère vint sur la terrasse, posa son café sur la balustrade, et alluma une cigarette.

Un instant s'écoula, puis elle dit : « Tu n'es pas obligé de partir.

– Pourquoi est-ce que je ne partirais pas ?

– Pour cent raisons, je suppose. Tu connais la plupart d'entre elles. » Elle but une gorgée de son café. « Pour l'amour de Dieu, comment va-t-il survivre là-bas ? Il marche comme un vieillard à présent.

– Plutôt comme quelqu'un qui a passé toute sa vie penché au-dessus du bord d'un bateau.

– Au-dessus d'un tonneau de bière, tu veux dire. » Elle contempla la rivière un long moment. « Il marche comme s'il avait renoncé.

– Ou avait été battu.

– Tu as toujours été son grand défenseur. »

Gus regarda de l'autre côté de la clairière et cligna lentement des yeux à trois reprises. « Je croyais que notre départ te ferait plaisir. »

Elle ne répondit pas et resta immobile, observant son mari à travers les volutes de fumée de sa cigarette, puis à travers le nuage de brouillard qui planait au-dessus de la clairière entre leur maison et la rivière. Elle écrasa son mégot et le laissa tomber dans sa tasse vide. « Ce qui est arrivé à ton père s'est passé il y a très longtemps. Avant ta naissance. Avant même qu'il m'ait rencontrée. »

Gus eut envie de la gifler. Au lieu de cela, il dit : « Je sais ce qu'il a vécu. Tout le monde le sait.

– C'est peut-être ce que tu crois. » Elle fixa de nouveau la clairière. Quand elle se tourna vers Gus, ses yeux étaient pleins de larmes.

« Oh, je t'en prie, dit-il.

– Tu dois aller à l'université, Gus. Le monde ne va pas attendre la fin des combines de ton père. Tu as lu le journal. Le monde court à la catastrophe. Ne sois pas stupide.

– Je n'ai pas peur de ce qui se passe. »

Elle sécha ses larmes, qui semblaient encore plus fausses maintenant qu'elles avaient disparu. « Et tu t'imagines que gambader dans les bois avec lui sera un bon entraînement ? Tu crois qu'il peut t'apprendre tout ce dont tu as besoin grâce à son immense expérience ? »

Gus se contenta de secouer la tête.

« Mon Dieu, tu es son fils, n'est-ce pas ? Vous ne resterez pas là-haut assez longtemps pour voir la glace se former. » Elle déposa un baiser sur son front.

« Vous serez tous les deux de retour dans une semaine, voilà ce que je pense. » Elle fit demi-tour et entra dans la maison.

Gus entendit la radio se mettre en route et sa mère régler la fréquence, cherchant la station de musique. Ce n'était possible que par temps clair, et au bout d'une minute elle éteignit le poste.

Ce matin-là, un été s'était écoulé depuis que Gus avait terminé le lycée, et il avait dix-huit ans. Les épaules aussi larges que celles de son père.

Harry le regarda traverser la clairière et demanda, lorsqu'il atteignit les canoës : « Où est passé le garçon que tu étais autrefois ? »

Gus était encore sous le coup des paroles cinglantes de sa mère. « On est prêts ? »

Harry s'accroupit, ramassa une poignée de cailloux sur le rivage, et les laissa filer entre ses gros doigts. « Je devrais te donner encore une chance de te défiler. Tu as des tas de bonnes raisons de rester ici.

– Je ne me défile pas. »

Harry désigna la maison. « Retournes-y et appelle l'une des universités qui ont accepté ton dossier. Va-t'en d'ici pour de bon. Le plus loin possible, dans un endroit que tu ne pourras atteindre ni à pied ni à la rame.

– Je ne me défile pas. D'ailleurs, qui te chanterait ces chansons ? Qui pêcherait tes poissons ?

– Très bien alors. Tu as ta boussole ? Des allumettes ? »

Gus palpa la poche arrière de son pantalon militaire.

« Tu as dit au revoir à ta mère ?

– Quelque chose comme ça.

– Ta sœur est réveillée ?

– Je lui ai fait mes adieux hier.

– Moi aussi. »

Gus regarda à l'intérieur des canoës. « Tout est là ? »

Harry vint près de lui et ils passèrent en revue le chargement. Chaque canoë contenait deux sacs Duluth n° 4. Dans celui de Gus, la pagaie supplémentaire et la carabine Remington étaient fixées sous les barreaux, comme les cannes à pêche, la hache, les poignées de pioche et les scies dans le canoë de son père. Les skis de fond et les bâtons étaient attachés à la structure de chaque embarcation. Les raquettes accrochées à deux des sacs.

« Je crois bien », répondit Harry, passant brièvement en revue la maison et le haut de la rivière avant de consulter sa montre. « Gus, mon gaillard, là où nous allons, eh bien, des hommes plus forts que toi et moi se sont perdus. »

L'eau était calme le long de la rive, les arbres se détachaient dans la clarté du matin. Gus avait très peur, car il savait combien la nature était sauvage au-delà des méandres de la rivière, mais aussi qu'il y avait autre chose en jeu, et qu'ils laissaient derrière eux un non-dit abyssal. Malgré sa frayeur, il se tourna, les yeux vers le visage plein d'espoir de son père, et se sentit gagné par une excitation juvénile. « Si on se perd, répondit-il, alors on se perdra ensemble ! »

Harry eut un large sourire. Il prit une pincée de sa blague à tabac et poussa son canoë sur la rivière.

Il leur fallut à peine une demi-heure pour atteindre les basses chutes. Pendant les mois chauds de l'été, Gus avait passé d'innombrables heures dans ces piscines, jetant des mouches mortes dans les creux abrités, nageant avec ses amis. Mais lorsque son père et lui s'avancèrent dans l'eau peu profonde, elle était si glacée qu'il eut l'impression qu'elle était tombée de la lune.

Ils franchirent les chutes à pied. Portant d'abord les sacs, puis les canoës sur leurs épaules. Lorsqu'ils les remirent à l'eau plus haut, Harry observa : « On aurait pu se charger un peu moins. »

Gus voyait la poitrine de son père se soulever sous la chemise de flanelle. Harry détacha un brin de tabac de sa lèvre et le recracha.

« On pourrait se débarrasser de ta trousse de rasage, suggéra Gus.

– Et vivre comme des animaux ? Et si on jetait ta petite guitare ?

– C'est une mandoline.

– Exactement ce que j'ai dit.

– Ou bien tu pourrais tenir le coup », répliqua Gus.

Harry eut un large sourire et poussa le canoë de son fils avec le bout de sa pagaie. « Bien sûr. »

À peine une demi-heure plus tard, ils atteignirent le gouffre du Diable, où le Bois Brûlé se divise en haut des chutes. Une cascade se précipitait dans une auge de roche déchiquetée d'une dizaine de mètres avant de tourbillonner avec une force égale à celle de son débit. L'autre s'écoulait directement dans le gouffre. C'était depuis des générations un lieu de légende aussi sacré, croyait-on, que l'église luthérienne d'Immanuel. Ils se trouvaient encore en aval, maintenant leurs embarcations dans le courant.

« Ça fait un bon moment que je ne suis pas venu aussi loin », dit Harry, regardant à droite et à gauche les parois de la gorge qui se dressaient à pic au-dessus d'eux.

« Elle est moins abondante, dit Gus. Nous avons pêché ici au printemps et c'était impossible de s'approcher des chutes.

– Les poissons descendent les basses chutes ?

– Les gros, oui.

– Les gros ? J'espère que ta vantardise ne nous retombera pas sur le coin de la gueule. Nous allons avoir besoin de quelques gros poissons dans les mois à venir. »

Harry se frotta les yeux avec le dos des mains, puis regarda de nouveau les chutes, se demandant peut-être si elles changeraient un jour. Il secoua la tête. « Qui pourrait envisager de dompter cette eau un jour ? Regarde ça. » Malgré le flux ralenti de l'automne, le vacarme était assourdissant. « Tu crois que cette eau a envie d'être maudite ? Comme s'il n'y avait pas assez de dynamite dans le monde pour élargir ces parois de rocher ? Et dans quel but ? » Il secoua de nouveau la tête. « Les hommes comme Charlie en veulent toujours plus. Et pourtant ils ne sont jamais satisfaits. » Il regarda son fils. « Peu importe. Quand il se réveillera demain matin, il devra faire face à des problèmes autrement sérieux que l'endiguement de cette rivière. »

Gus avait bien sûr entendu parler de ces absurdités. Comme nous tous. Il était question d'endiguer non seulement le Bois Brûlé, mais aussi une demi-douzaine d'autres chutes plus au nord, vers les régions frontalières. Des rumeurs circulaient sur ces projets depuis des années. La promesse d'un accroissement de la production de minerai de fer, de bois d'œuvre, de cuivre et, plus récemment, d'hydroélectricité. Harry faisait depuis longtemps partie des gens qui allaient aux réunions pour s'indigner. Charlie Aas répliquait toujours avec force.

« Ce sera plus difficile que les basses chutes, prévint Harry.

– J'ai escaladé ces chutes cent fois.

– Avec quarante kilos sur le dos ? » Harry passa en revue les options. « Tu veux prendre le chemin le plus long et les éviter ou couper par les chutes ?

– Faire le tour prendra une demi-heure.

– Tout bien pesé, ce n'est pas beaucoup. » Harry leva encore les yeux vers les cascades. « Un faux pas et notre aventure est terminée.

– Je sais, répondit Gus.

– Et nos vies avec. » Harry scruta la clairière dans les bois et le bas du sentier qui montait et contournait les chutes. C'était la voie dictée par la prudence, ils le savaient l'un et l'autre. « Mais nous sommes casse-cou, non ? »

Harry plongea sa pagaie dans le courant et se dirigea vers la pente glissante entre la cuvette au pied de la chute et le gouffre. Gus le rejoignit, et quand les canoës furent tout près du bord, l'humidité de la brume les imprégna tous les deux. Harry mit pied à terre, tira son embarcation hors de l'eau, hissa un gros sac Duluth sur ses épaules, puis se tourna vers son fils. « Reste à droite, mon garçon.

– Parce que je ne le sais pas ? »

Harry gravit à tâtons les hautes marches de pierre, se servant de ses mains et de ses bras autant que de ses jambes. Gus lui emboîta le pas, le visage au niveau des talons de bottes de son père. À mi-chemin du sommet, à la hauteur du gouffre du Diable, Gus s'interrompit et resta bouche bée face au précipice, saisi par le souffle froid, acéré, par son odeur métallique.

Soudain pris de vertige, il agrippa les rochers et se hissa vers le haut sans se retourner. Bien sûr, les prises étaient risquées, l'eau qui dégringolait sur la paroi résonnait comme le grondement du tonnerre, si fort qu'il ne distinguait même pas le son laborieux de sa propre respiration. Mais lorsqu'ils s'approchèrent du sommet, l'eau s'apaisa au-dessous d'eux et il entendit son père chanter.

Au début il crut qu'il s'agissait d'un bruit étrange montant de l'eau ou du fond de la Terre, un sifflement des cimes d'arbres sur la crête. Mais plus ils grimpaient et plus la voix de Harry s'affirmait. Profonde, puissante, comme s'il venait juste de la trouver en chemin. Les paroles d'une chanson que Gus n'avait jamais entendue, chantées dans une langue qu'il avait passé quatre années de lycée à étudier et un bref été à oublier : *« À la claire fontaine m'en allant promener, j'ai trouvé l'eau si belle que je m'y suis baigné. Il y a longtemps que je t'aime, jamais je ne t'oublierai*... »*

Ce soir-là ils campèrent sur la rive du lac Boréalis. Ils avaient pagayé dix heures jusqu'au Bois Brûlé avec seulement trois portages de courte durée et une demi-heure pour déjeuner à terre. Quand Harry se déplia pour sortir de son canoë, il était aussi raide qu'un canif. Il fit lentement craquer son dos et se tourna vers Gus. « Pas mal, pour une première journée de pagayeur, hein ?

– Si elles sont toutes aussi faciles, je vais être déçu », répliqua Gus. Il le pensait vraiment.

---

* Les passages en italique suivis d'un astérisque sont en français dans le texte.

Harry lui adressa un sourire rusé. « Oh, tu ne le seras pas. » Il fit encore craquer son dos. « Comment était ton bateau ? »

Gus caressa le plat-bord en cèdre lisse. « Loyal », répondit-il, parce que pendant les mois qu'ils avaient passé à les construire ce mot avait été le mantra et la prophétie de son père.

« Loyal. C'est bien ça, fiston. »

Depuis longtemps il n'avait pas vu son père aussi paisible et il en était lui-même surpris, considérant le nombre d'années qui s'étaient écoulées depuis sa dernière expédition. Gus savait que quelque chose clochait, parce que cette décontraction avait rarement fait partie de la nature de Harry. Cela le rendit nerveux. « On ferait mieux de s'installer, dit-il.

– Allons-y. »

Comme tous les soirs suivants, Gus lança une ligne dans l'eau pendant que Harry ramassait du bois et mettait le riz en route. Deux filets de brochet furent bouillis et salés avant que le riz fût à point, et ils mangèrent dans des assiettes en étain, le soleil se couchant au-dessus des arbres derrière eux. Ils gardèrent le silence, ainsi qu'ils l'avaient fait pendant une bonne partie de la journée, et quand ils eurent terminé de manger, Gus frotta les casseroles et les assiettes, puis ranima le feu avant de sortir sa mandoline de son étui.

Tandis qu'il jouait quelques accords à la lueur de ce magnifique crépuscule, son père prit un morceau de bouleau sur le tas de bois et le débita en bûches de cinquante centimètres. La hachette – comme les canoës, les sacs de couchage, les pagaies et près de la moitié de leur équipement – avait été fabriquée par Harry. Dans le fourneau qu'il avait construit, il avait fait fondre le vieux moteur Buda du bateau de pêche hors service de son propre père. Il avait coulé les hachettes et les couteaux dans des moules d'argile, martelé les bords sur une enclume, les avait affûtés avec des limes, puis avec sa ponceuse à courroie, et enfin, avec du papier émeri et la pierre à aiguiser. Il avait amassé du cuir pour les poignées, taillé des peaux d'orignaux pour les étuis, et voilà qu'il était sur le rivage du lac Boréalis, en train de tailler une branche de bouleau devant le feu.

Il travaillait, selon son habitude, comme s'il avait l'esprit tout à fait libre, ses mains obéissant à l'instinct plutôt qu'à un raisonnement logique. Avant la fin de la première chanson, il avait déjà retiré toute l'écorce du bouleau.

Gus cessa de jouer. « Qu'est-ce que tu es en train de faire ? »

Harry examina son ouvrage en détail, jeta un coup d'œil au feu, et dit : « Joue-moi encore un air, tu veux bien ? »

Gus gratta sa mandoline une seule fois avant de répéter sa question.

« Je suppose, répondit son père, que ce sera un calendrier. Nous pouvons y marquer chaque jour d'une encoche. » Il acquiesça, satisfait, et reprit : « Rejoue-moi cette chanson maintenant, hein ? »

Gus s'exécuta. Il joua jusqu'à l'apparition des étoiles.

Deux jours durant, ils pagayèrent contre le courant faiblissant du Bois Brûlé, portant leur chargement pendant la traversée des cascades, préparant leur déjeuner sur un feu au bord de la rivière, plantant leur tente chaque soir dans des clairières. Chacun s'habituait déjà à la compagnie silencieuse de l'autre. Aux étranges appels de la nature environnante.

Ici la rivière devenait plus étroite, alors même que les arbres de la berge s'éloignaient. Ils pouvaient toucher de part et d'autre les hautes quenouilles brunissantes avec les pales de leurs pagaies, l'eau bourbeuse s'infiltrant vers la berge où poussaient les pins gris. Tous les trente coups de rame environ ils découvraient une rive dont les buissons avaient été dévastés par les orignaux en quête de nourriture.

Tandis qu'ils pagayaient, Harry chantait à tue-tête : « *Le fils du roi s'en va chassant / En roulant ma boule / Avec son grand fusil d'argent, roulis, roulant, ma boule roulant**...

– Mais des chansons d'amour ? demanda Gus. Pourquoi ?

– Ce sont des *chansons**. Des chants de voyageurs.

– À quoi bon brailler comme ça ?

– Tu veux surprendre un cerf dans cette partie exiguë de la rivière ? Sans aucune issue à l'horizon ? Ils sont plus excités que toi à cet instant. Tu tombes sur l'un d'eux sans crier gare et tu te retrouves avec un bois dans le cul avant même d'avoir hurlé de douleur. » Harry sourit et recommença à chanter. Ils continuèrent de pagayer.

Une heure plus tard, la rivière et la fondrière se transformèrent en petit cours d'eau de deux mètres de large, profond d'une cinquantaine de centimètres à peine. Leurs pagaies heurtaient les rochers sous eux, le choc aigu se réverbérait dans leurs mains. Au bout de quelques minutes, Harry sortit de son canoë et déballa un morceau de corde. Gus l'imita. Ils nouèrent les cordages sur la proue, les passèrent sur leurs épaules, puis les attachèrent, et ils se mirent à tirer leurs bateaux en file indienne dans ce qui restait de la rivière. Lorsque les arbres se refermèrent au-dessus d'eux, ils durent se courber, puis ramper à travers l'enchevêtrement d'arbustes et de branches.

« J'espère que ça signifie que nous approchons du Bois Brûlé, dit Harry. Ça devrait être le cas. »

La rivière était glacée et les mains de Gus, déjà engourdies. « Tu t'attendais à ça ?

– Je ne m'attendais à rien du tout. Je ne m'attends à rien. » Il jeta un coup d'œil par-dessus son épaule, vers le côté tribord de son canoë, et le fixa un moment. Gus se souvenait encore de ce regard. Après toutes ces années, il le reconnaissait comme un avertissement. En cherchant à savoir s'il avait anticipé l'enchevêtrement d'arbres et le peu de profondeur de l'eau, Gus exprimait sa première doléance, et Harry le savait aussi bien que lui. Et c'était seulement le troisième jour d'un périple qui devait durer des mois.

Gus n'avait posé que peu de questions au sujet des préparatifs de leur voyage, mais s'était demandé – la veille de leur départ – pourquoi ils ne s'étaient pas simplement rendus en voiture jusqu'à l'accès public au lac du Bois Brûlé pour partir de là. Le trajet aurait duré moins d'une heure depuis le pas de leur porte, leur épargnant beaucoup d'efforts inutiles, et la traversée de ce fouillis de branches inextricable.

La raison, lui avait répondu Harry était que les « voyageurs d'antan » n'avaient pas bénéficié de l'avantage d'être remorqués jusqu'à l'accès public, et que Gus et lui n'y avaient donc pas droit. L'idée, fidèle à l'esprit de leur aventure, ne manquait pas de noblesse. Mais contraint de marcher à quatre pattes pour tirer son canoë tel un cheval aveugle et obstiné, il fut incapable de se contrôler. « L'eau est gelée, se plaignit-il.

– Je suppose que nous aurons droit à un bain glacé de temps à autre, répliqua Harry sans quitter son canoë des yeux.

– Je croyais que c'était une rivière », protesta Gus, continuant sur sa lancée.

Harry se releva sur un genou, plongea sa main en coupe dans l'eau, puis l'approcha de sa bouche. « Gus, mon garçon, il va y avoir des périodes plus difficiles que d'autres. Nous allons nous mouiller et souffrir du froid. Je ferai en sorte de t'éviter le choc de cette découverte. Ne crachons pas dans la soupe, hein ? »

Gus ne répondit rien, mais dépassa son père en tirant son canoë et s'enfonça plus avant à travers le tunnel de branchages.

« Vous devez vous demander pourquoi nous étions là », dit Gus ce matin de novembre où il se mit à parler. « Pas seulement dans cette partie de la rivière, mais au-delà, au fin fond du monde sauvage où nous nous sommes aventurés. C'était incroyablement imprudent. D'être partis à cette époque de l'année, d'abord. Avec nos provisions ? Avec ce plan qui ne tenait pas debout ? Mon Dieu. » Il s'interrompit. « Bien sûr, j'aurais dû être à l'université. Courir à l'université. Mais je n'y ai même pas songé. Vous pouvez l'imaginer ? Quel gâchis de vies secrètes et détruites nous avait donc précipités dans cette expédition ? Quelle somme de chagrin et de colère ?

– Les gens courent toujours après leur tristesse. Dans les bois. Ou le grenier. Sur la glace. »

Gus ferma les yeux. « Je suppose que oui.

– Vous courez après la vôtre.

– C'est possible, répondit-il. Ou bien elle me court après, qui sait.

– Peut-être.

– Mais pourquoi me suis-je montré aussi irritable durant ces trois jours ? M'avait-il surestimé ? Étais-je encore un enfant ? Un petit garçon ? » Il bougea la tête comme pour acquiescer et dire non en même temps. Ou bien étions-nous dépassés par les événements ? Qui peut le dire ? Je sais seulement que lorsque les arbres ont pris de la hauteur au-dessus de moi, je me suis relevé et secoué comme un chien mouillé, et le lac du Bois Brûlé s'est déployé devant moi. Je me suis retourné vers mon père, encore à une centaine de mètres derrière moi, et vous savez ce que j'ai ressenti ? »

Je le regardai, attendant la suite.

« J'étais prêt à continuer. Si j'avais réagi différemment, nous aurions pu nous arrêter sur-le-champ. Nous aurions pu tout éviter. Mais je ne le voulais pas. J'ai fait deux pas en avant dans les tout premiers courants de la rivière, et j'ai interprété leur faiblesse comme le signe de ma force. Quand mon père s'est hissé à mes côtés, il n'a rien dit, il a seulement désigné la côte du lac. À cet endroit, debout au milieu des lentilles d'eau, des wolfies, de l'eau jusqu'au ventre, le fanon dégoulinant, ses énormes bois illuminés, se dressait un orignal. Il était magnifique. Et furieux, je le voyais.

« J'ai demandé : “Pourquoi est-ce qu'il ne prend pas la fuite ? Il devrait avoir peur de nous. Je pourrais l'abattre tout de suite. Il devrait le savoir.”

Mon père a dit simplement : “Oui, je le suppose.” » Il imita la voix de Harry à la perfection, puis se tut un moment. « Bon Dieu, Berit. Les choses que j'ignorais. »

Je sais ce que les gens pensaient de moi ici, pendant des années les plus méchants m'ont qualifiée de camionneuse parce que j'étais capable de soulever un sac postal de vingt-cinq kilos et que je n'avais pas de mari. En réalité, un seul homme a compté dans ma vie, et j'ai simplement choisi de l'attendre. Pendant la fin de mon premier hiver ici, et ensuite durant ce qui m'a paru une éternité.

Harry fut la première personne de Gunflint à me manifester une gentillesse particulière. Une chaude matinée d'été, je venais de me promener sur le rivage en cueillant des fleurs dans les fissures de la roche. À seize ans à peine il gagnait déjà sa vie, et était allé relever ses filets. Il était en train d'attacher son bateau à un taquet dans Lighthouse Road. « Voici un joli bouquet de fleurs carnivores, mademoiselle Lovig, dit-il.

– Pardon ? » répondis-je, surprise par le son de sa voix. Et plus encore de l'entendre prononcer mon nom.

Il termina son nœud et se présenta : « Je suis Harry Eide. » Nous échangeâmes une poignée de mains et il poursuivit : « Des grassettes. » Il indiqua du menton les fleurs que je tenais. « C'est ce que vous avez là. Il faudrait marcher longtemps pour les trouver ailleurs. »

Je posai les yeux sur les fleurs violettes, puis sur son visage frais, juvénile. Il aurait dû être souriant. Il me confia par la suite qu'il n'avait pas parlé depuis des mois. Depuis février. Ce qui semblait difficile à croire alors, et aujourd'hui encore, bien que je n'aie jamais – pas une seule fois – eu la moindre raison de mettre en doute ses paroles.

« Des fleurs carnivores ? demandai-je. Qu'est-ce que vous entendez par là ?

– Elles mangent des insectes. C'est la vérité.

– Comment le savez-vous ?

– Mon père me l'a dit.

– Comment connaissez-vous mon nom ?

– Je suppose que tout le monde le sait à présent.

– Mon prénom, c'est Berit. »

Il sourit, plutôt un demi-sourire, le coin droit de sa bouche relevé, l'œil droit plissé. « Berit Lovig. Bien. Enchanté. Mettez ces fleurs dans un vase. » Il fit un pas pour s'en aller, s'arrêta et dit : « Des grassettes. Elles ne poussent qu'ici. Cette sorte de grassette, du moins. Ici, au bord de l'eau. » Il s'interrompit encore une seconde, parut sur le point de dire quelque chose, puis remonta Lighthouse Road en direction du Traveler's Hotel où il prenait tous les jours son repas de midi. Des années plus tard, il me dit combien il lui avait été difficile de s'en aller sans rien ajouter. Sans me remercier. Sans me prier de me joindre à lui pour le déjeuner. Mais il ne fit rien de tout cela, et ces quelques minutes dans la rue seraient notre seul moment de vraie conversation en plus de vingt ans. Je sus dès cet instant, cependant, que c'était l'homme de ma vie. Et que je l'attendrais des années s'il le fallait.

Ce qui ne veut pas dire que je n'eus pas d'autres soupirants. Il y en eut quelques-uns. Charlie Aas, par exemple. Mais il était pourri jusqu'à la moelle, et cela n'a cessé d'empirer chaque jour de sa vie.

Lorsqu'il fut élu maire en 1960, il administra cette ville tel un seigneur ivre. Grâce à sa méthode musclée et à ses tours de passe-passe, il avait dissimulé son passé – entre autres, des accusations de braconnage et de maltraitance animale dont il avait été blanchi, et un bref séjour dans la maison de correction de Duluth pour avoir terrorisé le fils autiste des Bargaard. Il y avait eu sans nul doute d'autres infractions majeures ou minimes. Je peux l'affirmer parce que j'ai moi-même été victime de la brutalité de Charlie, mais en dehors de moi, la seule à être au courant a été Rebekah Grimm.

En 1960, il était connu pour son manteau de vison et ses mocassins dans une ville où tous les autres hommes, même M. Nelson, le professeur de musique du lycée d'Arrowhead – portaient des grosses chaussures. Charlie avait fait des études, il était à l'époque l'un des trois ou quatre habitants de Gunflint à posséder un diplôme de l'université du Minnesota. Il était président du conseil de l'église luthérienne d'Immanuel. Baron de l'immobilier. Pilote de brousse. Père de quatre enfants, une fille et trois fils. Il était respecté parce qu'on le craignait. Corrupteur. Corrompu. Escroc. Coureur de jupons. La plupart des gens le savaient. Au moins en partie.

Mais plus que tout – c'est la raison pour laquelle il s'en était sorti malgré tant d'affaires compromettantes – Charlie était troisième génération. Son grand-père avait construit une fish-house sur le port en 1891. Son père, Marcus, s'était battu avec le père de Harry pour les dollars de la vente du whisky de contrebande pendant la Prohibition. En un mot, en dépit de ses défauts, il avait une ascendance dans cette région, même si cela paraît insensé. Ce qui compte par-dessus tout pour les gens d'ici, c'est la lignée.

Charlie fit fructifier la sienne dans la fonction publique. Avant son élection, le poste de maire n'avait jamais eu beaucoup d'importance, mais il était déterminé à changer cela. Grâce à des partenariats avec les compagnies minières et les entreprises de bois d'œuvre, il fit fortune en disant simplement que nous devrions ouvrir les régions frontalières et non les protéger. Comme le précisa Harry, l'objectif de Charlie était de piller la nature et de s'enrichir sur ses ruines. Les cinquante hectares de Harry le long de la rivière du Bois Brûlé étaient au mauvais endroit. Cela faisait partie de leur problème. Mais l'obstacle principal était l'intégrité de Harry et sa propre influence sur les gens de la ville.

Pendant une année après son élection, Charlie joua franc-jeu. Ou du moins, à découvert. Harry et lui se querellaient dans le sous-sol de l'église, où avaient lieu les réunions du conseil municipal à cette époque, et j'y assistais très souvent. Charlie et ses complices portaient des costumes à cent dollars et des cravates de soie, tandis que Harry et quelques autres, vêtus de chemises de flanelle, apportaient la contradiction. Charlie émaillait son discours d'expressions comme « le bien du peuple » ou « l'expropriation » et parlait toujours d'emplois. Mais Harry – dont le nom avait toujours compté plus que celui de Charlie, malgré sa place de maire et sa fortune – refusait de céder. Et il trouva des alliés.

Charlie battit en retraite. Pendant des années, il essaya de reprendre le dessus, achetant des amis aussi vite qu'il se faisait des ennemis. Il était aussi habile dans un sens que dans l'autre, et donnait quelquefois l'impression qu'avec le soutien de ses copains républicains, il réussirait à gagner son combat contre la nature. Mais il n'y parvint jamais. Ni à cette époque. Ni plus tard.

L'été 1963, lorsque Gus et son père n'étaient pas en train de hisser des filets maillants presque vides, ils se trouvaient dans la fish-house, occupés à construire leurs canoës. Harry dit à son fils qu'il voulait lui enseigner quelque chose d'authentique avant qu'il quitte la ville, et c'était cela. La plupart des soirs, après avoir pêché toute la journée et dîné au Traveler's Hotel, ils mettaient un disque de Bill Monroe sur la platine et s'attelaient à cette tâche paisible. Ce fut pendant ces heures de travail que Gus apprit que son grand-père avait été un génie des bateaux, car chaque leçon – chaque mot – se référait à une parole prononcée par Odd. C'était le nom du père de Harry.

Gus avait vécu alors certains des plus beaux moments de sa vie. Mais il se souvenait aussi avoir souhaité que s'achèvent ces soirées de labeur afin de s'échapper pour retrouver Cindy Aas dans la maison d'Eddie Riverfish.

C'était la seule fille de Charlie. Elle avait l'âge de Gus, était dans la même classe au lycée, et son coup de cœur pour lui fut aussi inattendu et improbable que la neige en août. Il la connaissait depuis toujours, bien sûr, et ils avaient de tout temps été des adversaires purs et durs, pour ne pas dire des ennemis déclarés. Pom-pom girl, reine du bal du lycée, élève médiocre, elle aimait boire et fumer. Le genre de fille que les mères déconseillent à leur fils de fréquenter. Gus était un garçon calme, un élève excellent, performant dans l'équipe de ski de fond, membre du club d'échecs. Ces différences auraient dû suffire à les enfermer dans des cercles opposés, même sans les conflits entre leurs pères et leurs grands-pères respectifs.

C'était la musique qui les rapprochait. Cindy jouait du piano à l'église quand sa mère ne le pouvait pas, et elle était première flûte dans l'orchestre du lycée. Gus jouait de la guitare avec l'orchestre et était capable de gratter n'importe quel instrument à cordes. Les vieilles chouettes du sous-sol de l'église parlaient tout bas des sons que pourraient produire ensemble les deux jeunes gens, mais Cindy et Gus avaient à peine échangé quelques mots durant toute leur vie.

Après la remise des diplômes cet été-là, Gus se retrouva assis à côté d'elle sur la terrasse, à l'arrière de la maison d'Eddie. Il était assez tard pour que les invités, qui avaient carburé toute la soirée à la bière et à la marijuana, commencent à partir. Cindy ne dit pas grand-chose. Peut-être rien du tout, mais il se souvenait qu'elle avait levé les yeux vers lui pour l'embrasser, comme s'ils sortaient ensemble depuis des années. Il se rappelait l'intense tourbillon dans ses entrailles. Il avait été incapable de la repousser alors qu'il l'aurait dû.

Ce matin-là, dans ma cuisine, il était gêné d'en parler, même si longtemps après les faits.

Ils passèrent l'été à se voir en cachette. À nager dans la crique les nuits les plus chaudes, à se caresser dans le sous-sol de son amie, à rouler jusqu'au lac Long Finger avec un fond de bouteille de vodka et un paquet de Pall Mall. Elle montrait à Gus des choses qu'il n'avait jamais vues auparavant, et il adorait ça. Il entendait encore les chansons qui passaient à la radio, il se souvenait de l'éclat de ses cheveux sous le clair de lune.

Elle était entrée dans sa vie sur l'ordre de son père, mais il ne l'apprendrait que des mois plus tard. Il reconnut que ce fait compliquait leur histoire. Mais il sentait encore avec une absolue certitude que durant les nuits passées au bord du lac Long Finger, elle était avec lui parce qu'elle en avait envie, et il préférait oublier cette ombre au tableau.

Un de ces soirs au bord du lac, elle révéla à Gus que Charlie avait une liaison avec Lisbet. Ils se passaient la bouteille, jouant avec les boutons de la radio entre de longs baisers, parlant de musique et de leurs amis. Après une accalmie dans la conversation, Cindy déclara : « Mon père baise ta mère. » Puis elle éclata de rire, le regard fou, les yeux écarquillés. « *Scandaleux*, non ? »

Sans lui laisser le temps de répondre elle tendit le bras par-dessus le siège de la voiture pour ouvrir sa braguette.

Il n'était pas sûr de la croire. Pas au début. Ils avaient beau s'amuser ensemble, elle était lunatique et mentait souvent. Mais à cause de leur intimité – parce que l'intimité peut rendre la vue aux aveugles, et non l'inverse –, il choisit de croire, pendant le reste de la soirée, que ce qui se passait entre eux était au moins aussi important que tout ce que Charlie Aas et sa mère pouvaient faire ensemble. Ce qui ne veut pas dire qu'il n'était pas curieux. Il commença donc à enquêter.

Cependant il n'avait aucune idée de ce qu'il cherchait. Ses parents n'avaient jamais paru heureux, et encore moins amoureux. Il ne se souvenait pas d'un seul baiser ni d'un mot tendre qu'ils auraient échangé.

Quant à sa propre expérience des affaires de cœur, l'été en compagnie de Cindy lui tenait lieu d'initiation.

Pourtant, il remarqua des changements à la maison. Lisbet devenait désinvolte avec Harry, presque moqueuse. Elle s'achetait des robes neuves. Elle recommença à fumer. Elle écoutait de la musique à plein volume et passait des heures au téléphone avec une amie de Chicago. Et elle se remit à peindre. Fiévreusement, parfois toute la nuit.

Et son père ? Il devint plus obsédé que jamais par ses cartes. Il s'installait à la table de la cuisine avec un pot de café et ses livres et les étudiait comme si les vérités dissimulées dans ces pages ne pouvaient être révélées par le monde. Rester assis aussi longtemps quelque part, en particulier à la table de leur cuisine, était une étrange posture pour un homme comme lui, songea Gus, et Harry lui faisait penser à un animal blessé. Ce qu'il était, en fait.

Le père et le fils ne parlèrent pas beaucoup pendant cette saison, mais lorsqu'ils le faisaient – dehors, en s'occupant des filets, ou dans la fish-house, penchés sur leurs canoës – Harry commença à raconter à Gus son expérience à la guerre. La forêt de Hürtgen. Les Ardennes. De façon surprenante, ses récits avaient peu de rapport avec ses compagnons, les hommes qu'il combattait, ou le carnage auquel il avait assisté, bien qu'il en parlât aussi. C'était le froid intense des nuits dont il avait gardé le souvenir le plus vif. Encore pire que ce qu'il avait connu pendant son enfance à Gunflint. Gus était captivé, bien sûr. Il écoutait avec une attention soutenue, convaincu de ne pas vraiment comprendre ce que son père lui racontait, ni la raison qui le poussait à le faire. Il consacrait les heures où il était seul à s'interroger sur ce qu'être un homme signifiait, et à se demander s'il en était un. S'il devait lui-même aller à la guerre pour franchir ce seuil. Il en aurait sûrement l'occasion s'il le voulait. Peut-être même s'il s'y refusait, étant donné ce que JFK appelait la menace communiste au Viêtnam. Il avait entendu dire que dans les jungles d'Asie, il faisait plus chaud qu'en enfer.

La relation avec Cindy atteignit un point critique à la fin de l'été, après que Gus eut entendu sa mère au téléphone un soir. Il était sorti avec la jeune fille, à moitié ivre, brûlant de désir. Lisbet était assise près du feu, buvant un verre de vin, ignorant qu'il était de retour.

« Je suppose que tous les Aas s'encanaillent cet été », dit-elle, puis elle écouta un moment ce que répondait son amie. Elle but une autre gorgée de vin, hocha la tête énergiquement, et reprit : « Oui, bien sûr. Mais cette petite traînée va détruire Gus. Il ne fait pas le poids. » Ce fut alors qu'elle remarqua son fils qui la regardait de l'autre côté de la pièce. Elle se contenta de sourire et poursuivit sa conversation.

Cindy ne le détruisit pas, même si elle était censée le faire.

Ils passèrent leur dernière soirée ensemble à attendre la fin d'un orage dans la fish-house. Ce fut la première et la dernière fois qu'ils couchèrent ensemble, un détail qui fit rougir Gus quand il me le confia. Une fois qu'ils eurent fini elle resta allongée sous lui, la bouche sur son épaule. Il se souvenait de sa main dans ses cheveux, de la mare de sueur sur son ventre, de sa morsure sur son omoplate après qu'il eut dit qu'il l'aimait, juste assez fort pour que le sang coule.

Elle éclata de rire. « Mon père m'a dit d'arrêter de te voir, mais je voulais tout de même faire ça avec toi. »

Gus se taisait.

« Tu as eu mal ? » Elle se redressa et le fixa dans les yeux. « Ton épaule, tu as senti quelque chose ? »

Il jeta un coup d'œil au petit arc de cercle décrit par le sang. « Non. Enfin, peut-être un petit peu.

– Bien. Chaque fois que ça te cuira, pense à moi. » Elle se leva et s'habilla pendant que la pluie se calmait dehors. « J'ai été ta première fois. »

Il se tut encore.

« Je le savais. » Elle enfila sa chemise. « J'espère que ça t'a plu. Moi j'ai adoré. » Puis elle s'agenouilla et passa la main dans ses cheveux. « Je parie même que je t'aime, Gus. Je n'ai jamais cru que ça arriverait. » Elle se redressa et détourna le regard. « Mon père me l'a interdit. »

Elle partit sans rien dire d'autre, et il se trouvait encore là plus tard, quand Harry arriva. S'il était surpris de le voir dans la fish-house à une heure pareille, il n'en laissa rien paraître. Gus, lui, fut surpris bien sûr, et il se leva l'air coupable, feignant de ranger des outils.

« Tu n'as pas besoin de t'en occuper, dit son père.

– De m'occuper de quoi ? »

Harry vint se placer près de son canoë posé sur un ber. « J'ai vu la petite Aas partir. J'étais juste dehors. »

Gus se tourna, bien qu'il n'eût aucun endroit où se cacher.

« Dis-moi que c'est juste une aventure, fils ? Dis-moi que vous n'êtes pas engagés dans une histoire sérieuse.

– Elle a rompu avec moi ce soir. »

Harry hocha la tête d'un air entendu.

« C'est M. Aas qui lui a interdit de me revoir. »

Gus se souvenait du regard las, farouche, plein de colère que son père lui avait lancé alors. Il vint s'asseoir près de lui.

« Eh bien, Charlie est un type qui veut être le chef de meute. Le problème, c'est qu'il n'est bon que sur une piste déjà tracée. Tu comprends ce que je te dis ? Il voit que tu es capable de la tracer toi-même. Il ne veut pas que sa fille saute sur ton traîneau. De toute manière, tu n'as pas besoin de t'inquiéter pour Cindy Aas. Il y a de fortes chances pour qu'elle s'enfuie avec toi tout de suite si tu le lui proposes. »

Harry s'éloigna de son canoë et resta silencieux un long moment. Puis il dit : « J'en ai construit des douzaines, celui-ci est le plus joli de tous. » Il s'interrompit pour admirer ses courbes, puis se retourna vers Gus. « Mon père, c'était un homme qui savait construire un bateau. Je suppose que tu as déjà entendu cette histoire, hein ?

– Je crois que oui. »

Harry alla du canoë à la porte, ouvrit la fenêtre aménagée dans la partie haute, y passa la tête un instant, puis fit volte-face. « Les vents se lèvent, dit-il, ils nous apportent l'air du Canada. Les ours engraissent. C'est ma saison préférée de l'année. » Il regarda Gus. « Et toi ?

– Quoi ?

– Quelle est la saison que tu préfères ? »

Gus se rendit compte alors seulement que son père avait bu. Cela ne lui arrivait presque jamais. En tout cas, il ne perdait jamais le contrôle. « Qu'est-ce qu'il y a, papa ? »

Harry sourit et jeta encore un coup d'œil dehors. « Ouais, les vents viennent par ici. » Il referma la fenêtre et se rapprocha à nouveau du canoë. « J'ai réfléchi, mon garçon. Que dirais-tu d'une petite aventure ? Comment savoir si cette chance se reproduira un jour ? Qui sait à quelle vitesse ce monde va finir en enfer ? Toi et moi, on prend nos canoës, on pagaye jusqu'aux régions frontalières, on mène une vie de voyageurs cet hiver. Nous n'aurons plus à nous préoccuper de rien. Nous serons des hivernants. Tu es d'accord ?

– Qu'en penserait maman ?

– Pas besoin non plus de s'en soucier. »

C'était la première fois que Gus l'entendait défier la poigne de fer exercée par sa mère sur la famille, ce qui parut revigorer son père. « On se servira de mes cartes. On remontera le Bois Brûlé, on traversera les lacs du Minnesota jusqu'à la ligne du partage des eaux laurentien. À partir de là on prendra la route des anciens voyageurs. » Il battit des mains. « Thompson a été contraint de passer l'hiver au bord du Holy Lake. Il paraît que le fort s'y trouve encore. Caché dans les bois. On le trouvera. On réussira. Toi et moi. On passera des moments formidables. »

Gus dut prendre un air dubitatif, car son père s'exclama : « Quoi ?

– Ce n'est pas le genre de voyage qu'il faudrait planifier ?

– Je le planifie depuis le jour où tu es venu au monde. Et même avant. Nous partons dans deux semaines. »

« "Je viens", c'est ce que j'ai dit d'instinct. J'étais certain – Dieu sait comment – que mon père était à la croisée de son grand rêve et de son pire cauchemar. Je savais qu'il aurait besoin de moi. »

Gus contempla le feu un moment et ajouta : « J'ai repensé un millier de fois à cette scène dans la fish-house. Je revois encore l'expression du visage de mon père, aussi précise qu'une photographie dans un cadre doré. Et même si une légende circonspecte accompagne aujourd'hui ce portrait, je n'avais rien décelé d'inquiétant alors. Ou bien je ne l'avais pas remarqué. Ou encore, j'avais refusé d'en tenir compte. » Il me regarda. « Ce qui ne m'avait pas échappé, c'était l'ambiance exécrable qui régnait à la maison avant notre départ. Mon père avait un objectif irréaliste. Il comparait notre aventure à une bataille à mener et disait que nous devions nous préparer comme si nous partions à la guerre. Ce fut donc le cas. Il m'acheta un pistolet Ruger. Il fit l'acquisition de puissantes jumelles. Il dénicha dans le grenier le pantalon de combat qu'il avait porté dans les Ardennes. Je ne l'entendis jamais dire un seul mot à ma mère.

« Et malgré mes doutes – évidents, eux aussi –, un argument essentiel en eut raison : dans les régions frontalières, mon père aurait autant besoin de moi que moi de lui. C'est ce qui m'a poussé à le suivre aussi aveuglément. Quel garçon n'attend pas toute son enfance de se retrouver sur un pied d'égalité avec son père ? »

Gus était là, chez moi, les yeux rivés sur le feu, avec cette expression sur le visage – il la portait comme un vieux manteau qu'il aurait hérité de Harry. Je voyais ses souvenirs refaire surface peu à peu tandis qu'il les égrenait, soucieux de n'en parler qu'après s'être assuré qu'aucune erreur ne se glisserait dans son récit. Je fis tout mon possible pour ne pas retomber amoureuse de Harry une fois encore, assise là en train de contempler son fils en face de moi, sous mon toit.

« Et si j'avais saisi tout de suite la folie d'une telle entreprise ? J'avais déjà été accepté par quatre universités, c'était la meilleure excuse toute faite que j'aie jamais eue pour éviter une corvée. Et si j'avais dit non, si j'avais refusé de partir ? » Il détourna les yeux du feu. « Vous n'imaginez pas combien de fois je me suis posé cette question. »

Nous restâmes silencieux une minute ou deux avant que je lui offre une autre tasse de café.

« Non, merci. Il faut que j'y aille. » Il se leva, se dirigea vers la porte et mit son manteau.

« Charlie a été un voyou toute sa vie, dis-je, ce n'est un mystère pour personne. Sa liaison avec votre mère n'est pas non plus un secret. Alors pourquoi parler de lui ?

– Si on veut comprendre pourquoi nous nous sommes lancés dans cette expédition, il faut commencer par Charlie. Si vous voulez connaître le fin mot de cette histoire, vous devez tout entendre sur ce putain d'escroc.

– C'est à cause de lui que vous êtes partis tous les deux dans le Nord cet hiver-là ?

– Entre autres, oui. C'est peut-être la raison principale.

– Et votre mère ? »

Gus acquiesça lentement. Était-il d'accord avec moi ? Il continua de hocher la tête, puis il ferma les yeux, comme si souvent au cours de ces séances. Après les avoir rouverts, il répondit : « Pourquoi n'est-il pas venu vous trouver alors, Berit ? Cela aurait été si facile. Rien de tout cela ne nous serait jamais arrivé. Ni à lui. Ni à moi. » Il hocha de nouveau la tête, comme si l'idée prenait forme à cet instant dans son esprit. « Mon père et ses amis en avaient déjà fait assez pour arrêter les promoteurs des projets d'exploitation des mines et du bois. Je ne crois pas que le danger aurait persisté alors. Mon père devait le savoir mieux que quiconque. » Il me regarda. « Est-ce à cause de Charlie que mon père m'a emmené dans le Nord ? La réponse est oui. Absolument. »

Avant que Charlie soit élu maire, avant qu'il ait entamé une liaison avec la femme de Harry, et envoyé sa fille intimider Gus, ce n'était qu'une petite frappe. Je suis bien placée pour le savoir, et je peux fournir un exemple du printemps 1942.

Pendant six mois, tous les jeunes hommes de Duluth à la frontière canadienne avaient été prêts à combattre. Harry avait suivi un entraînement de base de trois semaines à Fort Dix. George, le frère de Charlie, était désireux de s'enrôler. Mais Charlie ? Il est revenu de l'université du Minnesota avec son diplôme et une dispense médicale payée par son père qui le formait déjà pour qu'il prenne la tête de l'affaire familiale.

Non que leur entreprise fût légitime. Le clan Aas – même à cette époque – s'occupait uniquement d'affaires louches. J'ai déjà mentionné que le grand-père de Charlie trempait dans la contrebande de whisky pendant la Prohibition. Marcus était un rival d'Odd Eide, le bras droit de Hosea Grimm. Mais quand l'empire de Hosea suivit le chemin de sa santé mentale, entraîné dans sa chute par Odd qui volait désormais de ses propres ailes, et que Marcus Jr, le père de Charlie, atteignit sa majorité, les membres de la famille Aas devinrent les caïds du comté d'Arrowhead. Lorsque Hosea mourut, ils contrôlaient le marché de l'immobilier, géraient deux bars, et durant quelques années, un restaurant familial et la confiserie de Lighthouse Road. Le point commun de ces affaires était leur hypocrisie, chacune servant de couverture à un autre projet ou activité liés à une opération douteuse. La politique. Le tourisme. L'église. Ils étaient partout, tels des gangsters minables et pathétiques. Charlie était donc l'héritier naturel de cet empire. De retour après ses études, il était désireux de prouver son audace, n'importe quelle cible ferait l'affaire.

Pendant ces années je gérais moi-même le bureau de poste, Rebekah étant devenue folle pour de bon. Certes, par souci d'équité, il faut reconnaître que la folie était chose banale à l'époque, avec toutes les mères et les épouses qui passaient chaque jour dans l'espoir d'avoir reçu une lettre de leurs fils et maris. Dans le cas contraire, elles s'attardaient pour échanger des nouvelles variées. J'étais donc très occupée à trier le courrier. Et à offrir des mots de réconfort et d'encouragement.

Je triais un sac de ces lettres quand Charlie entra. J'étais seule dans l'ancienne boutique d'apothicaire avec le chien de Rebekah, une petite schnauzer très vive qui patrouillait l'espace de vente comme une sentinelle. Elle se mit à gronder, les babines frémissantes, lorsque Charlie s'appuya au comptoir en fumant une cigarette. Même de ma place, je sentais l'odeur de whisky dans son haleine. Malgré son ventre bedonnant et son teint enflammé, il était impossible de ne pas être frappé par sa beauté. Je le reconnais bien que cela me coûte de le dire. Tout le monde le pensait.

« Alors, mademoiselle Lovig, je sais que vous avez été patiente. Vous avez attendu votre heure. Et je l'apprécie. Mais c'est notre jour de chance, déclara Charlie. Il éteignit ostensiblement sa cigarette, puis posa son chapeau sur le comptoir. Ça vous plairait de venir vous promener avec moi sur Lighthouse Road ? Nous attendrons le lever de la lune et ensuite, eh bien, je vous donnerai l'occasion de découvrir pourquoi on en fait tout un plat.

– Je vous demande pardon, monsieur Aas ? »

Je n'avais jamais rien vu d'aussi hideux que ce regard lubrique. « Allons, Berit. C'est l'occasion de ta vie. De sortir de ce bouge et d'échapper à cette folle là-haut. Avec moi, tu auras la belle vie !

– Je vous prie de sortir », dis-je.

Il fallait du courage pour le dire, et je sentais le poids de ses yeux noirs sur moi. Il n'aurait pas été surprenant qu'il me balance une gifle par-dessus le comptoir. Ou pire. Comme il se taisait, je me détournai pour fuir son regard et je chuchotai : « Il n'y a pas de courrier pour vous aujourd'hui.

– Putain d'allumeuse. » Il battit lentement en retraite et écarta largement les bras, me fusillant de son regard haineux. « Tu n'en as pas terminé avec Charlie Aas. Tu auras de mes nouvelles. »

Le lendemain il était là avant le déjeuner. Cette fois il franchit la porte d'entrée avec un chien gargantuesque qu'il tenait au bout d'une chaîne grenaillée. On racontait que ce monstre descendait du légendaire Ovcharkas qui avait gardé le camp de bûcherons au bord de la rivière du Bois Brûlé, à l'époque de l'arrière-grand-mère de Gus.

Bien entendu, à l'exception du petit roquet de Rebekah, les chiens n'étaient pas admis à l'intérieur de la boutique, et je priai aussitôt Charlie de faire sortir son bâtard. En guise de réponse, il secoua la chaîne avec vigueur. L'animal leva les yeux vers lui, puis s'assit sur son arrière-train. Charlie s'accroupit et lui frotta le ventre une longue minute. La schnauzer grognait pendant ce temps, décrivant des cercles à toute vitesse, les oreilles rabattues en arrière, les babines retroussées, les crocs serrés.

« Vous feriez mieux de tenir cette petite bête, dit Charlie en se redressant. Tsar a une bite comme un bâton de dynamite et il n'a pas peur de s'en servir. » Il poussa du pied la patte arrière de sa brute pour prouver qu'il disait vrai. « Vous voyez ce dont je parle, Berit Lovig ? » Il indiqua du menton les parties du chien. « Il suffit que je claque la langue et Tsar ne fera qu'une bouchée de cette petite merde. Je ne pourrais pas l'arrêter si je le voulais. Voilà !

– Débarrassez-moi de ce cerbère, monsieur Aas. Tout de suite.

– Si ce bon vieux Tsar est un cerbère, je suis quoi, moi ? » s'exclama Charlie, feignant l'indignation. Il recommença son manège, prenant une cigarette dans sa poche de chemise. Il frotta une allumette, l'approcha du bout de sa cigarette. Au lieu de souffler sur la flamme pour l'éteindre, il la laissa se consumer jusqu'à la fin et ne tressaillit pas quand elle lui effleura la peau des doigts. Il ne lâcha pas non plus l'allumette. Il se contenta de sourire et d'exhaler la fumée de sa cigarette. « Vous êtes prévenue. Considérez que ce petit rat l'est aussi. » Il tapa du pied pour effrayer la schnauzer et hurla à la mort, comme un chien.

Le message était clair. Bien entendu. J'étais littéralement terrifiée. Il est facile de regarder un démon droit dans les yeux et de le savoir. Mais pour lui, ce n'était pas suffisant de m'avoir fait aussi peur. Il n'en avait jamais assez.

Deux jours plus tard je sortis sur le porche pour secouer les tapis. C'était le petit matin, personne n'était levé. J'ouvris la porte, je suspendis les tapis à la balustrade, puis je remarquai la schnauzer dans la jardinière vide. Ou plutôt, la moitié de la bête, les pattes arrière, la queue et le derrière déchiquetés ou dévorés. Je poussai un cri. Je hurlai et me précipitai à l'intérieur pour informer Rebekah. C'était sa chienne, après tout. Je songeai aussi à appeler le shérif. Mais comme tout le monde en ville, le shérif n'était qu'un valet de plus au service des Aas. Je pris donc un sac en papier, mes gants de jardinage, je ramassai les restes du cadavre, j'allai les jeter dehors, dans la poubelle, et je passai le reste de la semaine et une bonne partie des jours suivants terrorisée à l'idée de ce qu'il pourrait faire.

Un mois et demi plus tard vint l'ultime vengeance. Du moins, c'est ainsi que je l'interprétai. Je lus, par une chaude matinée, qu'une nouvelle poste serait construite à côté de la bibliothèque, sur la grand-route qui traversait la ville, l'ancienne boutique d'apothicaire, selon l'*Ax & Beacon*, étant devenue inadéquate pour un bâtiment fédéral. L'article citait les risques d'incendie et l'infestation de vermine, sans la moindre preuve factuelle. Il n'y avait jamais eu d'inspection. Jamais de courrier. Pas un seul mot mettant en doute l'intégrité du bâtiment. Charlie apprenait finalement à exercer son influence.

Maintenant le recueil de cartes est posé sur le manteau de la cheminée, entre les serre-livres en bois de cerf, dans la grande pièce de Gus. Au-dessus, à l'endroit où était accroché le portrait de Harry dans son bateau de pêche, est suspendue une copie à échelle réduite de la carte de l'épopée de David Thompson dans les Territoires du Nord-Ouest. Un choix curieux, reconnaît Gus. Cela pourrait même être interprété comme un affront à son père et à ses propres cartes, étant donné leur histoire, sans parler de leur proximité avec la copie de Thompson. Mais il aime à penser que c'est tout le contraire, et que la juxtaposition est en fait un hommage approprié.

L'unique son, en dehors du crépitement du feu, était le tic-tac de la vieille horloge dans l'angle de la pièce. C'était le premier matin qu'il m'invitait à entrer, et il me parut étrange à un point indescriptible de ne plus sentir la présence de Harry au bout du couloir. Même le café qui fumait dans les tasses sur la table me renvoyait aux nuits que j'avais passées à regarder son esprit s'éteindre peu à peu. Et Gus assis en bout de table dans une posture très semblable à celle que prenait toujours son père – le menton saillant et retombant à la fois, les yeux larmoyants, les mains croisées devant lui. C'était si étrange et merveilleux que j'aurais pu aisément être submergée par de tristes souvenirs.

Mais Gus se mit aussitôt à parler. « C'est la carte n° 8, dit-il en indiquant le volume ouvert sur ses genoux. La carte du lac du Bois Brûlé. »

Je me penchai pour regarder.

La carte était fripée par l'eau de douzaines de lacs, de rivières et de torrents, par la neige, la pluie et la montée de la brume. Les traits au crayon s'estompaient aussi, mais du moins, ils n'avaient pas encore disparu. « Un jour, dit Gus, peut-être quand mes petits-fils seront eux-mêmes des vieillards, il ne restera plus rien. Ces belles roses des vents. Les croquis. Ils sombreront dans l'oubli, le papier affiné par le temps se réduira en poussière entre les doigts de quelqu'un. Ces pensées me procurent du réconfort, mais j'ignore pourquoi. »

La carte n° 8, extraite de l'une de celles de Thompson, montre que la rivière prend sa source dans une petite baie sur la côte sud-est du lac. En réalité, la baie était plus arrondie et plus large qu'il n'y paraît ici. « Mon père savait qu'elle n'était pas à l'échelle. Un coup d'œil à la carte Fisher suffisait à le prouver. Mais il savait aussi que pour atteindre notre premier portage nous avions seulement besoin de pagayer jusqu'à l'extrémité nord du lac. À partir de là, nous continuerions à aller vers le nord, pour franchir la ligne du partage des eaux laurentien entre le lac Tramontane et le lac Ostro. » Il but une gorgée de café et examina sa tasse avec attention. « C'est ce qu'il m'a dit. Comme si c'était aussi simple que de remonter Lighthouse Road. »

Il garda toute la matinée le recueil de cartes en mains pendant qu'il me parlait.

Les canoës dansèrent sur les vagues à l'endroit où la baie rejoignait les eaux plus larges du lac du Bois Brûlé, qui s'ouvrait dans toutes les directions. La carte de Thompson indique seulement trois îles, mais Gus en compta au moins une douzaine tandis que Harry en désignait une, disant : « Allons déjeuner là-bas. On organisera le reste de la journée après quelques petites chansons. »

Ils franchirent donc à la rame huit cents mètres d'eau libre jusqu'à l'île, entraînant des sangsues en caoutchouc dans leur sillage. Ils attrapèrent chacun quelques petits brochets avant d'accoster sur la rive sud, entourés de rochers qui s'élevaient vers un bosquet d'épicéas et de buissons de myrtilles dormants. Ils débarquèrent, Gus ramassa du bois et alluma le feu pendant que Harry préparait un pot de café et mettait le riz à cuire. Ils firent bouillir le poisson et quand le riz fut prêt ils s'assirent pour déjeuner, mangeant directement dans les casseroles.

« Je suppose que nous allons nous lasser de ce poisson, dit Harry, mais il est vraiment délicieux. »

Gus en avait déjà assez du brochet bouilli et du riz, mais il n'eut pas le courage de le dire.

« À cette heure-ci après-demain, nous traverserons la ligne de partage des eaux, puis nous continuerons vers le lac Biwanago et l'ancienne route des voyageurs. À partir de là ça descend tout le temps. » Il parlait la bouche pleine, mâchant sa nourriture à travers les mots.

« À quelle distance se trouve Biwanago ? »

Harry s'assit sur ses talons et sirota son café. « Pas plus de cent kilomètres à vol d'oiseau, plus par voie d'eau. Mais les choses deviennent un peu risquées après Biwanago. Les cartes sont plus justes de ce côté, c'est sûr. Mais cette région va nous paraître étrange. Du moins, nous ne l'avons jamais vue. Il va faire plus froid et plus sombre, hein. Il y a ce problème. »

Il se releva lentement, fit craquer son dos, se dirigea vers son canoë, et prit le calendrier en bois de bouleau. Il compta les encoches – quatre seulement, alors que Gus avait l'impression d'être parti depuis deux semaines – et le rangea dans le sac, puis se pencha vers les cartes. « Même si nous nous perdons là-haut, nous serons plus rapides que la neige. »

C'était son objectif : atteindre le fort avant la première neige. Gus vit que cela lui plaisait d'être dans les temps, même si cela s'avérait faux et absurde. Harry était ponctuel à l'excès. Aussi exact que l'heure du lever du soleil ou de la lune, qu'il connaissait par cœur chaque jour.

Je le revois remonter son vieux bracelet-montre Schaffhausen à la table du déjeuner, les miettes de son sandwich encore dans son assiette. Rien – ou presque – ne m'enchantait autant que ce plaisir simple après un repas. Il remonta alors sa montre, sur l'île, avant de s'avancer près de l'eau pour laver la vaisselle pendant que Gus s'appuyait contre un rocher, exposant son visage à la chaleur du soleil. À cet instant il éprouvait un bonheur absolu, tous ses doutes neutralisés par le lieu et le temps.

Harry revint vers le feu qui s'amenuisait, se versa le reste du café, et demanda : « Comment tu te sens, fils ? »

Gus leva la main pour s'abriter du soleil. « Bien. »

Harry s'assit et lui donna une claque sur le genou. « Je le pense aussi. Si on mesure vraiment la valeur d'un homme à sa capacité de porter une charge, tu t'en sors plutôt bien.

– C'est ça le critère ?

– C'en est un.

– Mais il y en a d'autres ? »

Harry sourit. « Bon sang, je l'espère bien. »

Il but une gorgée de café et cala son dos contre la pierre.

« Donc, nous serons à Biwanago dans un jour ou deux », reprit Gus. Il songeait à leur itinéraire, mais était aussi curieux de connaître leur destination. Ils n'en avaient pas reparlé depuis cette nuit dans la fish-house. Gus avait espéré que son père disait la vérité, que le projet était raisonnable et solide. Pourquoi ne l'aurait-il pas cru ? Harry n'avait jamais rien fait d'inconséquent dans sa vie. Mais à présent qu'ils avaient atteint, en quelque sorte, leur première étape importante, il vint à l'esprit de Gus que son père n'avait pas la moindre idée du lieu où ils se rendaient.

« Ensuite on remonte la rivière Balsam, le long de la frontière. Une journée de pagayage. Peut-être moins. Beaucoup de portages et d'eau vive, mais ensuite l'eau devient lisse et la rivière s'élargit. » Il s'appuya sur son coude pour se rasseoir et avala encore une gorgée. « Ce sera le dernier endroit où nous serons sûrs de savoir où nous sommes.

– C'est-à-dire ? »

Harry s'allongea de nouveau. « Comme je l'ai déjà dit, c'est un pays nouveau là-haut. Un grand pays. Je ne suis jamais allé au nord du partage des eaux. Tu peux le croire ? »

En réalité, Gus ne savait pas ce qu'était le partage des eaux, ni où il se trouvait, et encore moins à quoi il pouvait ressembler. Cependant il avait de la peine à croire que son père ne l'eût jamais franchi – un homme qui avait fait la guerre en Europe, qui était capable de traverser à pied n'importe quelle forêt avec la même autorité que lorsqu'il longeait son couloir en direction de la salle de bains, qui savait presque tout. Rien ne semblait hors de sa portée. Pourtant c'est exactement ce qu'il décrivait : un monde inaccessible. C'était difficile à admettre.

« Est-ce que c'est important que tu n'aies jamais traversé la ligne de partage des eaux ?

– La Vérendrye. Thompson, une centaine d'autres comme eux, un millier d'autres ont traversé cette région. Ils ont tous franchi Biwanago. Bon sang, avant que La Vérendrye ou Thompson l'aient fait, quelqu'un d'autre y a réussi. Un Français ou un Écossais, il y a trois siècles. Lorsque cet homme s'est lancé dans cette expédition il n'avait pas de carte ni la moindre notion de l'endroit où il était. C'est un fait historique. Cet homme – peu importe son nom – pensait qu'il se dirigeait vers l'Orient, et que la Chine était juste de l'autre côté de la rivière. » Il agita la main vers l'eau. « Au moins je sais que nous ne sommes pas en route pour la Chine, hein ? » Il tapa encore sur le genou de Gus et se releva péniblement du sol. « En plus, il devait se méfier des Amérindiens dans les bois. Il ne savait pas que c'étaient des gens formidables. Et il pagayait dans un canoë en écorce de bouleau. Ils cousaient les canots avec des racines d'épinette fendues. Des racines. Il n'avait pas une de ces fidèles embarcations. » Il cligna de l'œil, fit un pas vers son bateau et le poussa avec son orteil. « Et il ne savait pas que l'hiver venait. Il n'avait aucune idée de ce que l'hiver peut être dans nos régions. Alors, est-ce important que je n'aie pas franchi la ligne de partage des eaux ? Je pense que non. Pas en comparaison, du moins. »

Cette réponse ne dissipa en rien les doutes qui hantaient Gus. Pire, elle les intensifia. Harry éludait la question, son fils en eut alors la certitude. Peut-être avait-il raison.

Il remplit nos tasses de café et s'appuya au plan de travail de la cuisine. « Pour vous dire la vérité, je serais bien en peine de formuler ce que je voulais savoir alors. Par exemple : "Tu sais où on va, hein ?" Ou bien : "Je suis en sécurité avec toi, hein ?" En tout cas, incapable de trouver autre chose, j'ai répété d'un ton puéril et anxieux la question qui m'était venue à peine quelques instants plus tôt : "Ce sera le dernier endroit où nous serons sûrs de savoir où nous sommes… Qu'est-ce que tu entends par là ?" »

Il indiqua du geste le recueil de cartes posé sur la table entre nos tasses de café. « Là où allait mon père… Là où nous allions… »

Je pris le livre et je l'écoutai poursuivre son histoire.

« "Tu as fait tout ce chemin, m'a dit Harry, sans demander à consulter les cartes. Tiens, jette un coup d'œil." Il lui tendit le livre. "Regarde la carte n° 16." »

On y voyait la rivière Balsam se déverser à travers une profusion d'îles sans nom – trente ou quarante. À leur tour, elles se déployaient dans un immense lac qui s'appelait le Kaseiganagah. Gus étudia la carte un moment, puis il regarda son père qui le dévisageait.

« Tu vois ? » dit Harry.

Gus ne répondit pas, il se contenta de tourner la page pour examiner la carte n° 17, consacrée à la moitié ouest du Kaseiganagah. Le long de la côte sud étaient indiquées une cinquantaine d'îles, chaque côte plus déchiquetée que la précédente. Esquissé dans un coin de la carte se dressait un ours hargneux, battant l'air de sa patte. Les mots *Îles des Chasseurs**, rédigés dans une belle calligraphie bouclée, s'étalaient le long de la rive nord du lac.

« Que signifie le mot *chasseurs** ? demanda Gus.

– Tourne la page. Continue de regarder. »

Cette fois encore, Gus s'exécuta, s'interrompant une minute ou deux pour étudier chacune des cartes. Elles devenaient de plus en plus vagues, jusqu'à ce qu'il découvre la carte n° 24. *Holy Lake.* Elle ne comportait presque aucun détail, en dehors d'une maison construite sur le rivage d'une baie au nord, portant l'inscription *Fort le Croix*. Dans l'angle, au lieu d'un ours, un homme solitaire à bord d'un canoë pagayait sous la pluie. Gus tourna la dernière page. La carte n° 25 était dessinée à une échelle tout à fait différente et couvrait probablement quatre-vingts kilomètres de lacs et de rivières s'élargissant, dont aucun n'avait de nom. Pas de rose des vents, pas de flèche indiquant le nord. Pas de croquis, seulement les mots *L'EXTRÉMITÉ – TROP LOIN**, non pas calligraphiés comme *Îles des Chasseurs* et *Fort le Croix*, mais écrits en caractères gras majuscules. Des lettres menaçantes.

« Tu as trouvé le fort avant la carte 25, hein ? dit Harry.

– Fort le Croix ? demanda Gus.

– Notre refuge », dit Harry.

Gus feuilleta encore les cartes. « Je ne comprends toujours pas. Chaque endroit est certainement quelque part.

– Maintenant tu parles comme un philosophe. Ou le pasteur Nils. »

Harry se leva et alla vers la cafetière encore posée sur une pierre à côté du feu. Il prit son mouchoir dans la poche de son pantalon, y fit tomber le marc, noua les coins, et attacha le tout avec une ficelle. Il rangea le café dans le sac de nourriture, rinça le récipient sur le rivage, le remplit à nouveau, et le rapporta pour arroser les dernières braises du feu.

« Tu te poses les bonnes questions, mon garçon, dit-il. Je me les pose moi-même. » Il emballa la cafetière et s'arrêta près de son canoë. « Fort le Croix ? Les kilomètres qui nous en séparent ? La saison qui nous attend ? C'est tout là-bas, aucun doute là-dessus. » Il regarda en direction du lac, puis tourna les yeux vers le ciel, au sud. Un long moment, il parut sur le point d'en dire plus, avant d'ajouter enfin : « Et peut-être que ce n'est pas tout. C'est même probable. Sinon à présent, alors plus tard, en cours de route. » Il leva une main pour s'abriter du soleil. « En route, c'est bien ça. »

Il monta dans son canoë, donna deux coups de pagaie en arrière, et attendit Gus à trois mètres du rivage. Lorsqu'il fut lui aussi sur l'eau, Harry cala une boulette de tabac dans sa joue et lui lança le sac, et Gus prit lui aussi une pincée. Harry cracha sur l'eau et dit : « Notre objectif à présent, c'est de franchir ces kilomètres. De trouver le fort. De nous installer avant l'hiver. » Il déplaça le tabac dans sa joue et cracha encore. « Tous ces types l'ont fait avant nous. On y arrivera nous aussi. »

Comme Gus ne répondait pas, Harry ajouta : « Ma main à couper que oui. »

« Même aujourd'hui, je me rappelle distinctement cet après-midi, reprit Gus. Nous avons contourné les îles du lac du Bois Brûlé et traversé les baies de la côte nord-est, mon père chantait sans arrêt. Il faisait assez chaud et j'ai retiré ma chemise pendant une heure après le déjeuner. » Il regarda la carte au-dessus du manteau de la cheminée, à l'autre bout de la pièce. « C'était l'une des plus belles journées que nous ayons passées là-haut. Ce qui aurait dû rendre les mensonges de mon père moins faciles à pardonner. » Il se tourna vers moi. « Mais au lieu de songer au passé avec colère, j'ai décidé que je devais à mon père une sorte de remerciement qui est rarement exigé aujourd'hui. » Il désigna la carte. « Dans cette version réduite des Territoires Nord-Ouest de Thompson, notre trajet sur la frontière couvrait à peine quelques centimètres dans un monde de deux mètres de largeur. Tous ces lacs et ces rivières invisibles ? À mille cinq cents kilomètres au nord ? Mille cinq cents à l'ouest ? Ils ne nous étaient pas destinés. Mais les kilomètres que nous avons parcourus, le fort apocryphe de mon père ? Ils m'en ont appris plus – sur moi-même, sur lui, sur l'amour et la loyauté – que tout ce que j'ai pu découvrir par la suite. Ça ne fait aucun doute.

« Mon père m'a menti. Impossible de le nier. Mais il y a eu aussi – dans son mensonge – une sorte de vérité que l'honnêteté n'aurait jamais pu transmettre.

– C'est-à-dire ? » C'était moi qui posais des questions à présent. Les premiers mots que je prononçais depuis une heure, me sembla-t-il.

Gus se rassit à la table en face de moi. « J'ai raconté la même histoire à ma femme hier soir. Quand elle a demandé ce que mon père m'avait enseigné, je lui ai répondu que je ne pouvais pas l'exprimer avec des mots. Ensuite je suis resté éveillé au lit, regardant la neige tomber dehors, et voici ce que j'ai conclu : il avait eu un sacré courage d'essayer de redécouvrir quelque chose, même si ce n'était que lui-même et pas un continent. »

C'était tout à fait juste, et je souris à part moi. Mais lorsque je levai les yeux, Gus avait une expression farouche.

« Il y a aussi autre chose, bien que je ne l'aie pas dit à Sarah : j'ai pensé qu'il avait eu la sagesse d'attirer son rival dans les bois, où chaque combat est loyal. »

Je dus écarquiller les yeux, car Gus me fixa d'un air encore plus déterminé et ajouta : « Je vous ai dit que vous ne connaissiez pas toute l'histoire. »

Gus lui-même ne connaissait pas toute l'histoire. Qui l'aurait pu ?

Après notre seconde matinée ensemble, je voyais déjà que certains épisodes manquaient dans l'histoire qu'il racontait afin d'expliquer le comportement d'un homme que nous aimions tendrement tous les deux. D'événements dont j'avais été témoin des années plus tôt, mais que je ne pouvais pas révéler. Je veux parler de son grand-père Odd Einar Eide, de ce qui lui est arrivé autrefois sous mes yeux, et que j'ai compris mieux que quiconque. Je n'en reviens pas d'y penser aujourd'hui, près de soixante ans plus tard. Mais je songeais surtout à Rebekah Grimm, à l'ombre qu'elle jetait sur la vie de Harry. Sur celle de Gus aussi. Garder pour moi ce que je savais ressemblait à une trahison, comme si j'envoyais Gus chasser l'ours dans la forêt avec un lance-pierre alors que je tenais derrière mon dos la loyale Remington de son père, huilée, chargée et réglée au millimètre près. Mais pour Rebekah, je ne voyais absolument pas par où commencer. Je savais que la moindre de mes paroles, exprimant la sympathie ou l'affection, serait accueillie par le doute. Ou plutôt, par la certitude quasi religieuse que je me trompais. Cette manière de penser était aussi ancrée dans l'esprit de Gus que chez son père, et rien de ce que je pourrais dire ne le ferait changer d'avis. De la même façon, aucun de mes arguments n'avait jamais convaincu Harry de changer d'un iota son opinion sur Rebekah.

Harry exposait ses griefs contre elle avec honnêteté. Je le lui accorde. Il parlait peu de son père, qu'il adorait, admirait et connaissait aussi bien qu'il est possible de connaître un autre être. Il ne partageait cet homme avec personne. Mais de sa mère – qu'il méprisait et dont il ne savait rien – il parlait souvent.

J'avais appris, comme tout le monde, que Rebekah avait abandonné Odd à Duluth peu après la naissance de Harry. Un matin d'été, elle était partie, comme ça. Elle avait embarqué sur le ferry à destination de Gunflint et s'était réfugiée auprès de Hosea Grimm comme s'il avait été un prophète et elle, une disciple infortunée de sa folie. Pendant ce temps, Odd régla ses propres affaires à Duluth, se procura une boîte de lait maternisé, emmaillota son bébé, le transporta à bord d'un bateau à moteur qui portait le nom de sa mère. Une fois qu'ils furent arrivés chez eux, il s'installa dans la fish-house et gagna sa vie en posant des filets et en construisant des bateaux.

C'était la version populaire de l'histoire, celle qu'on chuchotait en buvant un verre au bar du Traveler's Hotel, un café dans le sous-sol de l'église, et en pêchant au bouchon sur le lac Long Finger. La version dont je surprenais des fragments derrière le comptoir de l'ancienne boutique d'apothicaire, convertie en bureau de poste. Mais Rebekah, Odd et Harry n'en parlaient jamais. Pour eux, l'histoire de leur lignée était sacro-sainte. Les gens évitaient le sujet en leur présence comme s'il était empoisonné. Les enfants naissaient dans de vieilles familles de la région en sachant qu'il fallait le passer sous silence.

Je fus donc très surprise lorsque plusieurs mois après le début de notre relation, Harry fit allusion à sa mère.

« C'est vraiment triste et pitoyable de voir cette femme – *Miss Grimm* – enfermée là-bas dans cet hospice. Avec personne pour lui apporter des fleurs.

– Je lui en apporte, répondis-je. Je l'ai fait hier. »

Il parut offusqué.

« Tu ne travailles plus pour elle.

– Tu crois que je ne le sais pas ?

– Alors tu n'as plus besoin d'aller la voir, répliqua-t-il.

– Tu es en train de dire que tu t'y opposes ?

– Je considère que tu as rempli tes obligations. Ses amis peuvent lui tenir compagnie à présent. »

Je me souviens de m'être demandé si nous étions en train de nous quereller. « Je suis son amie, insistai-je alors. Sa seule amie.

– Tu ne l'es pas.

– Bien sûr que si.

– Je serais bien en peine de dire qui sont tes amis, rétorqua-t-il. Sache seulement qu'elle ne sera jamais au centre de nos conversations, hein ? »

Mais comme je l'ai déjà dit, il abordait souvent le sujet. Il ne demandait jamais : « Comment va ma mère ? », ni « Transmets-lui mes salutations », ni « Tu crois que je devrais lui rendre visite ? » Ses paroles étaient cinglantes, ou pires encore. « Je suppose que les divagations de Miss Grimm laissent de marbre le reste des vieux gâteux de l'hospice », ou « Je parie qu'il n'y a plus personne pour vider le bassin de Miss Grimm là-bas, hein ? », ou encore « Je parie qu'ils ont maintenant remplacé le duvet d'oie de son oreiller par des piquants de porc-épic. »

Ses allusions blessantes lui ressemblaient si peu que par moments j'avais l'impression de parler à une autre personne. Comme si j'avais moi-même inventé l'homme bon, doux et solitaire que j'aimais déjà afin de soulager ma propre solitude, accrue par l'absence de sa mère dans ma vie quotidienne.

Le soir, dans la maison neuve que Harry avait bâtie pour moi, tandis que j'arpentais les pièces, m'efforçant de m'habituer à l'excitation muette de ce bonheur, je commençai à me demander comment je pourrais lui parler d'elle. De ce que j'avais fini par savoir au cours des nombreuses années vécues à ses côtés. Mes premières nuits dans l'ancienne boutique d'apothicaire furent terrifiantes. Je n'avais que dix-sept ans et j'habitais avec un fantôme. C'était la première chose que j'avais apprise sur Rebekah. Chaque soir à sept heures et demie elle fermait la porte de sa chambre. Elle exigeait un silence absolu jusqu'à cinq heures et demie le lendemain matin, et voulait alors que je lui serve son petit déjeuner. Du thé, des flocons d'avoine avec du beurre et du sucre roux, une tranche de pain blanc grillé sans rien, un verre de jus d'orange. Il fallait ouvrir le magasin à sept heures, enfin, ce n'était pas exactement un magasin. Elle vendait des chapeaux, ou du moins elle les mettait en vente. Elle en avait des milliers, chacun étant un indice particulier de son excentricité. Durant toutes ces années, je me demande si nous en avons vendu seulement une douzaine. C'était la moitié de son entreprise. La partie rentable était le bureau de poste. Par un caprice de la municipalité, elle était autorisée à la gérer. Ou plutôt, je la gérais moi.

J'étais chargée de servir les clients au comptoir, de trier le courrier et de réceptionner les paquets et les lettres. Chaque matin je secouais les tapis et je balayais le sol. À midi, je fermais la porte à clé et je montais les deux étages jusqu'à notre appartement, où je préparais son déjeuner. Des crackers, du fromage et des carottes pelées (tous les jours, année après année, j'ai mangé la même chose). Ensuite retour au comptoir jusqu'à trois heures et demie, et je fermais de nouveau le bureau de poste. C'était pendant les deux heures précédant le dîner que j'avais mes seuls moments de liberté. Le plus souvent, je marchais jusqu'au bout de Lighthouse Road et je me promenais sur le rivage. Je me souviens avec clarté de cette vue sur la boutique d'apothicaire. Je jure que chaque fois que je levais les yeux, je voyais Rebekah apparaître dans l'encadrement de la large fenêtre du deuxième étage. Combien de temps ai-je passé à observer la figure de proue de la ville luttant contre les vagues de son chagrin ?

Le soir, parce que je ne trouvais pas le sommeil et que j'avais été condamnée au silence, je me tenais moi aussi à la fenêtre, m'efforçant de voir ce qu'elle voyait. Ou ne voyait pas. Je me rends compte aujourd'hui que c'était un exercice inspiré par la curiosité et non par l'empathie. Bien que l'une ait conduit à l'autre, en fin de compte.

Au printemps, je regardais les soirées se prolonger à mesure que la glace se craquelait et venait s'échouer sur la rive. J'observais les gens qui sortaient de chez eux après l'interminable hiver, les enfants qui couraient dans les rues, les amoureux assis sur les bancs le long de Lighthouse Road. L'été, je regardais les lycéens plonger du haut du brise-lames dans l'océan – leur vie si différente de la mienne. Je les voyais jeter des croûtes de sandwich aux mouettes qui planaient au-dessus des pique-niques. J'observais la circulation clairsemée dans le port. Plus d'une fois je vis Harry diriger son magnifique bateau vers le quai de la capitainerie du port pour se ravitailler en carburant. Pendant les mois plus froids de l'automne je regardais la fumée de la cheminée de la fish-house s'infiltrer dans l'isthme. Voir toutes ces choses ne m'aidait pas à mieux comprendre Rebekah. Je pense que c'était plutôt le contraire.

Pendant les soirées d'hiver qui venaient ensuite, quand la nuit tombait avant le dîner, la fenêtre ne reflétait que le décor intérieur. La lampe éclairait une image fidèle du fauteuil à bascule, du canapé Davenport et du tapis tressé. Et de mon visage. J'étais toujours surprise de me voir là. Comme si j'avais oublié que je faisais réellement partie de l'étrange vie domestique que Rebekah et moi mettions en scène avec en toile de fond notre silence et nos manières guindées. En fait, j'oubliais aisément mon apparence, car j'étais dénuée de charme. Jolie peut-être, selon les critères de l'époque, un qualificatif auquel n'aspirait aucune femme. Je l'avais toujours su, et je l'acceptais comme s'il s'était agi d'une boiterie. Mais Rebekah était une femme pleine de grâce, aussi saisissante et tragique qu'une star de cinéma vieillie, avec le genre de beauté qui me permettait d'occulter ma propre banalité. Je prenais plaisir à la contempler et je me demandais ce qu'on ressentait en voyant son reflet empreint d'une telle élégance. Ou bien ne s'en rendait-elle pas compte ?

Peut-être ne voyait-elle que la solitude. C'était le sentiment qu'elle m'inspirait quand, assise en face d'elle à la table de la cuisine ou l'observant depuis Lighthouse Road, debout à sa fenêtre, je regardais au-delà de sa beauté.

J'étais intriguée par d'autres choses. En réalité, elle m'a obsédée une bonne partie des premières années que j'ai passées ici. Mais elle était alors telle qu'elle est toujours restée, aussi mystérieuse, insaisissable et imprévisible que les lumières du Nord. Et aussi lointaine. Aucune dose de curiosité ne pourrait la rendre plus proche. Interroger d'autres personnes ne servait à rien non plus. Une fois que j'avais établi des relations amicales avec les femmes de la ville qui fréquentaient le bureau de poste, je glissais des questions sur Rebekah dans nos conversations : Avait-elle été mariée ? Que savait-on de son père, Hosea ? Lui arrivait-il de sourire ? Mon travail au bureau de poste était-il satisfaisant ?

Il me fallut longtemps pour trouver le courage de me renseigner sur Harry. Un jour Claire Veilleux vint pour envoyer un colis à sa fille. Elle avait à peu près l'âge de Rebekah, vivait ici depuis sa naissance et était considérée par la plupart des gens comme une personne aimable et généreuse. Nous bavardâmes agréablement pendant quelques minutes. Je pris son paquet, je le pesai et je m'apprêtais à encaisser son paiement lorsque Freddy Riverfish entra. Il souleva sa casquette, je pris son courrier et le lui remis.

« Et celui de Harry Eide aujourd'hui », dit-il.

Il venait souvent chercher les lettres de Harry. Je les lui donnai donc sans hésiter. Il se découvrit à nouveau et s'en alla.

Je me souviens avoir regardé Claire Veilleux et dit : « Pourquoi Harry Eide ne vient-il jamais relever son propre courrier ? »

La pauvre dame rougit jusqu'aux oreilles, bégaya, et articula enfin : « Mademoiselle Lovig, la réponse à cette question est enfouie là-bas. » Elle désigna la fenêtre orientée vers le lac. « Vous pouvez interroger Rebekah ou Harry, mais ni l'un ni l'autre n'aura de réponse. C'est la triste vérité. » Elle glissa son courrier dans son sac et me regarda. « Mais je vais vous dire une chose. Il y a des vérités profondes et des vérités superficielles. Et des vérités qui ne sont ni l'un ni l'autre. Vous comprenez ? »

Je dus prendre un air dubitatif.

« Quand vous serez plus âgée, peut-être lorsque vous aurez été forcée de mentir à des gens que vous aimez, ou de renoncer à ce que vous pensiez ne jamais pouvoir quitter, peut-être que vous comprendrez. »

Ce jour-là Claire Veilleux repartit avec un sourire compatissant. J'ai vécu avec Rebekah pendant un quart de siècle environ et je me suis souvent demandé ce que Claire voulait dire à propos de toutes ces vérités différentes. Quand je m'occupais de Rebekah, lors de ses fréquentes maladies, je me posais la question. Je m'interrogeais aussi quand elle devint plus faible, et que je l'aidais à se baigner et à s'habiller. Durant ses dernières années dans l'ancienne boutique d'apothicaire, je me le demandais en la soutenant dans les toilettes. Lorsque sa vue baissa au point que je lui faisais la lecture pendant une heure, parfois plus, je continuai de chercher la réponse. Alors que je lisais à voix haute et qu'elle s'endormait sur son fauteuil à bascule, ressassant tous les sentiments qu'elle avait accumulés, je me demandais comment elle pouvait trouver le sommeil. Mais en dépit de tout ce que nous partagions, pas une fois elle n'avait trahi le passé que j'étais si désireuse de connaître, ni révélé le moindre de ses secrets. Aujourd'hui – plus de vingt-deux ans après sa mort – j'ignore toujours comment il est possible de mentir à un être qu'on aime. Et avant la disparition de Harry le mois dernier, en amont de la rivière, je ne me croyais pas capable de renoncer à une présence qui m'était aussi précieuse. Je suis une femme honnête, et je peux donc affirmer que la fuite de Harry ne m'a en rien aidée à comprendre Rebekah Grimm. À défaut d'autre chose, la manière dont il s'est volatilisé et les histoires qui sont alors remontées dans la mémoire de son fils l'ont rendue encore plus énigmatique.

Je ne peux pas dire non plus que les moments passés derrière cette même fenêtre ces jours-ci aient dissipé ce mystère. Et il y en a eu plusieurs ces derniers temps, depuis que nous avons commencé à mettre sur pied la société historique, un projet réalisable grâce à la sœur de Gus qui a fait donation de la boutique d'apothicaire à la municipalité de Gunflint, mille deux cent un habitants.

Une étrange succession de propriétaires en firent l'acquisition. Une histoire curieuse et embrouillée, comme tant d'autres. Le bâtiment fut vendu à Lisbet quand Rebekah emménagea dans l'hospice luthérien au printemps 1963. Devenir soudain l'acquéreur d'un lieu qu'il abhorrait fut un véritable camouflet pour Harry. Même si cet état de fait ne dura que jusqu'à son divorce d'avec Lisbet, moins de deux ans plus tard.

Peu après ce divorce, Lisbet retourna vivre à Chicago. J'occupais à présent une maison que je louais dans la Huitième Avenue, et lors de mes promenades je m'arrêtais souvent pour contempler l'ancienne boutique d'apothicaire. Des années plus tard elle dominait toujours la ville, tel un majestueux pin blanc, vestige du passé. La peinture du revêtement s'écaillait. Les mauvaises herbes envahissaient la pelouse. La balançoire s'affaissait au bout de ses chaînes. Tous les cinq ans le contreplaqué au-dessus des fenêtres était remplacé par Harry ou Gus. Ils devaient sentir que par égard pour la population, ils se devaient de dissimuler ce qui se trouvait à l'intérieur. Ensuite Signe, mettant de l'ordre dans son patrimoine, se débarrassa de ce bien sans poser la moindre condition à sa donation. Elle voulait seulement s'en dessaisir. La boutique d'apothicaire a donc aujourd'hui une nouvelle chance de faire partie du tissu de la vie quotidienne de Gunflint.

Bonnie Hanrahan et Lenora Lemay m'ont persuadée de les aider à organiser la société historique, et nous ferons certainement de notre mieux. Je reconnais que j'ai pris leur insistance pour un compliment, et j'ai accepté sans hésiter une seule seconde. Peut-être l'aurais-je dû. Je suis retournée là-bas à plusieurs reprises, et j'ai toujours senti une sorte de présence dans l'atmosphère. Ne me prenez surtout pas pour un charlatan, je ne suis pas gnostique et je ne crois pas au sixième sens. Néanmoins, mes souvenirs ont été particulièrement stimulés lorsque je me suis retrouvée dans l'appartement, face à cette vitre.

La dernière fois je me suis dit que Rebekah avait sans doute cessé d'attendre depuis des années. Peut-être avait-elle passé tout ce temps debout derrière cette haute fenêtre animée du désir de se jeter à travers. Cette pensée me fit froid dans le dos et j'en eus le cœur brisé pendant des semaines. Car malgré son manque de chaleur et son excentricité, j'avais réellement beaucoup d'affection pour elle. Je pourrais même dire que je l'aimais.

Il y avait des moments où elle baissait la garde, quand elle entrait dans une pièce ou se mêlait à une conversation comme si elle avait été projetée dans une autre vie où elle n'était pas étouffée par son histoire personnelle. Il est vrai que ces moments n'étaient pas fréquents, mais elle devenait soudain spirituelle ou insouciante, et même chaleureuse. Ils survenaient parfois à la table du petit déjeuner. Elle se souvenait d'une scène du récit que je lui avais lu la veille et elle éclatait de rire. Ou peut-être était-ce une histoire qu'elle avait entendue sur WTIP[1], et qui la faisait s'interroger. « *Cette nouvelle loi de déségrégation signifie-t-elle que les Norvégiens et les Suédois de cette région seront obligés de se rendre à l'école par le même chemin ? Huit cents pour envoyer une lettre ? Je ferais mieux de capturer un faucon quand ils migreront à l'automne.* » Les rares fois où elle vendait un chapeau, elle était bouleversée au point d'en avoir le vertige. Le ton de sa voix changeait. La tension de ses yeux et de sa bouche se relâchait et elle souriait comme une femme de trente ans plus jeune. Ces humeurs duraient une minute ou une heure, mais elle était délicieuse alors.

Je n'ai pas songé souvent à ces moments heureux, bien que je me sois surprise à les évoquer la dernière fois que je suis montée au deuxième étage. C'était réconfortant – vraiment – de me rappeler le son de son rire. L'écho se prolongea dans ma mémoire et me

1. Station de radio basée à Grand Marais, dans le Minnesota.

fit penser que cette fenêtre était pour moi une sorte de boule de cristal. Elle était tournée vers un avenir qui aurait pu être très sombre sans les apparitions de Harry et de son bateau de pêche.

Mais dès que cette vision eut traversé mon esprit, je fus saisie par l'idée que Rebekah et moi avions sans doute attendu et espéré la venue du même homme.

Le premier jour au-delà du lac du Bois Brûlé fut le dernier de la période clémente qu'ils avaient connue. Le temps était beau, leurs poumons et leurs jambes étaient reposés, leur équipement prêt. Le poisson mordait, ce soir-là ils mangèrent du sandre pané aux crackers et frit dans de la margarine, et leur ventre fut repu. Ils étaient à égalité sur l'eau, ce qui surprit autant Gus que Harry, mais il en fut récompensé. À chaque coup de pagaie, il se découvrit une vaillance qu'il avait toujours reconnue chez son père mais qu'il ressentait lui-même avec beaucoup d'excitation. La traversée à venir prit tout son sens ce jour-là. Ils atteignirent le premier portage et franchirent deux lacs de plus avant de monter le camp et de profiter d'une longue nuit de sommeil.

Dès le lendemain matin, les cartes se révélèrent inexactes dans leur représentation de la région, indiquant de moins en moins de lacs et de portages, et le troisième après-midi de cette partie du voyage ils se fièrent plus à leur boussole et à leur intuition. Le fait qu'ils étaient perdus – pagayant le long des côtes pendant des heures, cherchant un accès à la forêt en coupant à travers les marécages de thuyas ou les bosquets de pins lorsqu'ils n'en trouvaient aucun – ne parut pas préoccuper Harry. Comme il se montrait désinvolte, et même confiant, Gus mit de côté ses propres doutes. Jusqu'au soir où le vent se leva.

Ils avaient dépassé le lac du Bois Brûlé depuis quatre ou cinq jours lorsqu'une pluie hurlante et rugissante s'abattit sur eux alors qu'ils traversaient ce qu'ils crurent être le lac Malcolm. Ils se réfugièrent à l'abri de sa côte escarpée, qui n'était guère accueillante. Les crêtes des vagues inondaient leurs canoës. La foudre fendait les nuages d'orage. Tard dans l'après-midi ils trouvèrent un endroit où camper, le long d'un bras étroit du lac, et ils plantèrent leur tente entre deux arbres sur la rive en granite. Tout était trop mouillé pour allumer un feu, ils mangèrent de la viande séchée et des crackers en guise de dîner, puis hissèrent leurs sacs de provisions dans un pin vacillant avant de s'installer.

Le vent retentit toute la nuit. Le claquement de la toile de tente et la chute de température troublèrent leur sommeil. Gus fut réveillé deux fois en sursaut par le fracas d'un pin brisé par la tempête. À un moment donné, Harry rampa dehors pour vérifier l'état des canoës. Quand il revint et se pelotonna dans son sac de couchage il dit : « Ce vent est anormal. »

La pluie se calma avant l'aube et Gus eut une heure de sommeil paisible. Lorsqu'il s'éveilla, il rampa hors de la tente et vit son père qui fixait le lac. Au sommet de la crête sous laquelle ils étaient passés en canoë le soir précédent, tous les pins avaient été arrachés. Des centaines d'arbres. Des milliers. Près de deux kilomètres de pins, tombés en une seule nuit. Ils auraient pu construire une cabane en rondins avec.

Harry se retourna et sourit. Il tenait la boussole dans ses mains, le vent soulevant le pompon de son bonnet rouge comme la queue du coq d'une girouette. « Une journée idéale pour explorer, hein ? » Il dut crier pour couvrir le tumulte incessant du vent.

Il indiqua le passage plus haut. « Au nord ! dit-il. Regarde cette pente. » Il s'approcha de Gus et s'appuya sur son épaule. « Une colline comme ça pourrait bien marquer la ligne de partage des eaux. » Il se tourna et regarda de nouveau le lac. « Qu'en penses-tu ? »

Gus scruta encore la crête. « Je pense qu'on a eu de la chance de ne pas être écrasés par un tronc la nuit dernière.

– Je suppose que chaque nuit où on ne meurt pas sous un arbre tombé on doit remercier son étoile », répondit son père.

Gus regardait le passage. « Tu crois vraiment que c'est la ligne du partage des eaux ?

– Je vais faire du café, ensuite on ira y jeter un coup d'œil. »

Ils mirent à l'eau un seul canoë, Harry tenant le gouvernail. La distance n'était pas longue jusqu'au passage, mais ils pagayaient contre le vent du nord qui s'engouffrait dans la gorge, et il leur fallut près d'une demi-heure pour y parvenir. Vers l'extrémité du lac Gus remarqua une sorte de ligne, un changement de lumière. Le vent était visible au-dessus, et plus bas l'air était limpide et cru. Lorsqu'ils passèrent dessous, l'atmosphère leur parut soudain presque légère. Le vent – aussi bruyant que le passage d'un train lorsqu'il soufflait sur leurs têtes – s'apaisa enfin, réduit à un sifflement imperceptible.

Harry jeta un coup d'œil vers Gus assis à l'arrière. « Bizarre, hein ? »

C'était surnaturel, cette altération de la lumière et du bruit. Quand Gus se tourna lui aussi pour scruter le lac derrière eux, il se dit : *Nous voilà partis. Impossible de revenir en arrière. Plus maintenant.*

Ils échouèrent doucement le canoë sur le talus noirci par l'eau de pluie. Ils entendaient le martèlement reconnaissable d'une cascade et suivirent le son vers l'ouest en gravissant une falaise abrupte. Bientôt le rugissement se rapprocha, les enveloppant de toutes parts, Gus s'attendait à voir les chutes d'un instant à l'autre, mais ils avancèrent aussi loin au nord qu'ils l'avaient fait à l'ouest avant de les trouver vingt minutes plus tard. Un bassin de la taille d'un champ intérieur de baseball, bordé d'arbres tombés et de rochers en forme de couteaux, recevait l'eau dégringolant d'une hauteur de dix mètres. C'était magnifique. La brume se levait. Les cèdres encadraient les cascades, dégoulinant de toute cette pluviosité. Le vent oublié dans cette faille.

Harry s'assit sur un cèdre pourri à demi submergé dans le bassin. « Nom de Dieu », s'exclama-t-il, la voix rauque. Il toussa, cracha, et répéta « Nom de Dieu », comme si cela avait pu échapper à Gus la première fois.

« Quel est le problème ?

– Cette eau coule dans le mauvais sens. » Il cassa une branche de l'arbre effondré et la jeta dans le ruisseau peu profond qui s'échappait du bassin, comme s'il s'attendait à le voir remonter les chutes au lieu de couler dans le sens de la pente. Il le regarda bondir entre les rochers pendant un moment et dit : « Évidemment. » Il secoua la tête et ajouta : « Quel idiot penserait qu'une colline comme celle-ci redescendrait plus bas de l'autre côté ?

– Et alors ? »

Il secoua la tête. « Je n'ai pas les idées claires. Ce n'est pas possible. » Il se tourna pour observer les chutes.

« On peut encore aller regarder », proposa Gus, perturbé par le changement d'humeur de son père.

Harry se tut, et se mit à contourner l'eau en pataugeant. C'était risqué le long de ces cascades, les rochers glissants, aiguisés, avaient tendance à rouler sous les pieds. La température avait dû chuter de trente degrés pendant la nuit, par contraste l'eau paraissait plus chaude, mais l'air cruel, mordant. Lorsqu'ils atteignirent le sommet, le sol s'aplanit et se déploya dans un enchevêtrement de cèdres tordus. Ils s'avancèrent à grand-peine entre les arbres, de l'eau jusqu'aux cuisses, le vent leur frappant le visage. À la sortie du bois, ils découvrirent un immense lac d'eau turbulente, blanche d'écume. Le long de la côte sud, les falaises semblaient gigantesques en comparaison des parois de la gorge au-dessous.

Une expression de panique envahit le visage de Harry – comme s'il avait reçu une gifle – et pendant de longues minutes, il examina les environs tel un simple d'esprit. Puis son regard s'éclaira. Il prit le recueil de cartes dans son sac, feuilleta deux pages, et étudia les falaises à nouveau. « Ça pourrait bien être le lac Rouge. Ça veut dire qu'on est sur le bon chemin après tout. » Il regarda derrière eux l'endroit d'où ils étaient venus, et fit appel à sa mémoire pour mettre les cartes en perspective. Au bout d'un long moment il hocha la tête énergiquement. « Oui monsieur, je pense que ça peut bien être le lac Rouge. »

Gus se hissa sur la fourche d'un cèdre et s'assit le dos tourné au lac. Le vent transperçait son pantalon trempé et lui donnait une sensation de brûlure. « Ça ne va pas être facile de passer par là, dit-il. Ces arbres sont emmêlés comme une pelote de laine. Pas commode non plus de remonter ces cascades avec les bateaux. » Il désigna les chutes derrière lui. « Ça nous prendra toute la journée. »

Harry le regarda en plissant les yeux. « On en a assez fait pour prendre un jour de repos, non ? Et si on attendait demain pour ce portage ? Avec un peu de chance ce vent va retomber ?

– Je suis d'accord », répondit Gus.

Ils commencèrent à redescendre ; à certains endroits la pente était si raide qu'ils se demandaient comment ils avaient pu la gravir sans l'aide d'une échelle ou d'une corde. Avant de retourner au canoë ils cherchèrent du bois mort dans les broussailles du marécage de thuyas. Ils trouvèrent quatre troncs secs, les chargèrent sur le canoë et regagnèrent leur campement en pagayant, les plats-bords dépassant la ligne de flottaison de quinze centimètres à peine.

Après toutes ces journées de dur labeur il était étrange de paresser dans le camp, mais c'est ce qu'ils firent. Harry alluma un énorme feu et Gus s'occupa du bois, fendant tous les rondins avant de les débiter avec la hachette. Ils accrochèrent une corde entre deux arbres, lavèrent leurs vêtements et les suspendirent près du feu pour les faire sécher. Gus prépara un pot de café, et à midi ils avaient accompli toutes leurs corvées.

Harry s'assit les pieds vers le feu, et démonta sa Remington, essuyant avec soin le canon après toute la pluie de la veille. Gus l'observa, affamé, ensommeillé, et retiré en lui-même, comme s'il souhaitait n'avoir jamais pris part à cette expédition. Son père dut lire dans ses pensées, car il déclara : « On dirait que tu n'es pas encore remis d'une très mauvaise nuit.

– J'ai connu mieux. Ça c'est sûr. »

Harry huilait les goupilles, plissant les yeux pour mieux se concentrer sur sa tâche.

« J'allais pêcher, dit Gus, mais je crois que je vais faire un somme. »

Son père poursuivit son travail. « Ça te fera du bien. Je te réveillerai pour le dîner. »

Gus pénétra donc sous la tente et s'enveloppa dans le sac de couchage. Il dormit profondément cet après-midi-là. Ce fut un son tout proche rappelant un bêlement de mouton qui le tira de son sommeil. Il avait des fourmis dans l'épaule et le bras droits parce qu'il avait pris une mauvaise position. Il resta allongé, écoutant ce bruit insolite pendant que le vent froissait la toile de tente. Au bout d'un moment le sang se remit à circuler dans son bras, chassant le picotement, et il se rassit. À travers le rabat de la tente il voyait Harry sur la rive, debout en pleine lumière près d'un rocher de la taille d'un ours, pointant sa Remington vers la rive opposée du lac.

Gus avait déjà vu cette expression sur son visage – un grand nombre de fois – et il sut qu'il y avait du gibier dans sa ligne de mire. Il rampa jusqu'à l'entrée de la tente et glissa un coup d'œil dehors. Sur la rive opposée, un faon leur présentait son arrière-train, l'écho de ses bêlements emporté sur l'eau par le vent puissant qui descendait de la falaise. Les taches blanches de sa robe juvénile étaient encore visibles.

Pendant au moins une dizaine de minutes, lui sembla-t-il, il fixa tour à tour son père et l'animal.

À deux reprises, Harry abaissa son fusil et ferma les yeux avec l'expression d'un homme en train de prier. Lorsqu'il rouvrit les paupières il rectifia son tir. Il remarqua alors Gus accroupi dans la tente, visa une troisième fois, et tira.

Gus fut surpris de voir le faon simplement frémir avec un sursaut. Il paraissait impossible que Harry eût manqué une cible aussi facile. Gus fut soulagé d'entendre le faon bêler encore plus fort.

Harry remonta son fusil sur son épaule et s'approcha de lui d'un pas vif. Quand il fut à portée de voix, il cria : « Attrape le couteau de chasse et rejoins-moi. »

Gus fouilla dans le sac où il trouva le couteau, il enfila son pull-over et ses bottes, et sortit de la tente. Le faon n'avait pas bougé.

« Que se passe-t-il ? demanda-t-il.

– Tu ne vas pas le croire. »

Ils sautèrent dans un canoë et franchirent le passage. Harry se glissa dans l'eau qui lui arrivait au genou et fit quelques pas prudents en avant. Le faon le regarda et bêla frénétiquement avant d'enfouir son museau dans les rochers. Du moins, c'est ce que crut Gus. En réalité, c'était sa mère qu'il reniflait. La biche avait une balle dans la tête, les pattes écartées comme une marionnette dont on a coupé les fils.

Gus avait des difficultés à appréhender la situation. Entre le faon, la biche et son réveil soudain, il pensa qu'il était peut-être en train de rêver. Il fit un effort pour revenir à la réalité, mais se retrouva encore debout dans le canoë, regardant son père qui s'approchait du faon avec précaution, la main tendue comme si le petit cerf était un chien.

Lorsqu'il fut à vingt pas de lui il se retourna vers son fils, l'air troublé lui aussi. Il haussa les épaules et écarquilla les yeux comme pour demander : *Que dois-je faire ?*

Gus haussa les épaules en guise de réponse.

Harry s'arrêta à dix pas du faon, se redressa, et laissa retomber ses mains le long de ses flancs. L'animal flaira sa mère, lui lécha l'oreille, puis fit demi-tour et s'élança le long de la côte escarpée. Gus et Harry le regardèrent s'éloigner.

Il aurait pu croire qu'il rêvait encore si, un instant plus tard, il n'avait pas franchi la baie et découvert à ses pieds la biche morte. Il s'immobilisa près de son père qui tenait son bonnet à la main comme pour présenter ses respects.

« Que s'est-il passé ? » demanda Gus.

Harry portait encore sa Remington en bandoulière. Il la fit glisser, vérifia le cran de sûreté, et la posa sur un rocher. « J'étais assis là en train de boire une tasse de café pendant que tu faisais la sieste. Le vent soufflait de nouveau. Un vent violent. » Il fit tournoyer ses mains au-dessus de sa tête comme pour rejouer la scène. « J'avais déjà rangé la carabine. Je me lève alors pour aller pisser et je jette un coup d'œil autour de moi. Je remonte la rive – il désigna l'énorme rocher de l'autre côté du lac – et en observant la crête, là où les arbres sont tombés, je te jure, je vois cette biche et son faon arriver tout au bord. Je veux dire à l'*extrême* bord. Une bourrasque s'abat sur le sol et je déconne pas, la biche est emportée au bas de la falaise. Ou bien elle glisse. En tout cas, elle atterrit ici. » Il la montra du geste.

« Foutaises, s'exclama Gus.

– Je n'invente pas cette histoire. Regarde ses pattes. Et son putain de cou.

– Alors pourquoi tu lui as tiré dessus ?

– Parce qu'elle n'était pas morte ! »

Gus leva les yeux vers la falaise. « Elle est tombée de là et elle ne s'est pas tuée ? »

Harry se gratta la tête et remit son bonnet. « Ça doit faire dix ou quinze mètres au moins, hein ? Elle est tombée, c'est tout. Deux minutes plus tard, le faon arrive par les rochers, braillant comme un fou. Tu l'as entendu.

– Je pense qu'il m'a réveillé. »

Harry agita la main au-dessus de sa tête. « Elle est simplement tombée. Elle a atterri là. Elle était encore en vie.

– Comment ?

– Je n'en ai pas la moindre idée. Je te jure. Quand je l'ai vue tressaillir je suis allé chercher ma carabine. Je l'ai sortie de son étui et j'ai marché jusqu'à ce rocher. C'est à ce moment-là que j'ai aperçu le faon. » Il se gratta encore la tête sous son bonnet. « Comment diable ? »

Ils restèrent un moment près de la biche, puis Harry reprit : « Il fallait que je l'abatte. » Il s'agenouilla et attrapa une des pattes arrière. « Elle doit être brisée en une centaine d'endroits. » Il souleva l'autre patte dans sa main. « Elles sont toutes brisées en une centaine d'endroits. » Il se redressa et regarda son fils. « Je suppose que nous devons l'étriper.

– Je peux m'en charger, dit Gus.

– Non. C'est moi qui ai tiré. »

Gus prit le couteau dans sa ceinture et le tendit à son père, qui le sortit de son étui, s'agenouilla, et fit rouler la biche sur le dos. Avant de lui ouvrir le ventre il leva les yeux. « Je pense que la neige sera là avant nous, hein fils ? »

Ils restèrent deux ou trois jours au camp sur le passage, attendant que le vent se lève sur le lac et préparant la venaison. Lorsqu'ils portagèrent[1] les rapides, leur garde-manger était plus lourd qu'au départ de Gunflint.

Quand ils avaient levé le camp ce matin-là, Gus avait suggéré d'attendre la dissipation du brouillard, mais Harry avait affirmé que la chaleur du soleil le ferait disparaître. Ce ne fut pas le cas. Ils pagayaient lentement, toujours enveloppés de blancheur. Tous les vingt coups de pagaie, les arbres penchés au-dessus de l'eau apparaissaient à travers la brume, et Gus se sentait soulagé. Mais cela ne durait pas, et ils étaient de nouveau engloutis dans la brume.

Harry chantait sans arrêt. Une de ses chansons, devenue une sorte d'hymne. « *Petit rocher de la haute montagne, / je viens ici finir cette champagne. / Ah! Doux échos, entendez mes soupirs, / En languissant je vais bientôt mourir**… » Gus fredonnait l'air en écho tout en se demandant ce que pouvaient bien signifier les paroles.

1. Franchir en faisant du portage.

Ils pagayèrent encore une heure avant que Harry cesse de chanter, pose sa rame, et étire son dos. « Une sacrée demi-journée, dit-il. Ça fait quatre heures qu'on est sur ce lac et il n'en finit toujours pas.

– C'est peut-être Biwanago », suggéra Gus bien qu'il n'y crût pas lui-même.

Harry scruta le brouillard dans chaque direction. « Et ce temps. Dieu de Dieu. »

Gus prit sa boussole dans la poche revolver de son pantalon. Avant même qu'il l'eût consultée, son père dit : « Plein ouest. »

Gus leva malgré tout sa boussole.

« Sacré plein ouest, dit Harry.

– Biwanago va vers l'est et vers l'ouest, affirma Gus.

– Ce n'est pas Biwanago », répliqua Harry. Il agrippa sa pagaie et la plongea fermement dans l'eau pour repartir.

Pourtant c'était bien Biwanago. Selon toute probabilité, en tout cas. Ils poursuivirent la traversée de cette matinée brumeuse pendant une demi-heure encore avant que le brouillard se dissipe d'un seul coup. Comme s'il avait volé en éclats, projeté sur le lac telle une rafale de neige, rien de comparable avec le nuage de fumée s'élevant dans l'air auquel s'attendait Gus. Des pins verts se détachèrent soudain contre le ciel bleu pâle, denses et intacts.

Ils pagayèrent jusqu'à une pointe de granite noueux. Gus dépassa son père sans un mot et s'engouffra dans une longue baie étroite. Avant d'en avoir franchi la moitié il entendit un bruit de cascade. Il se tourna pour regarder son père, qui tendait l'oreille vers le son comme si Dieu en personne mêlait son chuchotement au fracas de l'eau.

« Tu entends ça ? demanda Harry en venant se glisser près du canoë de Gus.

– Ouais.

– Ça a l'air sérieux. »

Harry sortit sa boussole, prit sa mesure, regarda le ciel. Leurs canoës se rapprochèrent et Gus les réunit en un tournemain en accrochant sa pagaie au plat-bord de son père. L'air était aussi immobile que l'intérieur d'une église. Ils restèrent là sans bouger un moment avant que Gus s'aperçoive que leurs embarcations étaient peu à peu entraînées vers le bruit de la cataracte.

Ils accostèrent bien au-dessus des chutes. Gus voyait la brume s'élever en aval. Harry était courbé sur la sangle de son sac Duluth et quand il se redressa il serrait si fort le recueil de cartes que Gus craignit de voir éclater ses veines.

Ils longèrent la rive rocheuse jusqu'à la cascade. Le premier rapide se jetait un mètre cinquante plus bas dans une cuvette d'écume blanche avant de déverser son eau bouillonnante sur une centaine de mètres, son lit émaillé de blocs et de troncs d'arbres enchevêtrés. Tout en bas, à l'endroit où l'eau partait en direction de l'ouest, elle semblait ralentir et devenir plus paisible.

Harry se retourna pour regarder le grand lac derrière eux, tapotant son menton rasé de frais avec la reliure en peau d'orignal. « Comment diable avons-nous pu la manquer ?

– Manquer quoi ? demanda son fils.

– La ligne de partage des eaux, Gus. La hauteur des terres. » Il feuilleta les pages et marmonna quelque chose que Gus ne parvint pas à comprendre. Puis

Harry secoua la tête d'un air farouche, leva les yeux vers le ciel, s'accroupit, prit de l'eau dans le creux de sa main et la porta à sa bouche. Lorsqu'il se redressa il dit : « Il est peut-être temps de rebrousser chemin, petit, hein ? »

Gus fit volte-face. « Tu parles de rentrer à la maison ? »

Harry haussa les sourcils.

« Tu te moques de moi ?

– On a un problème. Un sacré problème. » Il désigna l'eau tout en bas, tendit les bras vers la forêt et le ciel, et secoua le recueil de cartes tel un pasteur brandissant la Bible. « Cet endroit n'est pas celui où nous sommes.

– Bien sûr que si, répliqua Gus. C'est aussi l'endroit où nous sommes censés être. » Ils étaient de retour sur la bonne voie, celle qu'ils avaient cherchée, mais Gus admettait qu'il n'avait jamais connu d'endroit plus dangereux. Il se sentait tendu, électrique, comme si un courant aussi puissant que la rivière circulait dans ses veines. « L'embouchure de la rivière Balsam. C'est le bon cap. »

Harry empocha les cartes et se tourna face aux rapides. « Je crois que c'est la Balsam, Gus. Mais pense à la manière dont nous y sommes parvenus. C'est un sacré coup de chance. Maintenant, à partir d'ici, nous pouvons retrouver le chemin de la maison. Avant d'avoir un vrai problème. »

Gus éclata de rire. « Ce n'est pas toi qui m'as parlé sans arrêt de l'expérience authentique ? De La Vérendrye, de Thompson et des voyageurs ? Toi et moi. Ici même. Sans cartes fiables ? Avec l'hiver sur les talons ? "Nous sommes des hivernants !" Voilà ce que tu m'as dit. Tu me l'as répété cent fois. »

Il prononça ces paroles d'une traite et n'attendit pas la réponse de son père. Au lieu de cela, il le repoussa et repartit en direction de la rive. Lorsqu'il atteignit son canoë, il souleva le premier sac Duluth, le cala sur ses épaules, passa la courroie de portage sur son front, marcha vers le bord de la cascade, et le laissa tomber sur le sol. Harry n'avait pas bougé, se contentant de croiser les bras sur son pull-over en laine rustique. Lorsque Gus repassa devant lui, Harry murmura son nom mais ne chercha pas à l'arrêter.

Gus refit deux fois le même trajet. D'abord avec le deuxième sac Duluth et ensuite avec son canoë. Sous la première chute, la vue sur les rapides était plus étendue et il les étudia, cherchant une voie qui n'existait pas, visiblement. Obstrué par des pins couchés, le lit était trop étroit.

Harry s'était approché de lui, tenant à nouveau son recueil de cartes à la main. « Autrefois il y avait un portage ici, dit-il.

– Je suppose que quelques arbres ont poussé au cours du siècle dernier, répondit Gus.

– C'était peut-être plus qu'un portage. Peut-être même une ancienne route forestière.

– Il n'y a jamais eu de route forestière ici.

– Gus, fils.

– Quoi ?

– Nous devons ralentir. Faire le point.

– Pourquoi ?

– Nous voici exactement là où nous sommes censés être. Tu as raison. Mais nous sommes aussi perdus.

– Perdus, non. Effacés de la surface de la Terre, putain. »

Harry ne répondit rien. Au lieu de cela, il remonta le long de la rivière, dépassant la cascade.

Gus étudia de nouveau les rapides. *Je peux flotter jusqu'en bas*, songea-t-il. *Fixer une corde, trouver des prises le long de la rive.* Dès qu'il l'eut formulé, ce fut réglé.

Il était en train de faire un nœud de chaise quand il vit son père essayer de contourner la cascade. Essoufflé, il posa son sac sur le bord, se pencha en avant.

« Tu as besoin d'aide ? demanda Gus.

– Non. » Harry revint chercher le reste de son équipement.

Gus n'avait jamais vu son père coiffé au poteau avant, et le découvrir sous ce jour l'effraya encore plus que son propre éclat. Avant d'avoir pu analyser ce qui se passait, il noua la corde autour de son épaule et la sangla.

Il poussa son canoë dans l'eau et au bout de dix pas à peine, il se rendit compte qu'il était à la merci du torrent. Entre le courant et le lourd canoë devant lui, il n'avait aucun recours. Ses jambes ne pouvaient pas suivre le flot, et en quelques secondes il fut entraîné sous l'eau. La corde se tordit, il était couché sur le dos dans le lit du torrent, regardant à travers l'eau qui dévalait sur lui. Il éprouva du soulagement plutôt que de la panique, et trouva même le temps de s'extasier sur la beauté de cette image brouillée avant de rouler sur lui-même et de se relever. Il se sentait de nouveau électrique, comme s'il avait pu s'envoler de la surface du torrent tel un éphémère en éclosion.

L'eau lui arrivait maintenant à la taille. Aussi froide et rapide que la neige fondue sous le gouffre du Diable. Gus chercha un meilleur appui au sol, il attrapa une branche morte qui dépassait de la rive, et gîta le canoë. Il démêla la corde entortillée autour de sa taille et se propulsa dans une eau moins profonde. Il n'était qu'à mi-chemin des rapides mais ils perdaient déjà de leur vigueur. L'eau ralentit et s'élargit pour devenir une rivière.

Quand il atteignit le coude, le canoë se stabilisa sur le fond de la rivière et Gus regarda son père, encore debout sous les chutes. C'était la première fois depuis leur départ qu'une aussi grande distance les séparait, et il en éprouva du plaisir. Il était ravi aussi que ces moments de dur labeur soient du passé tandis que Harry devait encore affronter la descente. C'était une pensée dangereuse, et il le savait.

Il se tourna vers l'ouest, où la rivière était large et paisible. Le terrain remontait sur la côte nord, et des pins blancs se dressaient sur la crête. Sur la côte sud, l'eau s'infiltrait entre les lentilles d'eau et les nénuphars, jusqu'à une fondrière où poussaient des cèdres serrés. Gus opta pour la côte nord, où il échoua son canoë et déballa des vêtements secs. Lorsqu'il fouilla dans la poche cargo de son pantalon trempé, elle était vide. Plus de boussole.

C'était presque Noël, et Gus m'avait aidée à gravir l'escalier jusqu'au deuxième étage de la boutique d'apothicaire. Nous étions à la fenêtre, en train de regarder Lighthouse Road, ses réverbères garnis de guirlandes et d'ampoules blanches. La matinée était sombre, mélancolique, le lac retenant encore l'obscurité de la nuit. Nous restâmes immobiles un moment avant qu'il se retourne pour examiner la pièce vide.

« Ça vous fait quoi d'être de retour ici ? » demanda-t-il.

Je regardais encore par la fenêtre. « Je suis déjà revenue à plusieurs reprises, et j'ai chaque fois l'impression que c'était il y a très longtemps.

– Tout s'est passé il y a très longtemps, il me semble.

– Vous n'êtes pas assez vieux pour parler ainsi. »

Il avait sa sacoche accrochée à l'épaule, et portait un manteau en tweed. De l'avis de tous, c'était un bon professeur. Celui que tous les élèves préféraient. Il enfonça les mains dans ses poches.

« Pourquoi l'aimiez-vous, Berit ? Qu'avait-il de particulier ?

– Il était doux. Et drôle. Ouvert, même s'il cachait la plupart de ses pensées. » Je regardai encore par la fenêtre. « Il m'aimait en retour. Son amour me donnait l'impression d'être vivante. C'était très important. Il était fort. J'adorais sa force.

– Vous aviez cela en commun, hein ?

– Ne confondez jamais l'âge avec la force. »

Gus eut de nouveau le sourire de son père. Ils étaient pareils tous les deux. Chaque fois que Gus souriait j'aurais pu prendre son visage dans mes mains, l'embrasser et redevenir une jeune femme.

« Je déteste cet endroit, dit Gus au bout d'un moment. Je le déteste parce qu'il le haïssait. Tout ce que j'aime ou déteste. Tout ce que je sais. Tout ce que je ne sais pas. Tout cela, c'est à cause de lui.

– Ça ne peut pas être vrai.

– Ça l'est des choses qui comptent le plus. »

Nous contemplâmes le lac encore de longues minutes.

« Vous allez vraiment en faire un musée ? demanda-t-il.

– Une société historique. »

Il secoua la tête. « Bien sûr, car cet endroit a besoin d'exposer son histoire.

– N'est-ce pas l'objet de toutes ces conversations, Gus ? Exposer votre histoire ? À mon intention, du moins ?

– L'histoire et la mémoire sont deux choses différentes.

– En quoi le sont-elles ? »

Il me regarda en face. « L'histoire ne tient pas compte des actes d'imagination mais les souvenirs en dépendent. Les souvenirs comprennent les événements oubliés autant que ceux qui sont gravés dans notre mémoire. L'histoire ne peut être oubliée.

– Vous ne paraissez pas avoir oublié grand-chose.

– Je passe plus de temps à me souvenir que la plupart des gens, je suppose.

– Et tout ce voyage dans le passé est éprouvant, n'est-ce pas ? »

Il se détourna. « Pourtant ça me fait du bien d'en parler. N'est-ce pas le cours naturel des choses ?

– Souvent, oui.

– C'est pareil pour vous, non ? Les souvenirs ? »

Je jetai un coup d'œil à la pièce. Je pouvais me représenter Rebekah assise dans son fauteuil à bascule, la cuisine au bout du couloir, je sentais l'odeur du hareng en train de frire dans la poêle. Je voyais la corbeille de laines et la clarté ambrée du lampadaire. Je songeai que rester auprès de lui à écouter son récit qui me rappelait son père de tant de manières différentes était beaucoup plus difficile que le fait de me trouver là, face à une pièce vide. « Cet endroit ne m'inspire aucun sentiment fort. Pourquoi en serait-il autrement ? C'est juste le lieu où j'attendais que ma vie commence. Et lorsque c'est enfin arrivé, j'étais ailleurs.

– Mais enfin, comment passiez-vous vos journées ici ?

– Je travaillais. Je m'occupais de Rebekah. Je lisais des livres. Des quantités de livres. Vous devriez voir les cartons qui se trouvent encore dans le sous-sol. » Je m'interrompis. Devais-je développer ? Dire ce que j'attendais durant toutes ces années ? « J'ai passé plus de temps que je n'aurais dû à me demander si je devenais Rebekah. Une femme mûre. Seule. *Solitaire.* Espérant un changement…, la venue de quelqu'un.

Je pensais à votre père. À ce que ce serait de vivre avec lui. Je rêvais à lui parce que j'avais des sentiments pour lui. Je ne me trompais pas, mais pendant près de la moitié de ma vie j'ai eu la certitude que je devrais me défaire de cet amour. Je m'y refusais. Trop de choses étaient en cause. Trop de bonheur à vivre. J'en étais persuadée, alors j'ai attendu. Dieu, que j'ai attendu.

– Longtemps.

– Cela en valait la peine. »

Il sourit encore. Une minute s'écoula avant qu'il dise : « La dernière fois que je vous ai vue, je vous ai parlé de la rivière Balsam ?

– En effet. De la cascade et de la boussole que vous aviez perdue. »

Il acquiesça. « Je voulais vous raconter autre chose. Un événement qui s'est produit peu après cela. C'était important.

« À partir de ce moment-là j'ai arrêté de compter les jours. Même si mon père les cochait chaque soir sur son calendrier. Peu importait le nombre de jours écoulés depuis que nous avions dépassé la Balsam et atteint les îles de Kaseiganagah, nous étions indéniablement perdus, désormais. La pluie n'avait pas cessé depuis que nous avions quitté la dernière de ces îles, je n'avais plus de boussole, ni l'envie de me pencher sur la question, et j'aurais été incapable de dire si nous étions perdus au nord ou à l'ouest.

« Mon père avait cessé depuis longtemps de chanter ses *chansons**. Il ne desserrait pratiquement plus les dents depuis des jours. Il avait rangé son bonnet rouge, lui préférant le capuchon de son poncho, et il pagayait tous ces jours tel un ange de la mort. »

Gus se posa le dos des mains sur les yeux et resta immobile. « Le jour dont je vous parle, je pagayais sur son flanc tribord. Je surveillais les remous dans le sillage de son canoë. Je les regardais absorber la pluie et disparaître dans les profondeurs. Il baissa les mains. Le lac était noir de pluie. Comme celui-ci. » Il indiqua la fenêtre du menton. « Et aussi froid. Mon père semblait déterminé à aller de l'avant avec une frénésie nouvelle. Même si cela impliquait de sombrer dans l'oubli. » Il s'interrompit de nouveau, regardant le lac par la fenêtre. « D'ici, je vois exactement ce qui était en train de se produire. Mon père découvrait le monde sauvage qui le possédait. Il devait lui paraître aussi vaste et hostile que les régions que nous traversions.

– Oh, Gustav, dis-je.

– Ce que j'ignorais, et qui rend cette équipée encore plus inimaginable – et devrait la rendre *impardonnable* – c'est qu'il savait non seulement où il allait mais aussi ce qui nous poursuivrait. *Qui* viendrait s'en prendre à nous. Et pourquoi. »

Je regrettai qu'il n'y eût aucun siège, que le Davenport ne soit plus devant la fenêtre. C'était une chose de l'écouter parler de son père, de voir l'impact des souvenirs sur lui. Mais ç'en était une autre de revisiter mon propre mal d'amour. Chaque parole sur Harry qui franchissait ses lèvres se déposait en un lieu obscur et profond de mon être. Un sentiment déplaisant. Cela m'épuisait. Mais il n'y avait aucun endroit où s'asseoir dans le grenier de la boutique d'apothicaire. « Y a-t-il quelque chose que vous ne m'ayez pas dit, Gus ? »

Je crus voir des larmes dans ses yeux. « Depuis cet hiver-là j'ai passé tant de nuits à me demander pourquoi il m'a entraîné avec lui. J'ai ressenti de la colère. De l'épouvante. De la tristesse. Mais j'ai passé autant de jours à trembler d'excitation comme un petit garçon. Je me suis toujours dit : *Il ne faut pas réveiller un chien qui dort.* Et c'est ce que j'ai fait. Du moins la plupart du temps. Dieu, Sarah et les enfants sont la preuve que j'ai été capable de tourner la page. Mais aujourd'hui, alors que je vous raconte toute cette histoire, je n'en suis plus aussi sûr, Berit. Ça me terrifie.

– De m'en parler ?

– Non. De continuer à fouiller le passé.

– C'est peut-être parce que vous êtes vous-même père. Ou parce que vous redoutez de devenir votre père.

– C'est ce que Sarah m'a dit.

– Serait-il possible que nous nous trompions toutes les deux ? »

Je vis qu'il avait envie de sourire à ces paroles. Mais il s'en abstint. « Il y a tant de similarités entre lui et moi, je m'en rends compte, continua-t-il. Mais je pense que ce qui m'effraie vraiment, ce sont les innombrables manières dont je suis différent de lui. Et parce que le passé s'éloigne de plus en plus de moi, que la fin s'approche à grands pas, je crains de ne jamais rencontrer en moi l'homme que j'ai vu en lui.

– Le passé de chacun de nous disparaît. C'est tout à fait naturel.

– Des fragments du passé, oui. Vous avez raison. Mais d'autres parties demeurent. Vous le savez aussi bien que moi. Il y a des choses que nous ne pouvons jamais oublier, même si nous nous y efforçons. »

Je surpris son regard dans le reflet de la vitre. « Vous avez vos enfants, Gus. Et Sarah. Vous n'avez pas besoin de devenir votre père. »

Il ferma les yeux et leva la tête vers le plafond.

« Vous feriez mieux de m'aider à descendre l'escalier », lui suggérai-je.

Il s'exécuta. Je glissai ma main libre sous son bras et il m'accompagna, une marche après l'autre. Une fois dehors, je m'aperçus que le matin était plus chaud que je ne l'avais cru. Le soleil sortait de dessous les nuages bas. Nous nous arrêtâmes sur le porche.

« Voici ce que je voulais vous dire. Quelques jours après avoir dépassé la rivière Balsam, par une journée froide et pluvieuse, nous avons tourné dans les eaux épaisses d'un marais. Mon père a fait une pause pour prendre ses mesures absurdes, et la pluie s'est changée peu à peu en neige, d'une manière si palpable et délibérée qu'elle m'est apparue comme un phénomène hors du temps. Il a repoussé son capuchon et a levé les yeux vers les flocons. Et mon père – l'homme que vous avez connu, Berit – a fondu en larmes. J'étais sidéré. Trop pour prononcer un seul mot. Je l'ai simplement observé. Au bout d'un moment il s'est tourné vers moi et a dit : "Nous ne retrouverons jamais le chemin du retour." Je n'éprouvais ni peur ni anxiété. Rien de tout cela, même si j'étais sûr que nous allions mourir dans ces étendues sauvages. Que je mourrais sans même une boussole dans ma poche. Qu'on ne nous retrouverait jamais. Pour un garçon de mon âge, savoir une chose pareille. Ou pour un homme, porter ce fardeau toute sa vie. Comment puis-je transmettre tout ceci, Berit ? Comment dire à Sarah et à nos enfants que notre vie entière, notre bonheur ont été une illusion, parce que mon père et moi nous sommes morts dans les régions frontalières ? »

Je lui pris les mains, les serrant fort dans les miennes.

« Nous sommes morts encore et encore, à l'infini. »

Je mentirais si je disais que mes conversations avec Gus ne me donnaient pas une sorte d'objectif. Et de l'espoir, peut-être. J'aimais cette évocation quotidienne de Harry, grâce à la présence de Gus et à sa manière de parler – il choisissait ses mots avec un tel soin, marquait des temps entre les phrases, laissant apparaître le cheminement de sa conscience. Harry avait été pareil à tous égards.

Mais nos échanges me troublaient aussi, et les heures qui suivaient la séparation – quand je me retrouvais seule avec les histoires qu'il m'avait racontées, que je les réorganisais en me souvenant de ma propre version de Harry, mettant des choses par écrit – me perturbaient encore plus.

Ce matin de décembre, après qu'il m'eut guidée au bas de l'escalier de l'ancienne boutique d'apothicaire, aidée à monter dans mon camion, quand j'eus traversé la ville et tourné dans le chemin du Bois Brûlé pour rentrer chez moi, je me mis à penser à ce qu'il m'avait dit sur notre capacité à oublier certains événements. Il était facile de voir qu'il avait raison, même si je n'avais jamais envisagé les choses sous cet angle auparavant. Il me suffisait de me représenter le visage de Harry. Les rides harmonieuses autour de ses yeux. La chevelure emmêlée qui l'encadrait. Les lèvres douces qui auraient dû être tout sauf… Mon Dieu, comme il me manquait. Son souvenir était si présent dans mon esprit. Qu'avais-je déjà oublié ? Où tout cela s'était-il envolé ?

Lorsque j'arrivai chez moi, j'allai ouvrir le tiroir supérieur de mon secrétaire et j'en sortis la seule photographie jamais prise de Harry et de moi ensemble. Le col de sa chemise de travers. Les yeux tournés d'un côté comme si un danger imminent venait d'attirer son attention. Il paraissait nerveux. Pris au piège. Je le sais parce qu'il m'avait dit que son expression reflétait ses sentiments de ce jour-là. On voit derrière nous le Normandy Hotel dans le centre de Minneapolis. Un des rares voyages que nous ayons entrepris.

C'est l'expression qu'il avait toujours en public lorsque j'étais là, et c'est pourquoi nous restions le plus souvent en tête à tête, passant nos soirées dans ma maison au bord de la rivière. Nous dînions tous les deux. Jouant au cribbage au coin du feu, sirotant l'aquavit de Harry. Chacun de ces moments ensemble nous semblait volé, clandestin. C'était vrai alors, et encore plus aujourd'hui. Ce serait assez troublant en soi, mais à présent il y a autre chose : toutes ces nuits, pendant une trentaine d'années, se confondent en une seule. Du moins, c'est l'image que j'en ai gardée. Le temps a déjà fait son œuvre.

Dieu merci, il y a cette photographie. Il me semble que c'est une preuve tangible de notre vie commune. Je l'ai étudiée attentivement ce matin et je me suis rendu compte que le dernier acte de notre amour avait déjà commencé. J'avais passé presque autant d'années à l'attendre que de temps en sa compagnie, et aujourd'hui il avait disparu. Comment pourrais-je continuer maintenant qu'il n'était plus là pour partager ma vie ? Seule avec le souvenir de lui qui subsistait dans ma mémoire – ou ce qu'il en restait – et dans les récits que me faisait son fils ?

Je m'attardai longtemps devant le secrétaire, nous regardant. Quand je ne pus plus le supporter, je tournai les yeux vers la fenêtre, vers la rivière qui ondulait entre les arbres et les rochers. Je la fixai durant de longues minutes. Mon reflet apparut alors en relief sur la vitre, et je vis mon visage suspendu au-dessus de la rivière. En larmes. Je ne m'étais pas aperçue que je pleurais. Je songeai à Harry sanglotant dans la neige.

Avait-il fallu qu'il parte dans les régions frontalières, qu'ils finissent par s'y perdre tous les deux, pour que nous puissions nous retrouver ? Le moment où il était enfin venu à moi avait-il été la conséquence de tout ce qui leur était arrivé là-bas ? Et dans ce cas, comment interpréter notre amour ?

Après cette matinée dans le marais – et la crise de sanglots de Harry sous la neige – il s'écoula une semaine de jours et de nuits où ils furent à la merci du monde sauvage.

À l'aube, le père et le fils levaient le camp dans le brouillard. Toujours en silence. Harry ne consultait plus les cartes. Ils échangeaient rarement une parole. Le son de leurs pagaies plongeant dans l'eau était symphonique.

Le premier jour, ils naviguèrent sur un lac peu profond et trouvèrent un bouquet d'épicéas. Les arbres étaient drapés d'usnées barbues qui retombaient, blanchies par le givre. Gus passa dessous, songeant que les fantômes veillaient sur le monde, et il se sentit plus en sécurité.

Ils pagayèrent sur des torrents qui se transformaient en marécages puis redevenaient des torrents sans perdre leur élan, sans un arbre en vue au-dessus des roseaux bruns. Le long de la rive des lacs plus petits, même les nénuphars avaient viré au brun. Lorsqu'ils retrouvèrent la forêt, seuls le lichen et la mousse étaient encore verts. Les silhouettes sombres des pins se détachaient contre la lumière pâle.

Un autre matin ils se réveillèrent sur une baie, et lorsque Gus suivit la courbe du rivage pour uriner, il découvrit un enchevêtrement de traces de pattes dans le sable. Il les suivit jusqu'à l'endroit où les loups avaient attrapé leur proie, et où elles disparaissaient dans le sang. Il ne restait que les quatre sabots d'un cerf.

Ils portagèrent à travers les bois, sur les chemins et par-dessus les crêtes de granite fissurées. En franchissant l'une d'elles, Harry dit : « Ce n'est pas le dernier coup de froid que ces rochers n'ont pas supporté. Non Gustav, le froid qui les a brisés a sévi il y a un millier d'années. »

C'étaient ses premiers mots de la journée.

Le matin se levait plus tard, le soir venait plus tôt. La lune apparaissait après la nuit tombée, basse et bulbeuse à travers les arbres, aussi dorée que si elle avait trempé dans du bourbon. Le soleil se montrait à son tour le lendemain, offrant aussi peu de clarté et de chaleur que la lune qu'il remplaçait.

Ils dormaient sous la tente avec un feu qui brûlait devant l'entrée ouverte. Certaines nuits ils se blottissaient l'un contre l'autre pour se réchauffer. Il neigeait deux fois avant l'aube. Les nuits étoilées, Gus voyait le visage de son père endormi comme en plein jour. Harry avait un sommeil paisible, ce qui le perturbait énormément.

Il y avait des ruisseaux remplis de troncs d'arbres où l'eau avait cessé de couler, mais elle semblait rejaillir du sol cinq cents mètres plus bas.

Les bosquets de trembles et de bouleaux étaient blancs comme des ossements.

Ils marchèrent une journée à travers des arbres calcinés. Des kilomètres de troncs brûlés, avec seulement les nuages blancs dans le ciel pour trancher sur tout ce noir. Leurs bottes étaient charbonneuses quand ils les retirèrent le soir. « Je suppose que c'est l'exploitation de bois du diable que nous avons traversée aujourd'hui, hein fils ? »

Gus ne parvenait pas à chasser cette noirceur de son esprit. « C'est là que le diable stocke tout son bois, je suppose », répondit-il.

Harry éclata de rire et répliqua : « C'est une bonne chose que nous ne croyions pas à cette magie ! »

Ce fut la dernière phrase qu'il prononça avant des jours et des jours. Les oiseaux étaient tous partis. Aucun insecte ne stridulait. Pas de feuilles bruissantes sur les arbres. Gus en fut réduit à écouter le soir le crépitement du feu de camp.

La dernière de ces nuits il se réveilla en sursaut. Leur feu s'était éteint, il claquait des dents, et quand il sortit de la tente pour ranimer les flammes, il vit sur la rive opposée les pins rétroéclairés par leurs propres feux célestes : l'aurore boréale rouge et orangée qui scintillait sur le ciel illuminé par les étoiles.

Il existe sûrement un moyen de brûler avec eux, pensa-t-il.

Ils pagayèrent dos au soleil toute la matinée et après le déjeuner, mais le lac n'en finissait pas. Un vent cinglant leur giflait le visage. Gus jeta un coup d'œil à la côte. Il eut l'impression qu'on les observait.

Des collines grises, vallonnées, avaient succédé aux falaises et aux récifs qu'ils avaient longés plus tôt. Entre leurs errements, la difficulté du pagayage et leur mutisme obstiné, ils n'avaient pas encore parlé ce jour-là.

Gus, essayant de détourner son esprit du sujet, dit enfin : « D'après toi, on est dans le Minnesota ou au Canada ?

– Peu importe.

– J'ai faim. » Gus dut crier pour couvrir le bruit du vent.

« Mange de la viande séchée.

– J'ai envie d'un steak.

– Un steak.

– Et des patates.

– Tu as aussi besoin d'une bière. Et d'un plat de maïs. Pendant qu'on y est, que dirais-tu d'une tranche de tarte à la rhubarbe pour le dessert ?

– Et de deux litres de café noir bien fort. »

Harry regardait devant lui. « Ça, je peux te l'offrir », dit-il.

Leurs canoës dérivèrent ensemble et ils inspectèrent le lac d'un œil distrait.

« Papa, qu'est-ce qu'on va faire ?

– Pagayer jusqu'à ce qu'on trouve un endroit où camper. » Harry plongea dans le lac le gobelet en étain qu'il avait attaché à la traverse et le porta à ses lèvres pour boire.

« Le soleil va se coucher dans une heure.

– Alors on devrait arrêter de lambiner. » Il remplit à nouveau son gobelet et reprit sa pagaie.

« On a un vrai problème, non ? » demanda Gus, et bien qu'il en fût persuadé depuis un moment, le dire tout haut rendit la situation beaucoup plus préoccupante.

« On n'en a pas encore vu la couleur. » Harry repoussa le canoë de son fils. « Bon sang, on n'a pas encore rencontré le petit-cousin de ce problème. »

Gus n'éprouva aucun soulagement à entendre la voix de son père après tant de mois de silence.

Une heure plus tard, la rive à leur droite s'ouvrit sur une baie protégée par une hutte de castor. Ils continuèrent de pagayer tandis que le soleil se couchait derrière eux. Cette eau calme était appréciable après les heures passées à lutter contre le vent impitoyable.

« On va trouver un endroit où planter notre tente sur cette baie, dit Harry.

– J'ai pensé la même chose. »

Gus inspecta le rivage. La forêt s'étageait sur la côte. Les cèdres sur l'autre rive, donnant sur un marais ombragé. Derrière eux, les bouleaux. Devant, les érables. De hauts pins déchiquetés vers lesquels ils dirigèrent leurs canoës.

« On pourrait cultiver du riz là-bas. » Harry désigna les cèdres avec la pointe de sa pagaie. « Je l'ai fait avec mon père et M. Riverfish. Je parie que je pourrais nettoyer les toiles d'araignée de ma vieille cervelle et en récolter pour nous. C'est à peu près la saison, si je me souviens bien.

– Nous ne manquons pas de riz », répliqua Gus. Il avait raison. Ils avaient emporté des réserves de riz, d'avoine et de sarrasin. Des fruits secs. Un sac d'oignons et un autre de pommes de terre. Dix livres chacun de margarine, de sel et de café. Quatre pots de beurre de cacahuètes. Six boîtes de crackers. Des tablettes de chocolat. Plus de cent livres de nourriture divisée en deux paquets. Pour le reste des provisions, ils chassaient et pêchaient.

« Voilà un emplacement », dit Harry, indiquant une baie de granite en forme de croissant de lune dans l'ombre des pins blancs.

Lorsqu'ils accostèrent, Gus dit : « Je pensais que nous ne reverrions plus jamais autant de terrain dégagé. » Une douzaine de pins majestueux étaient éparpillés dans une clairière de la taille d'un carrefour routier. Par contraste avec leurs camps précédents, celui-ci était une heureuse trouvaille. Ils erraient d'un arbre à l'autre, levant les yeux vers la voûte de lourds branchages comme si c'était le plafond d'une cathédrale.

« Nous n'aurons aucun mal à trouver un endroit où monter notre tente ici, hein fils ?

– Je suppose. »

Harry regarda vers le lac pour mieux voir le ciel. « Il nous reste une demi-heure de lumière. Va chercher du bois pour le feu, je m'occupe de la tente !

– Parfait. »

Gus prit la hachette dans le sac et marcha le long du périmètre du camp, ramassant les branches mortes. Le bois était si abondant qu'il avait l'impression d'être un voleur. Il déposa la première brassée entre deux arbres distants de deux mètres cinquante environ, ce qui leur laisserait à chacun un endroit où reposer son dos une fois assis devant le feu. Il racla l'humus du pied, exposant un creux naturel dans le granite, et empila le bois à côté. Il ramassa encore plusieurs brassées et prépara le feu.

Harry le rejoignit devant les flammes une fois que la tente fut debout. « C'est mon tour de faire le dîner, non ?

– Je peux manger de la viande séchée.

– À la place du steak pommes de terre. »

Gus sourit.

« Nooon, va attraper un poisson à frire, dit Harry. Je mets le riz en route. »

Gus alla immédiatement au canoë, détacha sa canne à pêche de la structure, attrapa sa boîte de matériel, et descendit sur la rive. Il fixa un spinner à son fil et scruta la nuit qui tombait. Des étoiles apparaissaient déjà dans le ciel. Il entendait le feu crépiter dans son dos.

Mis à part l'étendue d'eau devant lui, lancer sa ligne au milieu des étoiles se reflétant à la surface n'était pas très différent de la pêche qu'il pratiquait dans les lacs des environs de Gunflint. Il regrettait de ne pas avoir un seau de vairons et le leurre approprié, car il y avait sûrement des sandres dans le haut-fond qu'il avait remarqué quand ils avaient mis les canoës à sec. Mais il devrait se débrouiller en espérant que le spinner fonctionne.

Au bout de cinq minutes, son père le rejoignit et pataugea dans l'eau pour remplir leur casserole. « Je croyais que tu aurais déjà fabriqué trois hameçons, dit-il en jetant un coup d'œil à droite et à gauche. Tu te sers de quoi ?

– D'un spinner, répondit Gus qui lança encore sa ligne.

– Jette un Rapala à côté de ce tronc. » Il le lui montra sur la gauche et repartit en direction du camp. « Un Rapala argenté. »

Gus attendit qu'il soit revenu près du feu, puis il décrocha le spinner de sa ligne, prit un Rapala dans sa boîte de matériel, le fixa au bout de son fil, et le lança vers le haut de la rive. Le leurre atterrit à un mètre à peine du tronc. Il tendit l'extrémité de sa canne à pêche le plus loin possible du bord. Il était en train de la ramener vers lui quand il sentit que ça mordait. Il prépara l'hameçon et s'avança dans l'eau jusqu'à la taille pour attraper le poisson, tenant sa canne à pêche bien au-dessus de sa tête. Après deux tentatives il le saisit par ses branchies, un brochet aussi long que son avant-bras, même si la queue décrivait un magnifique *J*.

Ils mangèrent du poisson et du riz, frottèrent les marmites et les assiettes quand ils eurent terminé, et se chauffèrent devant le feu en buvant du café, une heure plus tard.

« J'ai perdu ma boussole », dit Gus.

Harry but une gorgée de café. « Ah oui ?

– Il y a longtemps, dans cette rivière. Quand je me suis retrouvé sous l'eau.

– À quoi nous ont servi les boussoles, de toute manière ? »

Gus tendit le bras vers la cafetière pour se resservir, puis se leva et contourna le feu pour remplir la tasse de son père. « Je ne comprends pas, papa.

– Qu'est-ce que tu ne comprends pas ?

– Ce qui a bien pu se passer.

– Eh bien, on s'est mis dans le pétrin jusqu'au cou. Voilà ce qui s'est passé.

– C'est évident. Je me demande ce qu'on va faire pour s'en sortir. » Il retourna de son côté du feu et se rassit, calant son dos contre l'arbre. « Nous aurions dû faire demi-tour quand tu l'as proposé.

– Nooon. Ce n'est pas vrai du tout. C'était lâche de ma part de dire une chose pareille. » Harry se redressa. « Quand le soleil sera levé, je vais étudier les cartes à fond. Ce lac est gigantesque. C'est le plus grand que nous ayons vu depuis Kaseiganagah. Il devrait être possible de déterminer de quel lac il s'agit et de nous organiser à partir de là.

– Nous ne trouverons jamais ce fort. Aucune chance. »

Harry le regarda un long moment avec du regret ou peut-être le désir de s'excuser, songea Gus. Depuis, il avait senti cette même expression se dessiner sur son propre visage des centaines de fois au cours des années, lorsqu'il s'efforçait de transmettre à Sarah et à ses enfants la profondeur de ses sentiments sans trouver les mots appropriés. Mais ce soir-là, au lieu de cela, il crut voir de l'agacement dans les yeux de son père. « Quoi ? dit-il.

– Tu as été formidable tout ce temps, fils. Tu nous as permis de continuer quand j'étais prêt à renoncer. Je ne me doutais pas que tu étais aussi fort. Aussi endurant. Si on continue ensemble, on va s'en sortir. Si on ne trouve pas le fort, on cherchera un autre endroit où hiverner. Bon sang, on construira un wigwam s'il le faut.

– Un wigwam ?

– Bien sûr, en dernier recours. Je veux simplement dire qu'on y arrivera.

– Un wigwam, répéta Gus. Un *wigwam.* » N'ayant rien d'autre à dire, il se dirigea vers la tente.

« Je vais bientôt me coucher moi aussi », murmura Harry, se parlant à lui-même.

Il se réveilla au milieu de la nuit. Il chercha son père dans l'obscurité et se rendit compte qu'il était seul. Il regarda l'ombre du feu danser sur la toile, puis se rendormit et se réveilla des heures plus tard, alors que Harry ronflait, aussi il ouvrit la fermeture éclair de son sac de couchage, enfila son pantalon, ses bottes et son pull-over, et écarta le rabat de la tente.

Dehors, le monde était parfaitement immobile. Un froid rigoureux s'était installé pendant la nuit, enveloppant la nature d'une blancheur scintillante. Le lac était aussi lisse que le verre, à l'exception du sillage d'un castor le long de la rive opposée. Il devait faire moins sept au maximum.

Gus longea la berge avec une petite bêche de jardinage et un rouleau de papier-toilette dans une boîte à café. Trente pas après les canoës, il s'arrêta, cala la boîte sur une souche d'arbre, baissa son caleçon et s'accroupit, appuyant le coude sur la souche et observant le castor de l'autre côté de la baie. Il lui vint à l'esprit qu'il était encore endormi, en train de rêver, mais un vol tardif d'oies migratrices en formation passa en cacardant au-dessus de sa tête et pour la première fois depuis des jours et des jours il sut de quel côté était le sud.

Ce fut alors qu'il vit la cabane perchée sur un promontoire entre des buissons de myrtilles et du bois mort. Il pencha la tête, se frotta les yeux et regarda de nouveau. La cabane était toujours là. Des fenêtres craquelées penchaient de part et d'autre d'une porte affaissée sur ses gonds rouillés. Un toit de bardeaux en bois était tapissé de mousse, deux marches enfouies sous des fougères. Le soubassement en roche de rivière était maintenu par un ciment ancien, la cheminée fabriquée avec les mêmes matériaux.

Gus essaya de nouveau de chasser cette image de sa vue. Pourtant elle demeura. Il s'avança prudemment d'un pas. « Ohé ? » appela-t-il, comme si un voyageur pouvait surgir sur le seuil effondré. Mais personne ne l'avait franchi depuis des années. Sans quitter des yeux l'embrasure de la porte, Gus appela son père.

Harry tira sur la porte. Le soleil inonda la cabane et ils pénétrèrent à l'intérieur. Un tas de pommes de pin décortiquées trônait au milieu de la pièce, mais il n'y avait pas d'autre signe de vie. Gus et Harry se regardèrent, puis commencèrent à explorer les lieux.

La cabane faisait environ cinq mètres carrés. Le long du mur orienté au sud, une unique couchette pas plus large que l'un de leurs canoës était maintenue par quatre pieds en bouleau. Il y avait deux caisses dessous. Sur le mur opposé, une petite cuisinière à bois occupait le foyer et un conduit en étain montait dans la cheminée. À la place du manteau de cheminée, trois étagères vides étaient accrochées aux parois tapissées de lambris en pin. Sur les poutres du plafond étaient empilées avec soin d'anciennes lattes de plancher. Il n'y avait pas d'autres meubles que la couchette et les étagères. La hutte tout entière était penchée vers l'eau.

« Ça alors, chuchota Harry, ça alors. » Il tapa sur l'épaule de Gus puis tira les caisses de dessous la couchette.

La première contenait deux seaux en bois et une longueur de corde enroulée. Dans la seconde, un bocal de clous à trois sous, une boîte de cartouches de fusil, une boîte d'allumettes en bois inutiles, deux douzaines de bougies en paraffine, une pile de cahiers de composition emballée dans de la cellophane, et une petite pochette contenant les pages jaunies d'une bible.

Harry examina et remit en place chaque objet, puis repoussa les caisses sous la couchette. Il s'assit sur ses talons et se mit à pouffer, puis fut pris d'une telle crise de fou rire qu'il tomba sur les fesses, ce qui le fit rire de plus belle. Lorsqu'il se ressaisit, il s'écria : « Ça sera mieux qu'un wigwam, hein ? » Il resta immobile, riant toujours, et il essuya une larme.

Au contraire de son père, Gus ne voyait pas ce que la découverte de la cabane avait de drôle. Il se sentait plus perdu que jamais. « Ce n'est pas le fort le Croix, n'est-ce pas ? dit-il.

– Non, certainement pas.

– Alors c'est quoi ? »

Harry jeta encore un coup d'œil à la cabane. « Je n'en sais rien, fils. » Il s'essuya encore les yeux et vint près de lui. « J'ignore comment cette hutte a surgi ici et comment nous y sommes parvenus. Mais c'est une bonne chose qu'on l'ait trouvée sur notre chemin. Je suis prêt à l'admettre à présent.

– À présent que quoi ? » demanda Gus.

Harry entoura son fils de son bras. « À présent que nous sommes ici. » Il le secoua un peu. « Maintenant que nous avons découvert cet endroit.

– Nous n'avons rien découvert.
– Tu es déjà venu ici ?
– Bien sûr que non.
– Donc c'est une découverte. »

Après avoir apporté leur équipement dans la cabane, après l'avoir balayée et avoir dressé un inventaire complet, inspecté le toit et le plancher et contrôlé les environs – trouvant les vestiges d'un jardin désormais envahi par les plantes grimpantes – ils s'arrêtèrent dehors pour l'examiner. Harry sortit une flasque de whisky de sa poche arrière, dévissa le bouchon et l'offrit à Gus sans un mot.

En silence, il la prit et but une gorgée. Il manqua s'étrangler, mais ce brasier et cette saveur lui semblèrent divins après un mois de poisson et de viande séchée. Il rendit la flasque.

Son père la leva vers la maison. « À l'hivernage », dit-il, et il but une longue gorgée. Puis une autre. « Bon Dieu de bon Dieu. » Il prit une troisième rasade pour faire bonne mesure. « Une sacrée récompense, hein fils ? Ces voyageurs rentraient du rhum par tonneaux en prévision de l'hiver. Je me suis dit que boire un petit coup ne nous ferait pas de mal.

– Ne parlons plus des voyageurs.

– D'accord. » Harry lui tendit de nouveau la flasque mais Gus secoua la tête, et il revissa le bouchon. « Nous pourrons finir ça avec le dîner. »

Maintenant ce fut au tour de Gus de fondre en larmes. Alors qu'il se tenait là, le feu de l'alcool lui brûlant encore les entrailles, le soulagement lui coupa le souffle. Il n'y aurait plus de pagayage. Plus de traversée des bois, des marais et des rivières à peine aussi larges que leurs canoës. Ils étaient arrivés au port, même s'ils n'avaient jamais su où ils allaient.

Harry attira son fils dans ses bras et le serra contre lui pendant qu'il sanglotait. Ce seraient ses dernières larmes dans les régions frontalières. Gus y veillerait.

Gus se souvenait comment les nuits se terminaient si souvent, alors qu'il arpentait la cuisine en berçant ses bébés, et finissait par s'assoupir après leur sommeil agité, entrecoupé de coliques. Parfois il se surprenait à piquer du nez alors qu'il tenait l'un d'eux dans ses bras et regardait par la fenêtre, guettant la première lueur du jour dans l'obscurité, apercevant à deux reprises un renard qui traversait la terrasse, s'arrêtait pour lever son museau vers les mangeoires d'oiseaux, puis détalait dans la cour enneigée. D'habitude c'était Greta qu'il berçait, Tom se rendormait plus vite. Gus revoyait encore vaciller les yeux de l'enfant, il sentait ses paupières s'alourdir et la légèreté de son corps blotti contre sa poitrine.

Mais par-dessus tout, il se rappelait le silence de ces nuits et de ces matins. Au point qu'il entendait la respiration de Greta. Le son feutré des flocons de neige qui s'entassaient sur le sol, le goutte-à-goutte des glaçons de l'auvent au printemps, ou Sarah se retournant dans son lit à l'autre bout de la maison.

Lorsqu'il s'éveilla le premier matin dans la cabane, le silence avait la même intensité. Après un mois de nuits passées sous la tente, le calme d'une pièce fermée était déconcertant. Il lui fallut un long moment pour se rappeler où il était. Il tendit l'oreille, en vain. Pas même un souffle de vent dans les branches de pin. Il s'extirpa du sac de couchage sur le sol et alla à la fenêtre. Le paysage était à nouveau recouvert de gelée blanche.

Harry était dans un canoë à quinze mètres du rivage, penché sur le bord, avec à la main le bout d'une corde qui disparaissait au fond de l'eau fumante. Gus le regarda marquer la corde, puis la tirer une main après l'autre. Il écrivit quelque chose dans le recueil de cartes, donna cinq coups de pagaie, et lâcha la corde à nouveau. Gus observa la scène de la fenêtre pendant dix minutes avant de sortir enfin et de héler son père.

Alors que Harry pagayait vers le rivage, Gus dit : « Qu'est-ce que tu fabriques là-bas ?

– J'étudie la configuration du fond du lac, expliqua Harry en mettant pied à terre. Comme ça nous saurons où pêcher quand il gèlera.

– Il fait si froid que je suis surpris que l'eau n'ait pas encore gelé.

– Ça arrivera bien assez tôt, répliqua Harry. Pendant une trentaine de mètres à partir d'ici, l'eau n'atteint pas la hauteur du genou mais ensuite elle descend à six, sept mètres de profondeur. Un bon endroit pour la pêche au jig. On n'aura pas besoin d'aller loin. » Il hocha la tête, satisfait de ses sondages. « Tu as bien dormi cette nuit ?

– C'était agréable de se réveiller au sec et bien au chaud, ça c'est sûr.

– Je ne te contrarie pas là-dessus.

– À qui appartient cette hutte, à ton avis ?

– Je me posais la même question. Je suppose que c'est une cabane de trappeur. Un type qui en a eu assez de s'appuyer tous ces kilomètres dans le froid et la neige pour cent dollars de peaux de castors.

– Mais il n'y a pas d'équipement de trappeur.

– C'est juste. Alors peut-être que c'est un camp de chasse. » Il examina la cabane un moment. « C'est un oiseau solitaire qui vient ici chasser tout seul, quand même, non ? Trop petit pour un groupe, hein ?

– Ce n'est pas ça non plus, répondit Gus. Personne ne s'en est servi depuis longtemps.

– En tout cas nous n'avons pas besoin de redouter que l'heureux propriétaire vienne nous accuser d'être entrés par effraction.

– Lui ou quelqu'un d'autre », dit Gus.

Harry eut un sourire forcé. « Il y a des choses que je dois te dire, fils.

– Très bien.

– Tu auras envie de me mettre le poing dans la gueule quand tu les auras entendues.

– J'en doute, mais continue. »

Harry regarda le lac, puis le recueil de cartes dans sa main. « Fort le Croix…

– Je t'écoute.

– Il n'a jamais existé.

– C'est-à-dire ?

– Exactement ce que j'ai dit. Il n'y a jamais eu de fort le Croix par ici. Ni aucun autre fort.

– Je ne saisis pas. Où allions-nous, dans ce cas ?

– Ici, je suppose.

– Et si nous n'avions pas trouvé ce camp ?

– Bon, peu importe, ici ou un endroit similaire. Je te l'ai déjà dit, nous allions nous en tirer de toute manière. Nous aurions monté un wigwam. Autrefois, j'avais l'habitude de passer une semaine avec Freddy Riverfish dans ses territoires de piégeage. Au cœur de l'hiver. On s'en sortait très bien à l'époque, et toi et moi on se serait parfaitement débrouillés sans la moindre cabane.

– Et les cartes ? »

Harry jeta un coup d'œil au livre qu'il tenait. « Ouais, les cartes.

– On a suivi leurs indications. Elles nous ont conduits à Kaseiganagah, n'est-ce pas ?

– Absolument. »

Gus était à court de questions. Il se tut, attendant la vérité.

Ces matins-là, avec ses propres enfants, lorsque Gus avait enfin réussi à les rendormir, parfois quand il faisait encore noir dehors mais très souvent après le lever du soleil, quand la maison commençait à se réchauffer, il se calait dans le grand fauteuil près de la cheminée, posait les pieds sur l'ottomane et tirait le châle afghan coincé derrière son épaule. Greta et Tom se blottissaient contre lui, les cheveux fins et emmêlés lui chatouillant le menton. Il déployait l'afghan sur eux, fermait les yeux et s'assoupissait tandis que leurs petites mains se croisaient.

Endormir ses enfants, les garder bien au chaud, accorder à sa femme épuisée quelques heures de repos avant le moment où il faudrait de nouveau allaiter le bébé… Rien de ce qu'il avait pu faire dans sa vie, me confia Gus, ne lui avait procuré un bonheur aussi merveilleux.

Il se revoyait assis dans la cabane avec son père qui venait d'admettre que fort le Croix était un canular. Ce jour-là et la présence de Harry à ses côtés avaient été aussi importants à ses yeux que les petits matins passés auprès de ses enfants tant d'années après. Il le savait aujourd'hui.

Il n'eut pas la moindre envie – au contraire de ce qu'avait prédit Harry – de le frapper. Il aurait voulu le serrer dans ses bras.

Plus tard dans la matinée, une fois les sondages enregistrés, Harry expliqua comment les cartes avaient vu le jour. Au début, c'étaient des vrais fac-similés. Il raconta à Gus qu'il avait toujours désiré suivre les cartes anciennes de voyageurs dans les étendues sauvages, et qu'il avait donc commencé à les copier pendant les longues soirées d'hiver. Mais quand Signe et Gus grandirent, son mariage se mit à battre de l'aile, son gagne-pain à péricliter – le poisson mordait moins, les acheteurs de ses beaux canoës se faisaient plus rares, Lisbet était aussi irritable, lointaine et indifférente que la ville d'où elle venait –, et ces cartes devinrent un moyen de voir le monde autrement. Et en particulier la place qu'il y occupait. Harry se mit à imaginer tout ce qu'il y avait au nord de la ligne de partage des eaux. Il avait désespérément besoin de découvrir ce monde, et de se trouver lui-même par-dessus le marché.

« Je me souviens t'avoir observé à la table de la cuisine, dit Gus. En train de dessiner ces cartes. Je pensais qu'elles étaient vraiment géniales. Je voulais te ressembler.

– Tu ne veux pas être comme moi, c'est un fait. Tu le sais sûrement à présent. » Harry le regarda. « Et je ne le souhaite pas non plus. C'est pourquoi je t'ai amené ici. Du moins, c'est l'une des raisons qui m'y ont poussé.

– Je ne saisis toujours pas », répondit Gus, voulant dire qu'il ne saisissait *rien du tout*. À propos des cartes, de la raison de leur présence ici, de ce qui allait se passer, de ce qu'était devenue sa famille.

« Peut-être que tu ne le comprendras jamais. Peut-être que tu le comprendras seulement si tu te maries et qu'un jour tu as toi aussi des enfants. »

Gus lui lança un regard sans expression. « Tu ne peux pas sérieusement avoir envisagé que nous pourrions survivre à l'hiver sous un wigwam.

– Il n'y a pas si longtemps, c'était ainsi que survivaient les êtres humains dans cette région du monde. Hiver comme été. Dix générations des ancêtres de Freddy s'en sont sorties à merveille dans des wigwams avant notre arrivée. »

Gus s'approcha du bord de l'eau, la tête baissée.

« Marie-toi, aie des enfants, fils, et tu penseras que survivre à l'hiver dans un wigwam est non seulement possible, mais que c'est un rêve devenu réalité. »

Gus ne se retourna pas.

« Tout ce qui s'est produit avant ta femme et tes enfants ? Ça ne signifie rien du tout. »

Il se retourna alors pour fixer son père.

« Je sais que tu nous as observés, ta mère et moi. Tu es assez mûr pour voir ce qui se passe. Tout cela doit te paraître vraiment dingue. Ça l'est en partie. Mais attends un peu, et pendant ce temps, sache que je ne permettrais jamais qu'il t'arrive quoi que ce soit. Jamais. » Harry s'avança et l'entoura de ses bras. « J'aurais dû apporter des cartes convenables. Je m'en rends compte à présent. Je me suis surestimé. C'est loin d'être la première fois, je le reconnais. Mais nous sommes ici maintenant. En sécurité. Nous avons devant nous une saison entière pour envisager la suite. »

Gus se dégagea. « Nous sommes ici pour que tu puisses décider quoi faire avec maman ?

– Nom de Dieu, fils, je n'en sais rien. Je peux te dire que toute la merde qu'il y a entre nous est autant ma faute que la sienne. C'est en général le cas quand les choses en arrivent à ce point. » Il acquiesça, puis secoua la tête. « Nous aurons beaucoup de soirées pour discuter de tout ça, je présume. Ce qui nous manque en revanche, c'est le temps pour nous préparer à l'hiver. »

Il ouvrit le recueil de cartes et arracha une page. « J'ai dressé une liste de choses à faire ce matin », dit-il, tendant le papier à Gus.

Il lut : BOIS. CACHETTE. VIANDE. POSTE DE GUET.

Puis Harry arracha la feuille sur laquelle il avait inscrit ses sondages, la plia, et la glissa dans la poche de sa chemise de flanelle. « Prêt à te mettre au travail ? »

Trop décontenancé pour prononcer un seul mot, Gus continua de fixer son père.

« Encore une chose », ajouta Harry. Il sourit, déposa un baiser sur la reliure en orignal du livre, fit un clin d'œil à Gus et jeta les cartes dans le lac.

Je me souviens d'un jour où Claire Veilleux était entrée dans la boutique d'apothicaire avec sa petite-fille. Après avoir récupéré leur courrier, elles s'apprêtaient à sortir, mais croisèrent sur le seuil Eleanor Rusk et sa fille nouveau-née. Eleanor avait alors à peine vingt ou vingt et un ans, et c'était son premier bébé. Je ne participais pas à la conversation, je l'entendis simplement depuis ma place derrière le comptoir.

Après les amabilités d'usage et un mot ou deux sur le bébé, Claire observa : « C'est vrai, ils nous apprennent à aimer d'une manière dont nous n'aurions jamais cru être capables, n'est-ce pas ? » Elle avait élevé cinq fils et cinq filles, et devait avoir une certaine expérience dans ce domaine.

Ce commentaire est resté gravé dans ma mémoire, et je me suis souvent demandé ce que j'avais manqué en ne devenant pas mère moi-même. Je regardais Gus et Signe vaquer à leurs occupations en ville et je regrettais de ne pas les avoir mis au monde. Mais c'était il y a des dizaines d'années.

Ce rêve aurait pu se réaliser n'eût été Lisbet, dont l'entrée spectaculaire dans la vie de cette ville réduisit à néant mes chances de vivre avec Harry. Comme tant d'autres avant elle, elle arriva par bateau, mais ce ne fut pas en ferry ni sur une barque de pêche. Son père – professeur de droit à l'université de Chicago, président du Yacht Club de Chicago, confident politique d'Adlai Stevenson – pénétra dans le port de Gunflint à bord de son voilier de trente-six pieds, tel un matelot d'Annapolis. Lisbet et sa mère se tenaient sur le roof, dans la pose désinvolte des mannequins en couverture de *McCall's*. Élégantes, impeccables, avec l'air invincible des bien nés. Il n'aurait pas été exagéré de dire qu'au premier coup d'œil elles avaient une allure royale.

Un air qui ne tarda pas à se dissiper. Une fois que le père eut manœuvré son voilier sur une panne d'accostage le long de Lighthouse Road, il se rendit directement au Traveler's Hotel et prit deux chambres. La taverne était fermée, mais il offrit quinze dollars au gérant de l'hôtel pour qu'il ouvre le bar et lui serve du vin de pommes. Après le premier verre, il lui donna encore dix dollars pour qu'il laisse la bouteille sur le comptoir et aille chercher sa femme et sa fille dans le port. Après six heures passées assis sur ce tabouret de bar, il n'avait pas encore compris pourquoi les barmen successifs ne convertissaient pas les devises américaines en dollars canadiens. Il croyait avoir accosté à Port Arthur, dans l'Ontario.

La mère de Lisbet était peut-être encore plus remarquable que sa fille. Elle ne quittait sa chambre d'hôtel que pour prendre ses repas dans la salle à manger du Traveler's Hotel, portait des robes ridicules, et semblait toujours sur le point de s'évanouir. Tandis que Lisbet – compte tenu de l'indifférence de ses parents et de son indépendance farouche – passait la semaine à arpenter Gunflint à sa guise.

Je l'avais remarquée à plusieurs reprises. Elle était désinhibée, parlait à tort et à travers, et paraissait fière que l'aventure de sa famille eût été conçue comme une alternative à son internement dans l'hôpital Passavant de Chicago, où les plantes étaient en plastique et les fenêtres garnies de barreaux. Elle y avait atterri après un épisode pendant lequel elle avait bu une bouteille du champagne de sa mère et volé la Cadillac de son père. Elle reconnut les faits devant moi alors que je triais le courrier derrière le comptoir.

Le troisième ou le quatrième jour, je la vis assise sur le brise-lames, son carnet de croquis omniprésent ouvert sur les genoux. Ce fut à cet endroit qu'elle vit Harry Eide pour la première fois, et je l'observai en train de le regarder. Un long moment. Plus tard, debout derrière le comptoir du bureau de poste comme la première fois, elle me dit : « En le voyant, j'ai vécu le moment le plus sublime de *toute mon existence*. Cet homme a l'air sorti d'une épopée d'Homère. »

Il était passé à bord de son bateau, soulevant son chapeau pour la saluer. Il portait un pantalon ciré et des bretelles rouges. Il avait contourné Fisherman's Point avant d'entrer dans Eide Cove, et elle s'était juré solennellement de l'avoir.

« Je doute qu'il possède une veste de costume, dit-elle, puis elle regarda par la fenêtre, bien que son bateau fût parti. Il a une petite amie ? »

Eh bien, j'aurais pu intervenir. L'écarter de mon chemin. Courir à la fish-house de Harry pour lui dire ce que je ressentais pour lui, que je nous voyais ensemble, que je le voulais lui et personne d'autre. J'aurais pu. Mais je ne jugeai pas cela nécessaire, j'étais certaine qu'elle ne tiendrait pas parole. Le peu que j'avais pu découvrir sur Lisbet au cours de nos brèves conversations, c'était qu'elle aimait parler – et se vanter – et jusque-là je n'avais jamais accordé beaucoup d'importance à ce genre de chose.

Le soir même, elle vit Harry assis dans la salle à manger du Traveler's Hotel, et il lui parut encore plus exceptionnel que sur son bateau. Ce fut le terme qu'elle employa le lendemain matin. Il commanda une côte de porc, une pomme de terre au four et un plat de maïs à la crème. Elle fut surprise de voir un verre de lait devant lui, mais cette faute de goût dans le tableau qu'elle brossait dans son esprit ne la dissuada en rien. Elle la trouva charmante. Le whisky qu'il commanda avec son café et sa tarte le rendit irrésistible. Son père, ajouta-t-elle, mangeait comme une femme, seulement des légumes verts à la vapeur, du poisson blanc, de la salade, accompagnés d'un vin doux allemand.

Harry avait échangé son pantalon ciré contre un bleu de travail usé, mais il portait encore sa chemise de toile, un côté du col rentré, l'autre sorti. Son visage disparaissait sous une barbe d'une semaine, et ses cheveux n'avaient pas vu de peigne depuis le début de sa vie d'adulte. Elle me décrivit tout cela comme si je n'avais pas retenu chaque détail de sa personne lorsque je fermais les yeux, espérant de toutes mes forces que ma vraie vie allait commencer.

Lisbet le revit le lendemain soir, et le soir d'après. Elle s'autorisait chaque fois des fantasmes plus généreux. La fermeté de son corps. La sagacité acquise après des heures de contemplation sur son bateau de pêche. Enfin, sa façon de se comporter au lit. Elle se montrait très crue sur ce dernier point. Il se tairait, au contraire de son père qui bêlait comme une chèvre les rares fois où il faisait l'amour à sa mère. Quand ils auraient fini, il dirait quelques mots pour lui présenter cette nuit merveilleuse sous un jour nouveau. Sa manière décomplexée de parler de ces choses me prouva sur-le-champ que je ne pourrais jamais devenir l'amie de cette étrange fille des villes, alors même qu'elle essayait de se rapprocher de moi.

Elle vint aussi le jour d'après. Elle s'attarda près de la fenêtre, regardant vers le port et me racontant que la veille, dans la salle à manger, elle avait effrontément flirté avec Harry à distance. Et lorsqu'ils s'étaient croisés dans l'entrée après le dîner, elle lui avait fixé rendez-vous au port pour une promenade le lendemain matin. Elle l'attendait donc, se demandant s'il viendrait mais certaine qu'il ne manquerait pas cette occasion. Elle avait son carnet de croquis avec elle et ne cessait de l'ouvrir et de le fermer.

Comment aurait-il pu résister ? Et pour quelle raison ? Au moment précis où neuf heures sonnaient, il l'attendait au bord de l'eau en salopette, mais sa chemise rentrée à l'intérieur, le col bien droit. Elle me lança un sourire diabolique – comme si j'étais complice de sa ruse – et partit le retrouver.

Elle accepta la cigarette qu'il lui offrit. Il l'interrogea sur le carnet de croquis, qu'elle m'avait montré plus d'une fois, debout au comptoir. Il y avait plusieurs dessins de lui dans son bateau. Du lac, du ciel et des bois. Même moi, qui n'avais jamais vu d'œuvre d'art, j'étais capable de discerner son talent. Peut-être plus encore. Elle voulait lui montrer son travail, mais ne tenait pas en place – tournant une page, puis une autre, refermant le carnet avant qu'il ait pu voir les dessins. Je pensai qu'elle feignait cette timidité. Je les regardai sourire, rire et fumer avant de s'en aller.

Trois jours plus tard je vis le voilier de son père quitter le port, mais je ne revis pas Lisbet avant son retour, un mois plus tard.

Pendant des années je fus obsédée par ce qui s'était passé entre eux le jour où ils avaient remonté l'allée longeant le Traveler's Hotel, se dirigeant sans nul doute vers la fish-house de Harry. Je me rendis compte alors qu'un événement décisif était en train de se produire, autant pour moi que pour eux.

La moitié de ma vie se serait déjà écoulée quand je le découvris enfin. Par correction, je ne posai jamais la question à Harry. En gentleman, il ne m'aurait pas répondu si je le lui avais demandé. Mais à la fin de l'hiver 1965, Lisbet me confirma qu'elle avait attendu tout ce temps pour me raconter toute l'histoire. C'était ma première saison dans la maison que Harry avait construite pour moi au bord de la rivière du Bois Brûlé. Avant le matin où elle vint sonner à ma porte, seuls Harry, Signe et Gus m'avaient rendu visite.

Nos vies étaient alors si bien imbriquées que seule la mort aurait pu défaire certains liens, mais à ce moment-là Lisbet et Harry étaient empêtrés dans les complications de leur divorce. Harry et moi passions beaucoup de temps ensemble, et je m'étais tout naturellement prise d'affection pour Gus et Signe, sans la moindre arrière-pensée. Debout sur le seuil de ma maison, Lisbet ressemblait beaucoup à la jeune femme que j'avais rencontrée dans la boutique d'apothicaire des années auparavant. Elle était presque aussi belle, même si une vie entière de déceptions transparaissait dans les rides autour de ses yeux. Elle soutint mon regard, debout dans ma cuisine. Je lui offris du café, qu'elle refusa d'un geste de la main.

« Harry vous a construit une jolie maison n'est-ce pas, mademoiselle Lovig ? Il l'a aussi fait pour moi autrefois.

– J'ai payé Harry comme je l'aurais fait avec un autre charpentier, Lisbet.

– Je suis sûre que vous l'avez payé, si c'est ainsi que vous préférez le dire. »

Je me hérissai, bien sûr, mais je ne sus pas quoi répondre. Si j'avais été à sa place, j'aurais moi aussi défié mon adversaire.

« Harry et moi sommes en instance de divorce, je suis sûre qu'il vous l'a dit. Je suis certaine que vous savez pourquoi. Je suis sûre que vous en devinez la raison chaque fois que vous croisez votre reflet dans la glace.

– Ah, Lisbet, un peu de franchise, je vous prie.

– Vous voulez de la franchise ? Bien sûr, soyons franches. Harry a l'habitude des beaux gestes. Le plafond voûté au-dessus de votre tête vous le rappelle chaque jour, je n'en doute pas une seconde. Mais avec moi il était pareil. »

Elle traversa la cuisine et s'arrêta près de moi. « Nous avons couché ensemble le jour de notre rencontre. À même le sol de la fish-house. C'était la première chose réelle que j'aie jamais faite. » Ses yeux se plissèrent avant de se poser sur le tapis. « Sur une couverture. Des copeaux de bois dans mes cheveux. C'était terrible et merveilleux. Et je ne m'étais pas trompée à son sujet. » Elle me regarda à nouveau, écarquillant les yeux. « En réalité, j'ai pensé à vous quand j'étais allongée là, voyant ma vie commencer. J'ai pensé à vous parce que je ne voulais pas vous ressembler. Devenir une vieille fille avant d'avoir un seul cheveu gris. » Elle me considéra avec mépris.

« Je voulais être la femme que j'étais à ce moment-là. Quand nous avons terminé il s'est levé, il a traversé la pièce et m'a rapporté un verre d'eau. Il a allumé une cigarette et me l'a tendue. Puis il a dit : "Tu vas rester ici. Tu seras ma femme. On va se marier."

Vous savez aussi bien que moi qu'il ne dit jamais rien s'il ne le pense pas sincèrement. Je l'admets. C'est l'un de ses grands défauts. »

Elle examina un long moment la maison, puis secoua la tête.

« Il m'a proposé de l'épouser alors que vous habitiez dans la boutique d'apothicaire, prenant soin de cette *meshuga*[1] dans le grenier. Il aurait pu vous construire un château pour tout ce que vous avez fait pour lui. » Elle ouvrit les mains comme si c'était l'évidence même.

« Le beau geste, Berit. Se marier avec la première fille qui voudrait de lui. Abandonner une mère qu'il n'avait aucun droit d'oublier. Mettre en danger son fils cet hiver-là dans les bois. Aujourd'hui, votre petite maison pittoresque au bord de la route. Si pratique pour vous deux.

– Vous êtes une femme cruelle et égoïste, dis-je.

– Pas vous ?

– Harry est mon ami, et s'il divorce d'avec vous, c'est parce que vous l'avez rejeté et rendu malheureux. »

Ses yeux s'agrandirent – au point d'effacer les rides – et elle plissa les lèvres. « Je ne suis pas aveugle, Berit. Ni idiote. Vous croyez que je ne savais pas qu'il était amoureux de vous avant même que je le rencontre ? Vous pensez que je suis venue ici parce

1. Folle, en yiddish.

que c'était un bon parti ? Je me suis mariée avec lui parce que je voulais être la fille couchée sur le plancher de la fish-house, pas une fille comme vous.

– Eh bien, vous l'avez été. Vous auriez dû être contente. N'importe qui l'aurait été à votre place. »

Elle alluma une cigarette. « Vous êtes plus simple que je ne le pensais.

– Et vos enfants ? Signe est encore jeune.

– Vous avez un certain culot, de mentionner mes enfants. » Un hideux rictus déforma son visage. « Mais je suppose que vous ne pouvez pas le comprendre – avec une vie aussi stérile que la vôtre. » Elle s'approcha de moi. « Mais cela nous amène à la raison de ma présence ici. Vous pouvez avoir Harry. Pour l'amour de Dieu, je vous en supplie, prenez-le. Mais laissez mes enfants en dehors de votre romance pathétique. » Elle se dirigea vers la porte. « Ils sont à moi, dit-elle avant de se tourner pour partir. Pas à vous. »

J'ai souvent songé à cette rencontre, à la haine dans sa voix, à la peine que j'ai ressentie. J'y ai pensé chaque fois que je me suis assise avec Gus pour parler de ce qui s'était passé dans les régions frontalières. Et chaque fois qu'elle me revient à l'esprit, quand je regarde ses yeux tristes et que j'écoute sa voix. Je suis sûre que je n'aurais jamais pu être mère, même si je commence à avoir l'impression d'en être une pour lui.

Peut-être aurais-je dû assumer ce rôle. Les choses auraient sans doute dû se passer ainsi. Les personnes concernées s'en seraient sûrement trouvées plus heureuses. La dernière fois que j'ai bavardé avec Gus, il a parlé d'elle et m'a confié certains propos qui confirment cette idée. Il venait juste de me raconter que Harry avait jeté le recueil de cartes dans le lac. Il marqua un temps, regarda un moment ses mains, avant de dire, comme si le registre de notre conversation était d'un autre ordre : « Je n'ai jamais très bien connu ma mère. Je n'avais que sept ou huit ans quand elle m'a déclaré qu'elle n'avait jamais voulu avoir d'enfants. Qu'elle n'était pas faite pour ça. » Il leva les yeux et me sourit. « C'était vrai. Mais elle a essayé. Je lui reconnais ce mérite. Elle nous emmenait jouer au parc et faire des promenades le long de la rivière. Elle nous obligeait à manger nos légumes, à boire notre lait et à faire nos devoirs. Elle nous apprenait à dire "s'il te plaît" et "merci". Elle nous lisait des histoires à l'heure du coucher quand nous étions petits. Mais son malheur était accablant. Avant même que je sache ce qu'était le malheur. Signe justifiait toujours les humeurs de notre mère par le fait qu'elle n'était pas d'ici. Qu'elle se sentait emprisonnée. Démunie. C'est vrai, elle n'était pas d'ici. Mais elle est venue de son plein gré. Elle est accourue, en réalité, pour vivre avec mon père. Personne n'a jamais remis en question cette partie de l'histoire. »

Je crus qu'il allait pleurer – des larmes brillaient dans ses yeux. « Mais je l'aimais. Énormément. Je l'aimais comme seul le peut un enfant méprisé. Je l'aime toujours. »

Le plus étrange, c'est que Rebekah avait prédit tout cela. Ce n'était pas son premier acte de clairvoyance, mais le plus terrifiant.

Le jour où Harry et Lisbet sortirent de la fish-house, je les observai depuis le porche. Sous le prétexte de secouer le tapis, debout au milieu d'un nuage de poussière, je comptai leurs pas. Quand l'air fut enfin dégagé, je m'apprêtai à retourner dans la maison.

Rebekah était là, droite et incisive tel un couteau de cuisine. Comme si elle avait lu dans le fond de ma pensée, elle dit : « Vous serez peut-être réconfortée d'apprendre que chez les Eide, les hommes n'ont jamais bien choisi leurs femmes. » Elle garda les yeux fixés sur l'allée. « Il est stupide de tomber amoureux de cette fille. » Elle leva le menton et le pointa dans leur direction. « C'est une mégère et une allumeuse. Je l'ai vu dès la minute où elle a débarqué de ce voilier. Elle ne sera jamais une bonne mère. Ça se voit dans sa façon de poser pour qu'on la regarde, de se promener avec ce carnet de croquis comme si elle nous connaissait mieux que nous-mêmes. » Elle baissa son menton aigu. « Tout ce que cette fille veut en réalité, c'est une vie qu'elle n'a pas.

– Comment savez-vous tout cela ?

– Comment pourrais-je ne pas le savoir ? J'ai passé la plus grande partie de ma vie à me comporter comme elle. »

Elle retourna dans la boutique d'apothicaire et je la suivis avec le tapis. À l'intérieur, je l'étendis devant le comptoir et j'allai m'asseoir sur mon haut tabouret. Rebekah réarrangea deux des chapeaux sur la table d'exposition au milieu de la pièce, puis recula, satisfaite, et dit : « Ce n'est pas une coïncidence qu'elle vienne de Chicago. C'est aussi ma ville d'origine.

– Je l'ignorais.

– Je n'y suis pas née, mais j'ai passé une partie de ma jeunesse à Chicago. J'ai grandi dans un orphelinat du Wisconsin.

– Ah ?

– Je n'ai jamais connu mon père ni ma mère. Autant que je sache, ils ne l'ont jamais été.

– Ils n'ont jamais été quoi ? »

Elle me regarda avec son incroyable condescendance. « Ils n'ont jamais été rien du tout. Quand j'avais douze ans j'ai volé de l'argent, je me suis enfuie de l'orphelinat et je suis partie à Chicago. J'ai travaillé dans un bordel.

– Seigneur Dieu.

– Je n'étais pas une des filles, je prenais les manteaux. J'allumais des cigarettes pour les clients. J'étais riche de promesses et de fantasmes.

– Je croyais que Hosea était votre père.

– Il m'a prise chez lui. » Elle regardait fixement la pièce. « Mais ce n'était pas mon père. Et je peux vous assurer que cette fille ne sera jamais une mère pour les enfants de Harry. »

Elle commença à monter l'escalier mais s'interrompit et me dévisagea de nouveau à travers la pièce. « Il aurait pu tomber amoureux de vous. Je le sais. Et je regrette que ce ne soit pas arrivé. C'est ma faute s'il n'a jamais franchi le pas. Il pense que vous lui êtes interdite. À cause de moi. Parce que vous travaillez ici. Il ne peut pas me souffrir. »

Je ne répondis pas. Je ne le pouvais pas. C'était la première fois qu'elle le mentionnait dans la conversation, et je restai abasourdie.

Elle gravit la première marche puis se tourna afin d'énoncer son ultime réflexion sur le sujet. « Mais un jour il se rendra compte que vous n'avez rien à voir avec moi. Un jour il se rendra compte que la promenade qu'il vient de faire était une effroyable erreur. Un jour, ses enfants auront besoin de vous. Personne ne devrait affronter la vie sans mère. » Elle monta encore une marche. « Ou du moins, sans quelqu'un pour s'occuper de soi. »

« Nous allons sans doute mourir gelés avant d'être morts de faim, déclara Harry vers la fin de leur première matinée dans ce qu'ils appelaient à présent “la cabane du trappeur”. Nous devrions commencer par quatre cordes de bois de chauffage. Quatre cordes et une bonne idée de l'endroit où en trouver plus. »

Quatre cordes sans tronçonneuse? Gus avait de la peine à imaginer la somme de travail que ce serait.

« Tu te mets à le ramasser, d'accord? proposa Harry. Je m'occupe de l'abattage par ici.

– D'accord, répondit Gus.

– Prends d'abord ce bouleau. » Harry l'indiqua de l'autre côté de la baie. « Dégage tout le bois mort que tu peux. Ramène-le sur ton canoë. Le bois de bouleau brûle plus proprement que les autres. » Il agita les mains pour évoquer le cèdre, le pin et l'érable.

Gus prit donc une scie et une hachette et pagaya jusqu'à la rive opposée. Le soleil se levait derrière les arbres, et la blancheur de leur écorce et du givre encore épais sur le sol amplifiait la clarté au centuple. Il accosta et s'avança dans les bois. Un arbre sur deux était au sol, et il tira quelques branches hors des fougères. Elles étaient friables et couvertes de mousse, et là où il n'y avait aucune trace de mousse l'écorce était noircie par les intempéries. Il s'enfonça plus loin entre les arbres, et la pente se mit à monter comme si elle suivait le soleil dans le ciel.

Au sommet il y avait un monticule de granite lisse, au pied duquel s'étendait un groupe de chênes à gros fruits. Il y en avait deux douzaines, le sol était tapissé de feuilles mortes et de glands. Au-delà des chênes, la forêt devenait encore plus dense. Gus se mit à errer sous ces étranges chênes protecteurs. Son père aurait dit qu'il rêvassait, mais Gus considérait qu'il faisait simplement le point sur leur situation, plus incohérente que jamais.

Il marcha jusqu'à la lisière des chênes, faisant craquer les glands sous le caoutchouc vulcanisé des semelles de ses bottes. Des grappes de feuilles tenaces étaient encore accrochées aux branches. Les chênes étaient toujours les derniers à renoncer. Mais des chênes à gros fruits à l'extrême nord du pays ? Il médita cette question.

Il se demanda aussi pourquoi son père avait jeté les cartes dans le lac. Pourquoi les avait-il dessinées ? Il voulait savoir absolument pour quelle raison Harry s'était fié à ces cartes en sachant très bien qu'elles étaient inexactes. Gus leva encore les yeux vers les chênes. Il y aurait des jours et des jours pendant lesquels le soleil frôlerait à peine leurs branches majestueuses, des jours où à midi, la température ne dépasserait pas moins quarante. Quel homme sain d'esprit se risquerait à affronter des journées pareilles ? Avec seulement ces cartes, jetées au fond du lac ? En réponse à ses questions, il s'assit contre l'un des arbres, luttant contre un bonheur étrange et triste qui s'insinuait dans ses pensées.

Il resta là un long moment. Lorsqu'il leva de nouveau le regard il vit que plusieurs des jeunes chênes étaient morts. Aucune feuille ne pendait à leurs branches. L'écorce de leurs troncs était plus terne que celle des arbres vivants. Il rampa jusqu'à l'un d'eux et se mit à manier sa hachette. Lentement, l'esprit vide au début, puis plus vite, avec frénésie. Le soleil se leva au-dessus de l'arbre qu'il était en train d'abattre, brillant à travers les branches squelettiques sans apporter de chaleur. Il coupa un quart de l'arbre avec sa hachette, puis s'empara de la scie et attaqua le côté opposé.

Avec seulement la hachette et la scie, il lui fallut une heure pour abattre le chêne. Gus ne parvint jamais à comprendre, ni ce jour-là, ni des années après, pourquoi il l'avait fait. Jamais. Mais l'arbre était au sol, et il le regarda, les mains couvertes d'ampoules, le pull-over trempé de sueur. Il lui faudrait encore deux heures pour scier les branches, et une journée entière pour traîner le tronc jusqu'au lac sans cheval ni traîneau. Débiter le bois dur serait un travail laborieux, beaucoup plus difficile que fendre du bouleau. Mais il était déterminé à transporter tant bien que mal ce bois jusqu'à la cabane, afin de profiter de la chaleur qu'il devait leur procurer.

Il longea un côté de l'arbre tombé, commença à redescendre de l'autre, et remarqua sur le sol un tas de crottes d'ours aussi gros que sa botte.

Ce jour-là il ne rapporta sur son canoë qu'un chargement de bois de bouleau, six troncs en tout. Il les déposa sur le rivage et regagna la cabane. Harry ne s'y trouvait pas, mais il y avait du café chaud sur la cuisinière. Il avait réparé la porte et construit une table à peine assez large pour deux assiettes et deux tasses. Il avait déballé leurs denrées alimentaires et leurs ustensiles de cuisine. Malgré le poids énorme qui avait pesé sur leurs épaules pendant les portages et à travers les broussailles, les provisions avaient l'air pathétiques une fois rangées sur les étagères. Gus se versa une tasse de café et ressortit. Il empila les bûches contre le mur à l'abri du vent.

Il avait eu l'intention de ramasser plus de bois de bouleau, mais quand il donna un coup de pagaie pour avancer sur l'eau peu profonde il aperçut, flottant à la surface près de la rive, le recueil de cartes. Il le rattrapa au bout de sa canne à pêche, le rapporta dans la cabane, et posa les cartes page par page sur les lattes posées sur les poutres, là où son père ne pourrait pas les voir.

Ils mangèrent des morceaux de viande séchée et, après le dîner, s'assirent de chaque côté de la petite table, les jambes croisées, sirotant leur café. La planchette du jeu de cribbage était posée entre eux mais ils ne jouaient pas.

« On a assez de cartouches pour un ours ? demanda Gus.

– Un ours ? Pour quoi faire ?

– J'ai vu un tas de crottes aussi gros que ta tête près d'un groupe d'arbres de l'autre côté du lac. »

Harry sourit. « Comment vas-tu appâter un ours ? »

Il ne savait pas pourquoi, mais il ne parla pas à son père des chênes et des glands. Il ne lui dit pas non plus qu'il avait retrouvé les cartes. Il voulait avoir ses propres secrets. Ses propres découvertes. Il voulait qu'il y ait des choses dont son père ignorât l'existence.

« On a assez de cartouches ?

– Bien sûr. Mais les ours vont bientôt se coucher, et nous avons deux ou trois choses à faire avant de partir à la chasse. Le tas de bois que tu as rapporté aujourd'hui me paraît insuffisant pour passer la nuit.

– Nous aurons du bois. » Gus alla chercher la cafetière et remplit à nouveau leurs tasses. « Les ours ne vont pas hiberner avant plusieurs semaines. Il n'a pas fait froid. Il n'y a presque pas de neige. »

Harry acquiesça. « Je reconnais que quelques livres d'ours seraient bienvenues dans notre garde-manger. Aujourd'hui j'ai cueilli un boisseau de champignons. Les faire frire dans de la graisse d'ours fera de nous les trous du cul les plus heureux du pays. » Il hocha de nouveau la tête. « Ramasse du bois, ensuite trouve-toi un ours si tu peux. Même un petit sanglier nous rapporterait, voyons, soixante-quinze livres de viande ? Ça pourrait nous servir.

– Nous inviterons les voisins pour un barbecue, dit Gus, se calant sur son tabouret et croisant les mains derrière la tête. Mais je suppose que nous n'attendons personne. »

Le sourire idiot qu'arborait Harry depuis la découverte de la cabane s'estompa aussitôt. « Eh bien, répondit-il, délogeant un morceau de viande séchée coincé entre ses dents, c'est ça la question. »

Gus se redressa. Il posa les mains à plat sur la table. Même après toutes ces années, il sentait encore l'accélération de son pouls à cette seule pensée. « Quelle question ? »

Harry but une longue gorgée de café et regarda par-dessus la tête de son fils, jetant un coup d'œil aux fenêtres de part et d'autre de la porte. « Il se peut que nous ayons de la visite », répondit-il. Il se tourna pour attraper la cafetière derrière lui et versa le fond dans sa tasse. « J'aurais dû garder un peu de gnôle pour ça. » Il posa le récipient sur le sol et fit mine de sourire. « Tout cela est arrivé il y a des années. Avant ta naissance et celle de ta sœur. Avant même l'arrivée de ta mère dans la ville. Avant que je sache quoi que ce soit. » Il se leva avec sa tasse et fit un pas dans chaque direction, puis s'immobilisa près de la cuisinière. « Moi, Charlie, George, son grand frère, et Freddy Riverfish, nous passons toute une nuit à jouer aux cartes dans la fish-house. On finit chacun un pichet de l'eau-de-vie maison du vieux Hakonsson. On est tous bourrés, d'humeur querelleuse, j'ai perdu ma chemise au poker, alors je propose un pari aux gars : "Dix dollars par tête que je descends le gouffre du Diable."

– Le gouffre du Diable ?

– Tu m'étonnes, ils acceptent le pari. » Harry se rassit et se débarrassa de ses bottes. Il les plaça sous la cuisinière et enleva aussi ses chaussettes. « On sort de la fish-house au lever du soleil, on tient à peine debout. On se traîne jusqu'à la panne d'accostage. Freddy jette un coup d'œil au ciel. Il fait déjà vingt-sept degrés et aucune amélioration en vue sinon une chaleur encore pire. Il propose de m'offrir le petit déjeuner si je renonce à ce projet absurde. Mais je suis lancé. Prêt à partir. Charlie aussi. Il dit à Freddy de se comporter comme un homme.

« Nous voilà en route. On sort de la crique, on contourne la pointe et on remonte le Bois Brûlé. Mais avant même d'atteindre le pont de la grand-route, il n'y a déjà plus d'eau et il faut échouer le bateau. Les sauterelles s'éparpillent comme de la chevrotine, Freddy et George offrent six dollars et un steak au Traveler's si nous renonçons. Mais Charlie, il n'est pas prêt à laisser tomber. Il veut emmener son frère jusqu'aux chutes. Il dit : "Putains de Gallois. Mouillez vos culottes." Alors on se met à marcher. Avec des cordes, une lanterne et une bouteille d'eau-de-vie pour la route. Nous remontons tous les quatre le lit de la rivière presque à sec. Bon sang, quelle bande de loques nous faisions. George Aas était presque un ami. Bon, c'était un ami. Très différent de son vieux et de son frère. C'est George qui avait amené son frère à la partie de cartes. George, à peine rentré d'Iwo Jima avec un bras en moins, excité comme un hanneton, mais un homme bon. » Il se frotta les yeux avec les articulations de ses index. « George s'était enrôlé dans la marine dès qu'il l'avait pu. Il était parti à Port Pendleton malgré l'opposition de son père. Entraîné au maniement du lance-flammes, il a fait partie de la première vague de soldats qui a débarqué sur cette île. » Il se frotta encore les yeux. « Georgie a cru que c'était une île abandonnée, une île fantôme. Ils se sont avancés sur cette baie sans entendre un seul murmure venant des Japonais. Les balles se sont mises à siffler une fois qu'ils ont atteint la première ligne de défense. Ça n'arrêtait plus. Il a dit qu'il avait eu l'impression de se réveiller d'un rêve. En fait, les Japonais étaient tous enfouis sous terre, ils avaient des kilomètres et des kilomètres de tunnels et de bunkers, des putains de gauphres. Et voilà Georgie qui plonge son lance-flammes dans l'un des trous du sol. Il se retourne, et *tactactactactac*, un Japonais tire depuis un autre trou et lui explose le bras. Il reste couché une demi-journée, perdant son sang, avant d'être retrouvé et soigné par l'équipe médicale. Un vrai héros, et c'est pas une chose qu'on dit à la légère. Certainement pas. De toute façon, même sans ça, il l'aurait été. George a toujours su faire la part des choses, ce que son frère ne supportait pas.

Ensuite il y avait Freddy Riverfish. Il est aussi méchant qu'une fouine et l'a toujours été. Un mois plus tôt je me trouvais dans un bateau sur l'Atlantique et le son des Sturmgewehrs me revenait encore chaque fois que je fermais les yeux. Bien sûr, Charlie était l'exception dans notre équipe. Joli comme une femme de chambre, mais oui. Portant une putain de chemise de golf. Les cheveux gominés. » Harry eut l'air d'avoir avalé un verre de lait aigre. « Ou peut-être enduits de la bave du diable, qui sait. En tout cas, c'était ça notre équipe, et on se traînait vers le Bois Brûlé. L'eau est glacée, on passe et repasse le pichet, et avant de verser les dernières gouttes dans mon gosier on arrive sous le gouffre du Diable. Il n'y a pas beaucoup d'eau dans la rivière, mais c'est encore trop. Alors Charlie dit : "On va faire un barrage."

"Un barrage ? répète George. Sûrement pas." Il patauge jusqu'au bord, Freddy le suit, et avant que j'aie posé le pied dans les chutes les voilà évanouis sur la baie. Mais Charlie est juste derrière moi. Il me talonne. Pourquoi il est si excité à l'idée d'entrer dans le gouffre du Diable, j'en sais rien, mais c'est le cas. Et ça me rend nerveux. Il a cette lueur dans les yeux que j'ai fini par bien connaître au cours des années. Cette lueur me dit qu'il s'apprête à tester une idée dingue. J'ai pas vu beaucoup de cinglés dans ma vie, mais j'ai repéré ça chez lui. C'était pas la première fois ce jour-là. Ça non. »

Gus savait de quoi parlait son père. Il avait vu le même éclair dans les yeux de Cindy au bord du lac Long Finger. Sous le clair de lune. Ces soirées dans sa voiture, ses baisers farouches. Il avait pris cette lueur sauvage pour du désir. Mais en écoutant son père, il y repensa et comprit qu'il avait mal interprété ce qu'il avait lu dans son regard – l'embrouillamini typique avec les Aas. Il frémit en songeant que ça lui avait échappé.

« Dans le méandre, il y a un tas de bois flotté, et je commence à le transporter sur l'autre berge. L'eau m'arrive au genou seulement, mais le courant est rapide. Charlie et moi, on doit travailler ensemble. Caler deux troncs dans les rochers au-dessus du gouffre. En faire flotter une autre brassée sur l'eau. Choisir nos appuis prudemment. Nous sommes occupés comme des castors.

Pendant ce temps, les garçons sur le rivage sont en train de baver sur leurs manches de chemise. Le soleil leur brûle la nuque. Je donne un coup de pied au cul à Freddy. Charlie remplit d'eau son chapeau et le verse sur la tête de son frère qui se relève d'un bond mais retombe aussi vite parce que le bras sur lequel il comptait s'appuyer n'est plus là. Ça fait hurler Charlie. Il frappe son genou avec son chapeau et dit : "Je suppose qu'un Japonais a mélangé ta main avec son chow mein, hein Georgie ?"

Georgie grimpe et s'en prend à son frère. "T'es qu'un sale fils de pute, Charlie. Un trou du cul et un bon à rien." Charlie s'écarte, se remet à rire et le traite de pisse-vinaigre. Georgie recule d'un demi-pas en arrière, fait volte-face et lui balance un coup de pied au cul. Il l'envoie valdinguer dans l'eau près de la berge. Charlie remplit son chapeau dans la foulée et continue d'asperger son frère. Freddy s'interpose, quand Charlie fait une autre tentative il le repousse et l'autre se retrouve le cul dans l'eau. Je suppose que ça l'a un peu calmé, parce qu'un instant plus tard, on se retrouve tous au bord du gouffre. »

Assis dans la cabane de trappeur, Harry eut la même expression que s'il venait d'y plonger le regard. « Toi et moi, on y était. Le premier jour de cette grande aventure. » Il fixa Gus. « À moins de deux heures de la maison. Tu t'en souviens ?

– Bien sûr que oui.

– J'aurais dû te raconter cette histoire à ce moment-là. J'aurais dû t'obliger à regarder au fond de ce trou.

– Je l'ai fait des centaines de fois, papa.

– Mais jamais en sachant ce que je vais te raconter.

– C'est-à-dire ?

– Charlie attache une lanterne au bout d'une corde, il l'allume et la laisse descendre. Il déroule environ une dizaine de mètres et – hop ! – la lumière disparaît. Je me dis que ce n'est peut-être pas la meilleure idée que j'aie jamais eue, mais comme je n'ai pas l'intention de manquer à ma parole ni de perdre mon pari, je mets mon baudrier. Je fixe l'autre extrémité de la corde au cèdre qui pousse dans les rochers. Je suis prêt et Charlie dit : "Je vais tenir la corde." Je lui réponds qu'il peut se branler. » Harry sourit. Mais fronce les sourcils un instant plus tard.

« Je descends donc en rappel dans le gouffre. Pendant une minute j'entends les huées au-dessus de moi, et puis plus rien. L'eau est glacée, elle dégouline sur moi et rejaillit des parois en fines gouttelettes. Trente degrés au bord de la rivière, et six mètres plus bas tu aurais pu stocker ton lait et tes œufs. »

Harry s'interrompit un long moment, fixant à nouveau le fond de sa tasse vide. « Bon Dieu.

– Ça ressemblait à quoi ? »

Sans lever les yeux, Harry répondit : « Avant tout, c'était sombre. Tu ne peux pas l'imaginer. Et froid, comme je l'ai dit. J'ai allumé une lanterne. Les parois étaient lisses et mouillées. Il y avait un replat dans le rocher à l'autre bout du gouffre, j'ai essayé de l'atteindre mais je n'ai pas réussi. Alors je suis resté suspendu là quelques minutes, à regarder en bas. » Il cessa de parler, rapprocha la tasse de ses yeux, et en examina l'intérieur. « Au cours des années j'ai repensé pas mal de fois à ce moment passé dans le gouffre du Diable. Je regrette vraiment de ne pas être descendu plus loin. De ne pas avoir atteint le fond. J'aurais été la seule personne au monde à savoir ce qu'il y avait là. » Il leva enfin les yeux.

« Mais je n'avais pas assez de corde. J'ai lâché la lanterne par maladresse et j'ai vu sa lumière plonger pendant ce qui m'a paru une éternité. Je ne l'ai pas entendue se briser, ni clapoter dans l'eau. Elle a juste disparu sans laisser de traces. Mais où ? Que lui est-il arrivé ? Après toutes ces années, est-ce qu'elle brille encore tout au fond ? Je me suis posé la même question au sujet des flammes que Georgie avait lancées dans ces tunnels à Iwo Jima. Étaient-elles allées rejoindre les feux de l'enfer ? Ou bien avaient-elles attrapé et brûlé vif un mitrailleur japonais ? »

Il reposa enfin la tasse sur la table, la repoussant au centre comme s'il était tenté de la reprendre mais s'y refusait. Pourtant il continua de la fixer du coin de l'œil.

« "Alors ?" demande Charlie quand je refais surface. Je n'avais plus de force dans les bras, je respirais fort et je fumais comme un cheval de course.

“Alors, quoi ?” Freddy et George attendent. Eux aussi, ils veulent savoir. Mais je dis : “Payez-moi, espèces de voyous.” En moins de temps qu’il n’en faut pour sortir l’argent, ils empilent les billets dans ma main. Dix dollars chacun, tout ce que j’ai perdu au poker, plus cinquante pour cent. George prend alors un air très sérieux. “Accouche”, dit-il. »

« Et ? » demanda Gus.

Harry le regarda comme s’il y avait une chute en perspective. « “George, tu ne vas pas le croire ! je lui dis. Ces parois sont pleines de pépites d’or ! De pépites d’or, de diamants et de rubis plus gros que la putain de tête de ton frère !” Je me suis alors tourné vers Charlie. “Et une source d’eau-de-vie pure qui jaillit du sol ! Et des dames superbes toujours prêtes pour un dandy comme toi.”

Je me suis détaché de la corde et j’ai fait mine de la tendre à Charlie. “Bien sûr, nous aurons besoin d’une corde plus solide pour descendre ton gros cul.”

“Dis-nous juste ce que tu as vu en bas, dit Charlie. Alors, qu’est-ce que c’est ?” Je lui ai répondu que sa bedaine bloquait le soleil et que je n’avais rien pu voir à travers. »

Harry, impassible, le regard farouche, poursuivit : « Le frère manchot, George, se tient debout, le dos calé contre ce cèdre, et voilà qu’il se moque de son cadet. Il apprenait encore à vivre sans son bras, et avait toujours l’air sur le point de perdre l’équilibre. “Ce n’est qu’un trou dans le rocher, idiot.”

Bien sûr, Charlie est aussi furieux qu’un renard pris dans un piège. Il dit à George de la fermer, qu’il va lui arracher l’autre bras et le tabasser avec. Ensuite il se tourne vers moi et déclare : “Je devrais te casser la gueule à toi aussi.”

À quoi je réponds : “T’as envie d’y faire un tour ?” »

Harry tendit la main vers la tasse, puis s’arrêta et se cala sur sa chaise. « George veut savoir si le gouffre a un fond. “Un fond ? je réponds. Je ne suis pas descendu aussi bas, mais il y en a sûrement un, c’est logique.”

Charlie n’en peut plus et il dit : “Même si la logique t’embrassait sur la bouche, tu ne la reconnaîtrais pas.”

“Peut-être bien, mais j’en sais plus long que toi.” Il fait un pas vers moi et lève le poing. Il aurait pu me frapper, mais Freddy Riverfish s’avance et personne – je dis bien personne – ne se battait avec lui. Pas à cette époque. Jamais. Il était toujours juste à côté de moi. Alors Charlie enfonce son poing dans sa poche et me dit : “Tu t’imagines que tu as la mainmise sur la sagesse ancienne, Harry Eide.”

“Quelle putain de sagesse ancienne ? je lui demande, et ensuite je lui parle d’homme à homme. Je viens de descendre dans le gouffre du Diable pendant que vous autres connards teniez la corde. C’est pas le contraire de la sagesse ?” »

Il se leva, alla vers la fenêtre, se pencha pour regarder le ciel, et se retourna vers Gus un long moment avant de dire : « Freddy et moi, on redescend les chutes et on se pose là, dans la brume fraîche qui monte de la rivière. Il me raconte que son grand-père et son arrière-grand-père venaient ici déposer des offrandes. Ils jetaient du tabac dans le gouffre, essayant de satisfaire les esprits. Freddy est aussi éloigné de sa religion que je puisse l’être d’une foi quelconque, et vu de notre coin de plage c’était vraiment dommage de gâcher ce tabac à priser. Il aurait mieux valu le garder et accepter simplement qu’il existe dans ce monde des endroits inaccessibles. Et des esprits aussi. Des croyances. Des choses qu'on ne pouvait pas connaître. Qui n'étaient pas destinées à être connues. Freddy parlait tout le temps de ce qu'on ne pouvait pas connaître. Ce n'était pas une philosophie. Il ne l'aurait jamais appelée ainsi. Moi, je pensais que toutes ces conversations ressemblaient plutôt au travail du forgeron – c'était une façon de marteler des parties de la vie incroyablement dures et presque inaltérables. Bien sûr, étant donné ce que la journée avait eu à nous offrir, les sujets de conversation ne manquaient pas, et nous avons jacassé pendant une demi-heure en attendant que les frères Aas terminent leur querelle. Nous avions certainement tout compris, avec l'eau-de-vie et le soleil brûlant. »

Il revint à la table et s'assit en face de Gus. « Seulement, l'un des frères Aas n'a jamais redescendu ces chutes. »

Gus balbutia quelque chose à propos de l'histoire qu'il avait toujours entendu raconter, à savoir que George Aas s'y était noyé, mais il parvint à peine à articuler un mot, et encore moins à formuler la moindre question.

« Charlie glisse sur ses fesses en hurlant, mais nous ne pouvons pas distinguer ses paroles. Il agite les bras et se dépêche de nous rejoindre. Nous nous levons, Freddy et moi, et nous avançons dans l'eau peu profonde. Nous voulons savoir ce qu'il se passe.

Charlie se plie en deux pour retrouver son souffle, puis il dit : "George ! Il a sauté dans le gouffre du Diable ! Putain, il s'est suicidé !"

"Suicidé ?" répète Freddy. Rien n'aurait pu sonner plus faux. George, qui avait survécu à Iwo Jima, qui venait juste de passer la nuit avec nous à se marrer, à rire plus qu'il ne l'avait jamais fait de toute sa vie, il s'était jeté dans le gouffre du Diable ? Sûrement pas. Impossible, hors de question. »

Les yeux écarquillés de Gus posèrent la question que sa voix ne pouvait formuler.

« Charlie l'a éliminé.

– Pourquoi ?

– Comment connaîtrais-je la réponse ?

– Mais…

– Il n'y avait rien à faire. Personne ne le savait mieux que moi. Si George était dans le gouffre du Diable, il avait disparu pour toujours. Mais nous sommes remontés là-haut, Freddy et moi. Nous nous sommes couchés à plat ventre et nous avons crié dans le gouffre. Charlie est resté debout sans laisser paraître une once d'inquiétude sur sa figure joufflue brûlée par le soleil. Il a allumé une cigarette et dit : "Quelle triste journée. Quelle triste journée, vraiment." Mais il n'était pas triste. Il y avait même une nuance de joie dans sa voix, putain. "On ferait mieux de rentrer en ville pour annoncer aux gens que George est mort." Freddy et moi nous étions atterrés, bien sûr. Sans voix, et un peu effrayés. Du moins, je l'étais. Mais que pouvions-nous faire d'autre ? George avait disparu pour toujours. On ne le retrouverait jamais.

– Personne n'a jamais essayé ?

– Essayé comment ?

– Avec des échelles ? Plus de corde ? Plus de lanternes ?

– Tu n'as pas entendu l'histoire que je viens de te raconter ? Sur la profondeur du gouffre ? » Il poursuivit. « Quelques semaines plus tard, la famille Aas a élevé un cénotaphe à sa mémoire.

– Qu'est-ce que c'est ? »

Harry eut l'air perdu et répondit : « Une pierre tombale pour ceux qu'on n'a jamais retrouvés. C'est à ça que servent les cénotaphes. Il aurait pu aussi bien être abandonné sur ce champ de bataille à Iwo Jima, le pauvre bougre. »

Gus était encore abasourdi. « Alors… George n'a pas sauté ?

– Bien sûr que non. Il a été poussé. Par son frère. Charlie.

– Mais il n'est rien arrivé à Charlie ? Il n'a jamais eu de problème à cause de ça ?

– Personne ne l'a su. En tout cas, personne n'a jamais pu le prouver. »

Gus fixa son père à la lumière des bougies. Harry resta un long moment silencieux. Gus comprit qu'il ne servait à rien d'insister. Il attendit patiemment.

Lorsque Harry se remit à parler, sa voix avait durci. « Tu te souviens de l'hiver dernier, quand nous avons heurté la biche sur la route près de Misquah ? De son regard ? »

Gus hocha la tête.

« Ces cerfs de Virginie sont les animaux les plus rapides de la forêt, mais cette bête ne pouvait plus bouger. Nous l'avions heurtée de front. Écrasée sous nos roues, hein ? Eh bien, Freddy et moi, on était dans le même état. On ne savait pas quoi faire. Et toutes ces années, ça a continué. Je pense que nous n'en avons jamais parlé tous les deux. Pas avant cette année.

– Pourquoi maintenant ? »

Harry le regarda en face. « Pourquoi ? Tu n'as pas vraiment besoin de poser la question, n'est-ce pas ?

– Qu'est-ce que ça signifie ?

– Le mois dernier, ce soir à la fish-house, quand nous avons décidé de partir, tu te rappelles ?

– Bien sûr que oui.

– Eh bien, juste avant de venir, j'étais avec Freddy aux Two Harbors.

– Pourquoi ?

– Nous avions rendez-vous avec un journaliste de la *Tribune*.

– Pourquoi ? Je n'y comprends rien.

– Il y a beaucoup à comprendre.

– Alors explique-moi. » Il était troublé, effrayé, et n'aimait pas l'expression du visage de son père. « Dis-moi de quoi il s'agit.

– Tu te souviens quand les caisses de l'église luthérienne d'Immanuel sont revenues vides il y a quelques années ? »

Gus acquiesça.

« C'était Charlie Aas, président du conseil. Alors, qu'a-t-il fait de l'argent ? Je n'en sais rien. Peut-être que certaines dettes requièrent l'argent du Seigneur.

– Quel rapport avec George ?

– Cela n'a rien à voir avec George. Il s'agit de Charlie. C'est ce que je suis en train de t'expliquer. » Harry lut le désarroi sur le visage de son fils. « Écoute-moi. Écoute-moi bien. Tu te souviens quand Bud Nardhal n'a pas réussi à être reconduit comme maire ?

– Ouais.

– C'était aussi une magouille de Charlie. À présent il se bat pour construire un barrage sur le Bois Brûlé. Il est à la solde des compagnies d'exploitation forestière et des compagnies minières, et j'en passe. Il est mouillé jusqu'au cou. C'est ce que je suis en train de t'expliquer. » Harry commençait à s'échauffer.

« Faut-il que je te reparle de sa fille ? De votre aventure de l'été ? Toi et elle ? »

Gus secoua la tête.

Harry respira profondément. « Et bien sûr, il y a le problème de ta mère. »

Gus fut gagné par l'embarras. Comme un idiot ou un petit enfant. Innocent et naïf. « Tu as des preuves ? C'est pour cette raison que tu as parlé à ce journaliste ?

– Disons que Charlie se prend un peu trop pour quelqu'un d'important. On l'a entendu au bar du Traveler's, après quelques verres de trop. Se vanter, c'est le mot, je suppose. Peut-être faire des allusions. À la façon dont il a su se placer à l'époque. Dont il s'est assuré que c'était lui qui allait régner sur la famille. L'information a circulé, et Freddy et moi on l'a transmise au journaliste. On lui a parlé de George, et de tout le reste aussi. » Harry cogna la table avec ses poings. « Rien de tout cela n'est simple, fils. Bien sûr que non. Mais le vrai problème, c'est que Charlie a depuis trop longtemps son mot à dire sur absolument tout. Il est temps qu'il reçoive le châtiment qu'il mérite.

« Cet été, je pêchais à la mouche avec Freddy sur le lac Long Finger et on s'est mis à bavarder. Freddy s'était donné pour mission de garder les rivières propres. Il est aussi écœuré que moi par la liaison de ta mère avec Charlie. Il aimerait loger une balle dans le cerveau de Charlie, exactement comme moi. Mais c'est impossible, bien sûr. Alors là-bas, dans notre canoë, nous avons discuté de ce que nous *pourrions* faire. C'est ce qui nous a conduits à ce journaliste aux Two Harbors. Après avoir parlé à ce vieux gratte-papier, nous avons échangé quelques propos avec le procureur du comté et avec le shérif aussi. » Harry se redressa sur sa chaise, respira profondément, et parut soulagé pendant un moment. « Qui sait ce que Freddy a négocié depuis notre départ ? »

Gus répéta la question qui avait déclenché toute cette conversation. « Quel rapport entre ces histoires et la visite que nous pourrions avoir ?

– Ça va prendre quelque temps avant que Charlie soit au courant de ce qui se trame. Des tas de gens auront besoin d'avoir des tas de conversations. Sur des tas de sujets différents. En attendant, Charlie ne va pas rester les bras croisés à Gunflint.

– Charlie va partir à ta recherche ? hasarda Gus. À notre recherche ? »

Harry soutint le regard de son fils. « Il va sans doute nous rendre visite, oui. S'il parvient à nous retrouver, ce qu'il essaiera sûrement de faire. »

Ce fut au tour de Gus de s'approcher de la fenêtre. « Pourquoi viendrait-il ici ?

– Que ce soient des frères sur la rivière du Bois Brûlé ou des généraux sur une île du Pacifique, les garçons cherchent toujours un endroit où s'affronter. »

Gus se tourna vers son père. « *Comment* pourrait-il nous trouver ?

– Où qu'on soit, ce qui doit arriver arrivera, fils. Nous sommes ici parce que l'histoire qui nous rattrapera doit finir ensuite. Cette affaire entre Charlie et moi n'aurait jamais la moindre chance de se terminer à Gunflint. Pour cela il nous faut cet endroit. Il nous faut l'hiver, qui ne va pas tarder à arriver. »

Gus était alors parfaitement conscient de la colère qu'il ressentait, contre lui-même pour sa naïveté et contre son père pour tout ce qu'il lui avait caché. « J'y crois pas. Tu as perdu la tête ?

– Charlie ne connaît qu'une façon d'agir. La sienne. Il pense que le monde est simple, mais c'est faux. Il pense que les gens sont simples, mais il se trompe. C'est lui qui est simple.

– C'est des conneries, répliqua Gus, mais il sentit sa voix trembler.

– Non, Gus, pas du tout. C'est la vie. Reviens ici. Assieds-toi.

– Non.

– Fils, il n'y a aucune raison d'avoir peur. La question n'est pas de savoir de quoi un homme est capable, mais ce qu'il peut faire. En ville, avec tous ses potes, Charlie peut faire un tas de choses. Il est manifestement capable de n'importe quoi. N'importe où. Mais ici, il n'a aucun avantage. Il pourrait amener ses dix meilleurs copains de chasse avec lui mais nous serions toujours plus forts qu'eux. »

Ils se dévisagèrent un long moment dans la cabane éclairée à la bougie. Gus était de plus en plus furieux. Il fit un pas en avant et deux en arrière. Il s'éclaircit la voix. « Comment est-ce que tu as pu m'entraîner dans cette histoire ? »

Harry sourit. Il n'y avait pas d'ironie dans ce sourire, mais plutôt une sorte de pitié. Ou du moins Gus le perçut ainsi. « Tu y étais mêlé même si tu n'en savais rien. Nos destins ne sont pas séparés. Pour Charlie, nous sommes la même personne. Il te hait autant que moi. Il déteste que tu sois mon fils. » Son sourire s'estompa. « Mais tu sais qui n'est pas mêlé à cette affaire ? Ce sont les fils de Charlie. C'est la plus importante de toutes les différences entre lui et moi. C'est mon avantage. »

Gus se réveilla le matin au son de la lame sur le cuir à rasoir. Harry se tenait à la fenêtre en sous-vêtements et en chaussettes, le visage savonné, fixant son reflet dans la vitre. Il dut entendre Gus remuer, car son regard se détourna de son image pour se poser sur son fils. Il approcha le rasoir de son menton, le rinça dans un bol d'eau, rasa une autre bande, et s'interrompit pour jeter un coup d'œil à Gus par-dessus son épaule. Il désigna la cuisinière avec son rasoir. « Il y a du café, dit-il.

– Il fait encore nuit », répondit Gus.

Harry se concentra à nouveau sur sa tâche. « Bon sang, il est presque six heures. » Il rasa une autre bande de barbe avec la lame droite.

« Je ne me lève pas encore.

– Tu ne dormiras pas du tout si on se gèle les couilles. »

Gus roula sur le côté. « Ne me dis plus ce que je dois faire. Je ne veux même pas te parler.

– Tu vas être un garçon bien misérable, si tu renonces à m'adresser la parole.

– Bien sûr. Parce que tes histoires sont si géniales. » Gus repoussa son duvet d'un coup de pied et descendit de sa couchette. Il passa devant son père, franchit le seuil, alla uriner et revint à l'intérieur alors que Harry terminait de se raser le cou.

« Ne sois pas une poule mouillée, Gus. Nous avons du travail à abattre. Tu pourrais te réveiller demain avec trente centimètres de neige sur le sol. »

Gus se servit une tasse de café et regarda son père s'essuyer le visage.

« Retourne t'occuper de ces bouleaux, hein ? » dit Harry. Il enfila son pantalon par-dessus ses sous-vêtements chauds.

Gus but une gorgée de café, adressant à son père un regard plein de courage et de défi. « Je t'ai dit que nous aurions du bois. Je te l'ai répété dix fois. Mais je n'y vais pas dans la nuit. C'est absurde. »

Harry accrocha sa serviette au crochet près de la fenêtre.

« Tu as aussi peur dans le noir, maintenant ?

– De quoi d'autre ai-je peur ? » répliqua Gus.

Harry médita sa réponse. Il enfila sa chemise avant de parler. Il s'assit pour nouer ses lacets. « D'après ce que je constate, tu as peur de la vérité.

– Je vais te dire ce qui me fait peur, reprit Gus. J'ai peur de me trouver au milieu de nulle part pendant que mon père – qui m'a *piégé* pour que je vienne ici – est en train de perdre la boule. C'est de ça que j'ai peur.

– Tu ne vois pas les choses telles qu'elles sont. »

Furieux, Gus ne put supporter l'expression ridicule du visage de son père. « Tu étais debout devant la fenêtre en train de te contempler. Tu as vu quoi ?

– Un vieil imbécile, voilà ce que j'ai vu. Mais un vieil imbécile qui est prêt, et tu ne peux pas en dire autant. J'ai vu un vieil imbécile qui comprend ce qui va se passer. » Il mit son pull-over et son bonnet rouge, et se pencha sur son sac. Il en sortit le Ruger dans son étui et glissa sa ceinture dans la boucle. « Si tu avais un peu de bon sens, tu commencerais toi aussi à anticiper ce qui va nous arriver. Et ce ne serait peut-être pas une mauvaise idée de t'habituer à voir dans le noir. » Puis il se dirigea calmement vers la porte.

Gus alla à la fenêtre et regarda l'ombre de son père contourner la cabane. Il eut envie de le suivre. De l'agresser. De hurler. De faire quelque chose, bon Dieu. Au lieu de cela il resta derrière la vitre, à boire son café en attendant le jour.

Mais il fut de retour sous les chênes à gros fruits avant le lever du soleil. Il avait laissé la scie et la hachette dans la cabane et portait la Remington à l'épaule. La carabine était chargée et il avait six cartouches dans la poche de sa veste. Son couteau de chasse était accroché à sa ceinture. Le recueil de cartes était dans la poche de son pantalon militaire.

À la lisière du bois, il trouva un tas de bois mort et en fit sa cache. Une brise soufflait sur son visage à travers les arbres. Il scruta la clairière et la regarda s'emplir de lumière. Il guettait les bruits dans le vent, sa Remington appuyée contre un tronc de chêne.

Puis il étudia les cartes l'une après l'autre. Elles ne contenaient rien qui pût lui rappeler les kilomètres, les lacs et les rivières qui les avaient conduits à la cabane. Les souvenirs de leur équipée dans les régions frontalières s'effaçaient déjà. Ils ne lui reviendraient avec une relative fluidité que des années plus tard, mais à ce moment-là il aurait la certitude que durant les décennies écoulées entre cette matinée dans le bois de chênes à gros fruits et l'instant présent, sa mémoire aurait remodelé une partie des faits. Il était également persuadé qu'à d'autres égards, sa mémoire lui avait fait défaut. Mais certains moments n'avaient pas été engloutis dans l'oubli. Cette matinée dans sa cache à ours en était un.

Il y passa plusieurs heures à méditer la situation. Il reconnaissait sa peur parce qu'il la sentait clairement. Et c'était pire à présent, avec la menace de l'arrivée imminente de Charlie Aas. Le pistolet à la ceinture de son père était aussi effrayant que toutes les eaux vives qu'ils avaient dû franchir à la pagaie, aussi inquiétant qu'une nuit de vent violent. Mais il sentait qu'il y avait autre chose dans cette peur, un élément transformateur, une certaine fermeté de l'esprit. Les muscles de son épaule vibraient.

Il se souvenait de s'être retourné pour regarder la cabane à travers les arbres, et avoir pensé que ce pistolet était ridicule. Son père se croyait probablement encore au Luxembourg, et les Huns se préparaient à envahir la forêt pour assiéger leur fort. Il avait alors conclu que son père était un idiot.

Mais dans ce cas, il n'avait aucun avantage sur Gus. Du moins, pas ce jour-là.

Qui aurait pu dire combien de temps il avait passé dans la cache ? Une heure, peut-être deux ? Mais lorsque l'ourse émergea de l'obscurité des bois, qu'elle enfouit son museau dans les feuilles mortes et les glands, s'assit sur son imposant arrière-train et se mit à manger avec gloutonnerie, se déplaçant d'un endroit à l'autre à plusieurs reprises, Gus l'observa depuis sa cache. Quand il se leva, s'avançant sur le tapis de feuilles, et se dirigea vers la bête, marchant face au vent de telle sorte qu'elle ne sentit pas son odeur, la Remington encore calée dans la fente de l'arbre, plus éloignée d'un pas à chaque enjambée, l'ourse finit par lever la tête, le fixant de ses yeux doux, puis elle se remit sur ses quatre pattes, il s'approcha d'elle comme s'ils avaient été des partenaires de combat, il sourit en se frottant les mains pour signaler que le gong avait retenti, la bête renifla une fois, fit demi-tour, et se hâta de regagner l'ombre d'où elle était venue. Gus se mit alors à hurler à la mort, certain que ce face-à-face avec la vieille ourse puisait son origine dans sa propre lignée ancestrale.

Une semaine, peut-être plus, s'écoula sans qu'ils échangent une parole. Chaque matin, Gus retournait sous les chênes et attendait le retour de l'ourse. Les traces de son passage étaient visibles partout – l'accumulation de crottes, l'écorce des arbres arrachée, les empreintes de pas s'enfonçant dans la forêt de plus en plus dense – mais il ne la revit pas avant que la neige ne commençât à tenir. Il avait alors ouvert un chemin entre la rive et les chênes, et transformé la cache derrière le bois mort en un véritable abri. Il prit son poste de guet le matin, pendant qu'il commençait à neiger, et il attendit. L'ourse ne se montra pas, et il supposa qu'elle était entrée en hibernation à cause du froid. Il quitta donc la cache une heure après le lever du soleil, scia une dizaine de centimètres de son chêne, et transpirait déjà lorsqu'il entendit ses grognements. À une vingtaine de mètres à peine derrière lui, assise sur les flancs, le fixant de ses yeux sombres, le nez et les oreilles parcourus de frémissements, l'ourse attendait. Gus jeta un rapide coup d'œil à la Remington posée dans la fente de l'arbre, le canon camouflé par les branches mortes.

L'ourse grogna encore et glissa une patte dans la neige comme pour dessiner un trait. Elle était plus large que dans son souvenir. Il dégagea la lame de la scie du tronc, l'ourse se remit sur son séant comme si on l'avait poussée, fit un pas vers lui, recula en traînant les pattes, s'avança de nouveau, le museau près du sol, sans le quitter des yeux une seule seconde. Gus était pétrifié sur place.

Un long moment s'écoula avant qu'il eût retrouvé ses esprits, reculant peu à peu vers la cache. L'ourse l'observait, dressée sur ses pattes arrière, mais il continua de marcher lentement, toujours à reculons. Une fois arrivé près de l'arbre, il prit la carabine. L'ourse fit encore un pas dans sa direction.

Il sentait son odeur, voyait ses yeux humides, et elle lui parut si proche qu'il eut l'impression de se trouver à une vingtaine de centimètres d'elle, et non à vingt mètres. Une sensation qui se précisa encore lorsqu'il épaula sa Remington et la visa, d'abord par la lunette et ensuite, les yeux grands ouverts, pointant le canon sur elle. Elle le fixait en retour.

À ce moment de sa vie, Gus avait tué une douzaine de cerfs. D'innombrables coqs de bruyère, canards et dindons sauvages. Une ribambelle de lièvres chaque hiver depuis l'âge de dix ans. Il pouvait atteindre une boîte de soupe à cent mètres, même si un vent violent lui giflait la joue. Lorsqu'il abaissa la carabine après avoir appuyé sur la détente, l'ourse aurait dû, en toute logique, s'être affaissée sur le sol. Mais ce ne fut pas le cas. En réalité, quand il éjecta la cartouche utilisée pour en loger une autre dans le chargeur, et lever à nouveau son arme, la bête avait déjà atteint la lisière sombre des pins. Gus cligna les yeux, et elle disparut.

Le coup de feu se réverbéra dans l'air. Ses mains vibraient encore. Il vérifia le magasin pour s'assurer qu'il avait bien appuyé sur la détente. Une cartouche avait bien été utilisée. Il en restait cinq. Il marcha lentement jusqu'à l'endroit où l'ourse s'était dressée sur ses pattes. Le sang avait éclaboussé la neige et Gus vit une traînée d'empreintes sanglantes dans le sillage des bruits de pas qui se hâtaient vers les bois obscurs. Les gouttes écarlates se détachaient sur le sol enneigé, aussi étincelantes que des ampoules électriques.

Il tapota sa hanche pour s'assurer qu'il avait toujours son couteau, logea une autre cartouche dans le magasin, et suivit les traces dans la forêt. Bientôt, les pins furent si denses qu'il semblait impossible que l'ourse eût réussi à se faufiler entre eux, mais sa piste ensanglantée continuait de se déployer devant lui. Les jeunes arbres piétinés et les branches basses apportaient une preuve supplémentaire de son passage. Gus accéléra le pas.

Au bout de quelque temps des clairières s'ouvrirent entre les arbres et les pas de l'ourse s'allongèrent. Elle saignait encore, mais moins. Son coup de feu avait touché son épaule ou ses côtes, car la traînée suivait le côté droit de ses traces, une tache rouge à chaque foulée. Le terrain devint plus accidenté et commença à descendre. Des rochers de la taille de l'ourse se dressaient ici et là, couverts de neige, et plus d'une fois Gus sursauta en les découvrant. Au bout de quatre cents mètres, apparut au bas de la pente une vallée escarpée où coulait une large rivière. Il vit à quel endroit l'ourse s'était arrêtée sur la rive. Une mare de sang s'était déjà figée dans la neige, et Gus distinguait le creux où elle avait posé son arrière-train pour boire.

Il s'accorda un instant de répit, but à même sa gourde, et essuya la sueur de son front.

La neige s'était arrêtée et il éprouva un soulagement fugace. Il devait être plus de midi, à en juger par la lumière derrière les nuages, qui annonçaient encore de la neige. À peine cette pensée lui avait-elle traversé l'esprit que de légers flocons voltigèrent à travers les arbres, donnant à l'air une qualité différente, lui inspirant une terreur nouvelle.

Il marcha d'abord en amont, cherchant où commençait la traînée de sang sur la rive opposée. Il surveilla la rive pendant un quart d'heure, puis rebroussa chemin, et au bout d'une heure il repéra sa trace qui remontait un talus escarpé, au-dessus duquel le cours d'eau rétrécissait pour se transformer en une cascade encombrée de rochers et de bois flotté. Les flocons tombaient très dru maintenant, le sang de l'ourse virant au rose sous la blancheur de la neige.

Le flanc escarpé de la colline s'élevait à soixante mètres environ. Encore des pins et des épicéas, épais et sombres. Il franchit la rivière au niveau de la cascade sur un tronc enneigé, et il erra dans la forêt pendant des heures. La neige cessa et recommença à tomber à trois reprises, puis le ciel s'éclaira. Quand le soleil reparut, il frôlait déjà les cimes des arbres au sud-ouest. Gus avait une faim de loup, il était fatigué et avait perdu la trace de l'ourse. Obéissant à une loi de la forêt, il en avait enfreint une autre, et il s'était égaré. Aussi sûr que le soleil se couche à l'ouest, il devrait passer la nuit dans ces bois. Et avec quoi ? Pas de nourriture. Une gourde vide. Pas de couverture. Il avait son bonnet et ses gants, mais sa chemise et son caleçon étaient trempés de sueur et ses bottes, imbibées de neige.

Harry avait dû entendre le coup de feu et supposer qu'il était en train de traquer sa proie ou de dépecer l'ourse. Il avait dû considérer comme acquis que Gus garderait une marge suffisante pour sortir des bois à la lumière du jour, abandonnant la carcasse à l'approche du crépuscule. Harry ne s'inquiéterait qu'après le coucher du soleil, et même si le lendemain matin, avec des heures devant lui, se fiant à son intuition, il traversait la baie et découvrait le canoë de Gus, puis les chênes à gros fruits, la neige aurait recouvert les empreintes de l'ourse et aussi les siennes.

Il avait besoin d'un abri. Et d'un feu. De cela, il était sûr.

Il erra donc à la lueur du crépuscule. Au bas d'une pente il trouva un épicéa dont les branches mortes brun-rouge étaient couvertes de neige. Il le contourna. L'arbre s'était cassé à deux mètres du sol environ et le tronc s'appuyait contre le flanc de la colline. Gus se glissa en rampant dans l'espace libre sous les branchages. Au bout d'un mètre environ, le sol était sec. Il cassa des douzaines de branches pour dégager assez de place, et s'allongea. À travers les interstices des rameaux il vit apparaître les premiers signes de la nuit.

Des années plus tard, son souvenir le plus vif était celui d'une frayeur pure et simple, dénuée de toute autre émotion. À certains moments, elle devenait un phénomène physique, aussi réel que l'arbre mort ou la neige. Il resta quelque temps sous son emprise, incapable d'ouvrir les yeux, et encore moins d'allumer un feu. Mais il avait dû bouger. Il avait survécu, après tout.

Il ne se rappelait pas avoir préparé le feu, empilé le bois à brûler pendant la nuit, fait fondre de la neige dans sa gourde, et il le comprit seulement le lendemain matin, en découvrant qu'elle était à moitié pleine. Il ne se rappelait pas non plus s'être entièrement déshabillé, avoir étendu ses habits mouillés près du feu, mais il se souvenait qu'il s'était réveillé presque nu, frissonnant, à quelques centimètres des flammes. Il avait pleuré si longtemps que ses vêtements avaient eu le temps de sécher. Il s'était alors rhabillé, la gorge sèche.

Il pensa beaucoup à l'ourse cette nuit-là. Songeant que s'il ne s'était pas trouvé dans les bois pour lui tirer dessus, elle aurait pu finir ses glands, contempler longuement la neige qui tombait, puis se réfugier sous cet épicéa, ou dans un endroit semblable où elle se serait couchée en boule et préparée à passer l'hiver sans avoir besoin d'un feu pour se réchauffer.

Il se souvenait qu'il s'était réveillé, la peur planant encore dans la clarté du feu. Il maudit la Terre entière cette nuit-là. Son père. Sa mère. Les cartes. Les canoës. Charlie Aas. L'ourse, les bois et la neige. Il maudit aussi les étoiles, quand elles apparaissaient et se cachaient entre les nuages. Leur scintillement rendait la nuit plus sinistre encore que l'obscurité, illuminant la neige qui prenait un éclat bleuté, lui rappelant à chaque battement de cils qu'il était perdu.

Il lui vint à l'esprit plus d'une fois qu'il ne serait jamais secouru. Que les bois et la nuit l'avaient englouti, qu'il était perdu à jamais mais ne le savait pas encore. Il mourrait recroquevillé sous l'arbre, affamé, gelé ou les deux à la fois. Des années plus tard, il se rendit compte à quel point il était différent de l'ourse à cet égard, et fragilisé par la nuit.

Il me raconta – lentement, d'une voix très douce – qu'il songeait souvent au nombre de nuits qui s'étaient écoulées depuis. Il admit qu'il avait perçu cette nuit-là sous l'arbre, dans son sommeil entrecoupé et frissonnant, une présence divine jamais décelée auparavant. Le feu, la neige, les étoiles, la nuit et l'obscurité lui avaient inspiré cette idée. Mais c'était le sentiment qui l'avait accompagné tout au long de la nuit au cours de ses prières, et non le monde environnant, qui avait ébranlé ses doutes. Il pria ardemment, avec maladresse. Il pria comme un mendiant. Jamais il ne s'était senti aussi seul, aussi désemparé et loin de tout qu'en prononçant ces mots. Il ne les avait pas gardés en mémoire. Mais la vulnérabilité qui les imprégnait ? Cette sensation lui était restée toutes ces années, chaque fois qu'un danger se présentait. Il avait donc sa propre religion. Son Dieu avait toujours été orphelin de ceux qu'on trouvait dans les livres sacrés.

Il ouvrit les yeux pour voir son père qui marchait vers lui. Puis il se mit à courir, et jeta un sac de couchage sur lui. Il l'embrassa sur les joues et le front jusqu'à ce que Gus le repousse. Harry retira son manteau et le cala sous sa tête. Il ranima le feu avec tout le bois qui restait, soufflant sur les braises jusqu'à ce que les flammes soient aussi hautes que lui. Il prit une tablette de chocolat dans sa poche, déchira l'emballage, cassa un morceau, et le mit dans la bouche de son fils. Gus lui prit le reste de la tablette et se rassit. Il but le reste de la gourde et engloutit le chocolat.

« Que s'est-il passé, fils ? » demanda Harry.

Une des bûches roula hors du feu et Gus la repoussa du pied.

« Nous sommes très loin de la cabane, poursuivit Harry. Et il y a quinze centimètres de neige sur le sol. »

Gus avait la bouche pleine de chocolat. Il n'aurait pas pu répondre même s'il l'avait voulu.

« Tes traces sont presque effacées. C'est un miracle que je t'aie retrouvé. » Harry retenait ses larmes. « Sans le feu, petit, je n'aurais peut-être pas réussi. » Il fixa le feu et suivit du regard les flammes qui se changeaient en fumée et s'élevaient vers l'aube. Le ciel était violet et limpide.

« J'ai tiré sur une ourse, dit Gus, essuyant le chocolat sur son menton. Je suivais sa piste. »

Harry avait encore les yeux fixés sur la fumée. « Et tu n'as pas remarqué que la nuit tombait ?

– Je…

– Tu n'as pas vu qu'il neigeait ? » Il refoula encore ses larmes. « Tu aurais dû avoir assez de jugeote pour te comporter autrement. Ce n'est pas ça que je t'ai appris. »

Gus se détourna.

« Ouais, en général ce que tu m'as appris ne sert pas à grand-chose ici. »

Harry attendit que Gus lève les yeux vers lui.

« Tu as raison sur ce point, dit-il quand Gus croisa enfin son regard. Je croyais sans doute que nous étions sur la bonne voie.

– Il n'y a aucune voie, répliqua Gus. En tout cas je n'en vois pas. »

Harry acquiesça. Il vint s'asseoir près de lui.

« Je sais que je n'aurais pas dû tirer sur cette ourse. C'était stupide. »

Harry hocha encore la tête.

« Je sais que je n'aurais pas dû la suivre jusqu'à la nuit. Je sais tout ça.

– Tu te réchauffes un peu ? »

Ce fut au tour de Gus d'acquiescer. Ils restèrent assis un long moment devant le feu, puis Harry dit : « Il faut que tu voies quelque chose. »

Gus se leva, gardant le sac de couchage sur les épaules comme une cape, et il suivit son père une minute ou deux, jusqu'au sommet de la colline. La pente raide descendait jusqu'à un lac qui, par contraste avec la blancheur du paysage, semblait noir comme du charbon. Il remarqua alors les traces le long de la ligne de crête entre les pins ployant sous la neige.

Il se tourna vers son père, qui lui indiqua l'endroit où les empreintes de pattes apparaissaient, et lui fit signe d'avancer. Au bout d'une vingtaine de pas, il se retrouva devant l'ourse morte. Elle était recouverte de neige, le museau posé sur ses pattes avant. Ils n'étaient pas à cent mètres de l'arbre sous lequel il avait dormi la nuit précédente.

« La voilà. »

Gus vit que son père avait enlevé la neige pour exposer la blessure par balle sur le flanc droit de l'ourse, à l'endroit où le sang s'était figé dans le pelage emmêlé. Il s'agenouilla et repoussa la neige de sa face. Les yeux étaient fermés.

Il se releva, secoua la neige de son pantalon, puis lança un coup d'œil au feu dans les bois.

« Ça va ? demanda Harry.

– Oui. Disons que ça va aller. Pourquoi pas ?

– Écoute, reprit son père. Malgré toutes les erreurs que tu as commises la nuit dernière, il y a une chose que tu as su mener à bien. Tu as survécu. Tu as fait exactement ce qu'il fallait après t'être perdu.

– Peut-être », répondit-il.

Son père posa une main sur son épaule et ils restèrent là en silence jusqu'à ce que Harry attrape l'une des pattes arrière de l'ourse et dise à Gus de prendre l'autre. Ensemble, ils ramenèrent l'animal à côté du feu.

« Tu veux apprendre à le faire ? demanda Harry.

– Pas question. Je ne chasserai plus jamais l'ours, je te le promets.

– Tu veux bien me tenir compagnie quand même ? »

En guise de réponse, Gus s'assit près des flammes.

Son père retira sa veste, déboutonna et remonta ses manches de chemise, puis il prit son couteau dans sa ceinture. Il s'agenouilla, fit rouler l'ourse sur le dos, et se mit à chanter doucement en se mettant au travail. *« Un loup hurlant vint près de ma cabane, / Voir si mon feu n'avait plus de boucane, / Je lui ai dit : Retire-toi d'ici, / Car par ma foi, je perc'rai ton habit* ! »*

Lorsque l'ourse fut écorchée, Harry lui ouvrit les entrailles et retira les abats de son ventre. Peu après, il prit le cœur de la bête dans sa poitrine et l'offrit à Gus. « Freddy Riverfish te conseillerait d'en croquer un morceau. Tu en veux ?

– Sûrement pas, répliqua Gus. Il n'en est pas question. »

Harry eut un sourire malicieux. Il leva le cœur de l'ourse vers le soleil du matin, puis l'approcha de sa bouche ouverte.

« Je n'arrive pas à comprendre comment vous pouvez passer une minute de plus ici. » C'était la voix de Gus. Nous étions à nouveau dans la boutique d'apothicaire, au rez-de-chaussée. « Toute cette poussière. Tout est décoloré, usé par le temps. » Il secoua la tête. « On se croirait chez les fantômes.

– Les fantômes sont la matière des rêves, Gus.

– Cet endroit est un rêve », répondit-il.

Il avait alors pris l'expression d'un homme qui en a assez de sa propre histoire. Je pensai qu'il s'apprêtait peut-être à ajouter quelque chose au sujet de son père et de leur hiver ensemble – il n'y avait presque jamais de préambule, et il abordait chaque souvenir comme un homme s'enfuyant d'une maison en feu – mais au lieu de cela il prononça une phrase qui me surprit. « Cela m'a toujours tourmenté que mon père ait dû passer son enfance dans la fish-house. Aussi pauvre qu'un paysan. Alors qu'elle vivait ici. Nourrissant ses chiens de filet mignon. Allumant le feu avec des billets de dix dollars.

– Tout cet argent, Gus, qu'est-ce que ça lui a rapporté ?

– Hé, elle avait chaud la nuit. Elle n'avait pas besoin de se demander de quel côté soufflait le vent.

– Pourtant la chance tourne, n'est-ce pas ? Regardez ce qui vous arrive, à vous et à votre sœur. Considérez l'héritage de Rebekah et de Hosea Grimm et comparez-le avec le vôtre. Je n'ai pas besoin de souligner que la maison où selon vous, votre père aurait tant aimé habiter est celle que votre sœur vient de céder. Elle ne l'a pas vendue, mais donnée. Le nom de votre famille sera inscrit au-dessus de la porte.

– Nous avons acquis honnêtement ce qui nous appartient, Berit.

– Je le sais. Bien sûr que je le sais. Mais cette enseigne avait un prix et Thea Eide – votre arrière-grand-mère – l'a payé. Odd Eide l'a payé. Votre père aussi l'a payé. Vous en payez vous-même une partie, sans aucun doute. »

Il me regarda.

« D'autres gens ont payé le prix d'autre chose, Gus. C'est tout ce que je veux dire. Je n'ai pas l'intention de le rabâcher. Mais dans cette ville il n'existe personne qui ne doive quelque chose à son voisin. »

Il examina la grande pièce ouverte et inspira profondément. « C'est pour cette raison que vous avez accepté de vous occuper de cette société historique ? Je n'en vois pas vraiment d'autre. »

J'allai suspendre mon manteau au crochet près de la porte et je me retournai vers lui. « Je vous l'ai déjà dit, cet endroit n'est pas aussi chargé de sens pour moi que pour vous.

– Même avant que ma mère en ait fait son nid d'amour, mon père nous a fait comprendre que nous ne devions pas venir ici. Nous n'étions pas autorisés à parler avec Rebekah. Nous ne devions même pas regarder dans sa direction. Comme si elle avait été une sorcière, quelque chose comme ça. Une Méduse.

– Elle était beaucoup de choses, mais une sorcière ? Non. Loin de là. Et elle était belle, pas hideuse.

– Je ne sais pas, elle a changé en pierre beaucoup de gens.

– Ou plutôt elle avait elle-même un cœur de pierre, dis-je. De toutes les vies que cette ville a accueillies, celle de Rebekah a été la plus déchirante. Vraiment. »

Gus roula les yeux.

« C'est la vérité. Et vous lui devez beaucoup. Harry voyait les choses différemment. Je sais pourquoi, je le comprends, et je suis certaine que je ne pourrais jamais vous convaincre de changer de sentiment. Mais vous auriez tort de ne pas jeter un coup d'œil. Il y a ici des choses qui vous concernent.

– Par exemple ? »

Je ne répondis pas, mais je me dirigeai vers l'escalier et je commençai à monter, contournant le pilastre sur le palier du premier étage avant de continuer jusqu'au grenier. Je m'approchai de la table de cuisine. Elle n'avait pas bougé depuis un siècle. Je retirai le drap qui la recouvrait, Gus me rejoignit et regarda le portrait posé dessus.

« C'est votre mère qui l'a peint », dis-je.

Il l'examina attentivement. « Elle ne comprenait les choses que si elle les peignait, dit-il. Ou les détruisait.

– Elle a veillé sur vous et votre sœur jusqu'à la fin.

– Vous la défendez maintenant ?

– Certainement pas. Mais c'était ainsi avec Rebekah, et avec votre mère aussi. C'étaient des femmes compliquées. Leurs vies n'ont pas été faciles. Surtout celle de Rebekah.

– Pas facile ? Elle n'a jamais rien connu d'autre que la facilité.

– Elle n'a pas eu à hisser des filets maillants, c'est vrai. Mais une vie facile ? Vous vous trompez.

– Qu'y avait-il de difficile pour elle ? Dites-le-moi.

– Essayez d'imaginer ce que ça représentait pour une femme d'abandonner son enfant à cette époque. Il y a soixante-dix ans, Gus. Les femmes étaient traitées d'une tout autre manière alors. Même une femme disposant des moyens de Rebekah. Elle aurait pu aussi bien être une lépreuse. »

Il eut l'air dubitatif.

« Elle a pris une décision qui l'a privée de toutes les chances de mener une vie normale.

– Vous l'avez dit – elle a pris une décision.

– Vous n'avez jamais pensé que cela aurait été tellement plus facile pour elle de tourner le dos à cette fenêtre ? De vivre avec votre grand-père ? D'élever votre père ?

– Alors pourquoi ne l'a-t-elle pas fait ?

– Parce qu'elle ne savait pas comment s'y prendre. Elle ne savait pas comment s'aimer elle-même, encore moins de quelle façon aimer les êtres qui lui étaient chers.

– Que dit sa pierre tombale ?

– Gus.

– Dites-le-moi. Vous le savez.

– "J'ai aimé", voilà ce qui est écrit sur sa tombe.

– C'est juste.

– Elle a appris à aimer en regardant par cette maudite fenêtre. En observant une vie dont elle ne pouvait que regretter de ne pas faire partie.

– Absurde.

– Comment aurait-elle pu être une mère ? Elle n'était l'enfant de personne.

– Qu'est-ce que cela signifie ?

– Elle était orpheline. Elle n'avait jamais eu personne. »

Il s'écarta du tableau et secoua de nouveau la tête.

« Pensez à tout ce que vous avez traversé avec votre père. Et je ne parle pas seulement de cet hiver. Mais de toutes vos années vécues ensemble. Pensez à toutes les questions que vous lui avez posées. À toutes celles que vos enfants vous ont posées. À toutes les choses que vous avez apprises l'un de l'autre. À tout l'amour que vous avez connu. Elle n'a jamais vécu cela.

– Elle aurait pu descendre d'ici à tout moment. Dire qu'elle regrettait. Elle aurait pu quitter cet endroit n'importe quand, un des millions de jours qu'elle a passés ici. Aucun de nous n'était très loin.

– Et si elle l'avait fait ? Votre père lui aurait alors pardonné ? Non, il n'aurait même pas pris la peine de la regarder. En réalité, il l'aurait peut-être même frappée. Et vous ? Vous lui avez pardonné ? »

Il était si troublé qu'il tremblait presque.

« Elle savait à quoi s'en tenir avec ses proches, ou ceux qui auraient dû être à ses côtés. Elle était seule, effrayée. Elle n'a jamais connu que la solitude. Une solitude qu'elle s'était imposée, c'est vrai. Mais elle a dû néanmoins vivre avec.

– Mon père en a eu sa part lui aussi.

– Bien sûr. Mais il vous avait, Signe et vous. Il savait que vous l'aimiez. »

Gus revint lentement vers le portrait.

« Signe était présente quand Lisbet l'a peint. Une partie du temps, en tout cas. Il y a tant d'années.

Pourtant je m'en souviens très bien. Charlie Aas était là aussi. Et puisque Rebekah posait, j'assistais moi aussi aux séances. »

Dans ce tableau, la composition de la lumière et du sujet ne ressemble à rien de ce que j'ai pu voir ailleurs. Au centre de la toile, Rebekah Grimm est assise dans son fauteuil à bascule, un chapeau à la main. En arrière-plan, une vue du lac depuis la fenêtre, et les vagues venues du sud qui le traversent. Le portrait passe du bleu nuit à la gauche de la toile au bleu indigo si doux de l'iris de Rebekah. On a l'impression que les vagues apportent la lumière, ou peut-être, l'obscurité. Ou les deux à la fois. Ses yeux – en réalité, toute sa personne – semblent réunir les milliers de nuances de bleu entre les deux extrêmes avant d'absorber à nouveau la couleur. Son visage est démesuré. Ce n'est pas exactement une caricature, mais ça y ressemble. Rayonnant de beauté et de jeunesse. Le seul objet qui détonne dans ce camaïeu de bleus est le chapeau rose dans ses mains.

« Il y a des années, lorsque votre mère a acheté cette maison, Rebekah a accepté de vendre à la condition que Lisbet fasse son portrait. Elle ne l'a jamais montré à votre père, j'en suis sûre.

Je me souviens de Signe. Elle n'en savait pas encore assez pour se méfier de Charlie Aas. Elle n'avait que douze ans. Elle ne savait pas s'émerveiller. Devant le talent de votre mère ou les particularités de cette réunion. Tous ces gens dans la même pièce. Ce que cela signifiait. Les drames qui se profilaient à l'horizon. » J'avais des frissons rien que d'y penser. « Mais votre mère ? Eh bien, elle était comme chez elle. Elle a expliqué qu'elles avaient travaillé surtout le soir ou dans l'après-midi, mais ce jour-là la clarté du matin baignait la pièce. Elle n'était pas certaine que la composition serait réussie, aussi elle demanda à Signe ce qu'elle en pensait.

"Que peut bien répondre Signe ?" demandai-je. Cela me paraissait cruel de poser cette question à une enfant. Mais Signe me surprit. Elle a dit : "C'est triste." Ah, je m'en souviens parfaitement. *Parfaitement.* J'étais enchantée. »

Gus sourit et secoua la tête comme s'il était inutile d'expliquer la réaction de Signe, et il avait raison. Au bout d'un moment il dit : « C'était une merveilleuse artiste. On ne peut pas le nier, n'est-ce pas ? » Il prit une longue inspiration. « Si seulement elle avait été aussi douce avec sa famille qu'elle l'était un pinceau à la main. »

Je m'assis sur la chaise à côté de la table et racontai à Gus le reste de cette matinée.

Je voudrais être capable d'expliquer en quoi c'était une journée aussi mémorable. En partie, bien sûr, il y avait le fait que Lisbet et Charlie étaient là ensemble. Si impudents, même s'ils avaient des excuses. Charlie était son agent immobilier, après tout. Par ailleurs, et c'est plus important encore à mes yeux, je voyais dans cette rencontre trois générations de femmes Eide dans le même lieu, et le commentaire de Signe sur le tableau aurait pu s'appliquer un nombre de fois incalculable à l'incongruité de leur présence sous le même toit.

Signe demanda à sa mère : « Combien de temps as-tu travaillé à ce tableau ?

– Nous avons commencé le jour où nous avons acheté la maison. Miss Grimm est un modèle résistant. Elle peut rester assise des heures sans même battre un cil.

– J'ai eu beaucoup d'entraînement », dit Rebekah, la voix tranchante. C'était la première fois que Signe l'entendait parler.

La fille regarda sa grand-mère assise dans le fauteuil à bascule, les yeux baissés vers le chapeau sur ses genoux. En 1963, j'avais passé plus de vingt-cinq ans avec elle et je pensais connaître chacune de ses expressions mais, avec Signe dans la pièce, je perçus chez elle une tristesse différente, plus profonde. Et que voyait Signe ? Il était impossible de le savoir. Elle était tout aussi stoïque et impassible que sa mère.

« Mademoiselle Lovig, dit Lisbet, voulez-vous mettre de l'eau à chauffer ? Nous allons peut-être faire une pause, et Signe pourra passer un moment avec sa grand-mère. »

Puisque c'était mon rôle, j'allai dans la cuisine et je mis une bouilloire sur le feu. De là où j'étais, je pouvais observer Signe et Rebekah. Elles ne se parlaient pas, assises devant la fenêtre. Rebekah, son regard vide posé sur l'eau, Signe tournant les yeux vers cette femme qu'elle avait passé sa jeune vie à ne pas connaître. Dans un coin de la cuisine, Charlie et Lisbet allumèrent une cigarette, observant Signe comme si c'était un chiot. Ils ne tardèrent pas à prétexter qu'ils avaient besoin de prendre quelque chose dans la voiture de Lisbet et descendirent au rez-de-chaussée.

Ce fut alors que Rebekah déclara : « Ta mère, elle sort avec un autre homme… Avec Charlie Aas, s'il vous plaît. Charlie est un porc. »

C'était la manière d'être de Rebekah. Elle ne parlait à personne. Elle ne quittait presque jamais son fauteuil près de la fenêtre, ne recevait que de rares visiteurs. Pourtant elle connaissait la couleur des sous-vêtements de chacun.

« Un porc dévergondé. » Elle sourit presque, avant que son expression tournât vinaigre. « Ce n'est pas le premier charlatan qui nous aura fait croire que ce trou paumé est le centre du monde. Il ne l'est certainement pas. C'est une chose que tu dois savoir. »

Signe l'examina un long moment, puis écarquilla les yeux.

« Miss Grimm, vous êtes aveugle ?

– Je vois encore la lumière et l'obscurité. Mais pas grand-chose d'autre. »

Signe se tut.

« N'aie pas pitié de moi, mon enfant. J'en ai assez vu dans ma vie. »

Signe resta silencieuse. Elle regarda Rebekah, un peu trop effrontément pour les bonnes manières de l'époque.

« Quel âge as-tu, Signe Eide ?

– Bientôt treize ans.

– Ça veut dire que ton père a maintenant quarante-trois ans. J'ai raison ?

– Je pense que oui.

– Qui va s'occuper de ses filets ?

– Pas de filets cette année. Il va peut-être devoir vendre son bateau. C'est ce que dit maman.

– Vendre son bateau ?

– Maman dit qu'il n'y a plus de poissons dans le lac.

– Vendre son bateau ? répéta Rebekah.

– C'est possible. S'il trouve un acheteur. »

Signe ne pouvait plus détacher ses yeux de sa grand-mère. Elles restèrent assises en silence le temps que l'eau se mette à bouillir.

Ensuite, pendant que je faisais le thé, j'entendis Signe, chuchotant presque, demander : « Miss Grimm ? »

Rebekah garda les yeux fixés sur l'eau, comme si elle avait retrouvé la vue et que le lac était en feu.

« Miss Grimm, pourquoi n'avons-nous pas le droit de vous connaître ?

– Jeune fille, ton père sait ce qui est mieux pour toi, tu ne dois jamais en douter. C'est le meilleur homme que cette ville ait jamais connu qui lui a appris le métier de père. » Elle se tourna enfin vers sa petite-fille. « Il a eu raison de te tenir à l'écart de moi. »

Je posai le thé sur la table devant le fauteuil à bascule et je remplis une tasse pour Rebekah. Elle but une gorgée et se tourna vers la cage d'escalier. Charlie et Lisbet apparurent comme par enchantement.

« Tu as raconté des secrets, n'est-ce pas ? » dit Lisbet, lançant un coup d'œil à Signe bien que sa question fût destinée à Rebekah.

La vieille dame se pencha vers Signe et murmura, trop bas pour que Lisbet l'entende : « Dis à ton père que je voudrais acheter son bateau. »

Je vis que mon histoire n'impressionnait pas beaucoup Gus. Il me sembla même qu'il commençait à s'impatienter.

« Si je comprends bien, dit-il, parce que Rebekah s'est bien conduite une fois avec Signe, nous devrions la porter aux nues ? Accrocher son portrait comme si elle avait été la matriarche de Gunflint ?

– Honnêtement, vous êtes un cas encore plus difficile que votre père.

– Je veux dire, le simple fait qu'elle ait voulu qu'on peigne son portrait est éloquent.

– Vous avez raison. Elle était vaniteuse. Parce qu'elle était belle et ne pensait qu'à elle. Pour ma part, je pense que son désir d'avoir un portrait d'elle était une tentative de se comprendre différemment.

– Et non parce que l'artiste chargée de le faire était ma mère ? Ce n'était pas une manière de se rapprocher de nous ?

– Cela a peut-être joué aussi. Mais j'en doute.

– Pourquoi ?

– Comment puis-je le formuler, dis-je en rougissant. Rebekah a été le modèle d'innombrables photographies.

– Des photographies ?

– Oui. L'une des entreprises principales de Hosea Grimm était la distribution de vilaines images.

– Vous voulez dire des photos pornos ?

– De la pornographie à l'ancienne, oui. C'est pour cette raison qu'il l'a amenée ici.

– Pardon ?

– Il vendait ces cartes postales partout dans le monde.

– Des cartes postales pornographiques ?

– Dans le style de la pornographie du siècle dernier. Des photos d'elle en négligé et en corset. De ses épaules nues. »

Il se tourna de nouveau vers le tableau.

« Oui, insistai-je, la même femme. Ce qui signifie que ce n'était pas son premier portrait. Ni le premier pour lequel elle a dû poser. C'était une orpheline, comme je vous l'ai dit. Une orpheline qui s'est enfuie alors qu'elle avait douze ans. Le même âge que votre sœur dans l'histoire qui vous a tant ennuyé. Essayez de l'imaginer. À douze ans, Rebekah s'est précipitée dans un bordel. Où l'a trouvée Hosea, qui l'a adoptée et amenée ici pour en faire son modèle principal. »

Il leva la tête, les yeux grands ouverts, incrédules.

« Dans ce monde, elle n'a rien connu d'autre que la violence. Elle ne comprenait pas le bonheur ni même l'éventualité de son existence. Je n'ai jamais connu de personne plus seule. Et elle mérite un peu de dignité. » Je me levai et j'étendis le drap pour recouvrir le tableau.

« Gus, vous m'avez demandé pourquoi je fais cela. » J'écartai les bras comme pour évoquer la boutique d'apothicaire. « Je n'ai pas fini comme Rebekah. Une femme prude qui n'a jamais eu un seul ami dans sa vie. » En prononçant ces mots j'eus le sentiment de la trahir. « Tous les gens qui auraient dû l'aimer. Vous. Votre sœur. Votre père. Tout le bonheur qu'elle aurait pu connaître. Elle n'a rien eu de tout cela. Vous imaginez ce que ça représente ? Toutes ces vies défilant sous votre fenêtre chaque jour, et vous ne pouvez rien y changer ? Vous en perdriez la vue vous aussi. Et vous deviendriez fou. » Je désignai une dernière fois le portrait. « J'aurais pu être elle. Vraiment. Au lieu de cela, j'ai eu le privilège d'être aimée par votre père. Un privilège qui aurait pu être le sien si les choses avaient tourné autrement. Mais ça n'a pas été le cas, Gus. Les choses se sont passées ainsi, c'est tout. Pour chacun de nous. » Je me penchai pour prendre ses mains dans les miennes. « Je pense que Signe a fait donation de cette maison dans l'espoir que cela effacerait cette partie de sa vie. Une partie de la vie de votre famille. Je suis sûre qu'elle ne souhaitait pas que j'aie un rôle à jouer dans la société historique. Mais je veux le faire pour votre père. Il me semble qu'il aurait apprécié mon geste. Et aussi pour Rebekah. Elle mérite quelques regards aimables, même de la part d'inconnus qui ne font que passer. »

Il ne s'aventura plus jamais au-delà des chênes à gros fruits mais se rendit chaque jour près de l'arbre abattu, la récolte de son bois devenue désormais son unique tâche.

Pendant qu'il ramassait le bois, Harry construisit une cachette sur pilotis, une échelle pour y accéder, et ils l'utilisèrent pour stocker l'ourse dépecée et des douzaines de poissons vidés, enveloppés de neige, que Gus pêchait le soir. Derrière la cabane, Harry creusa un trou, le recouvrit d'une caisse, et le baptisa les tinettes. Il fit des réparations dans la cabane et fabriqua une seconde couchette. Avec son bûcheronnage, Gus avait l'impression de ne pas être à la hauteur, jusqu'au jour où le dernier rondin fut posé dans la neige à côté de la cabane et où Harry dit : « Ça nous permettra de tenir. » Ces mots simples stimulèrent Gus plus qu'il n'aurait pu l'expliquer.

Ils mangeaient de l'ours à chaque dîner. Un soir, ce fut un ragoût de pattes et de museau avec les patates et les oignons qui leur restaient. Un autre, du ris d'ours, que Gus avala à grand-peine. Deux fois, des bandes de viande frites dans la graisse de l'ourse, un repas aussi riche qu'un moelleux au chocolat.

Après le dîner, Harry s'employait à tanner la peau de l'ourse. Avec le fémur de l'animal, il assouplissait la peau, une pratique que lui avait enseignée Freddy Riverfish et qui avait été transmise dans sa famille depuis un millénaire. Gus s'émerveillait de l'habileté de son père à écorcher, dépecer, écharner, tanner et cuisiner. Comme s'il avait passé toute sa vie à tirer le meilleur parti possible d'une carcasse d'ours et rien d'autre. Et le travail semblait lui plaire.

Gus supposait que le fiasco de son aventure avec l'ourse avait aidé son père à se reprendre et il se sentit réconforté en le voyant se comporter et agir comme l'homme qu'il avait toujours connu. Mais cette même expérience avait plongé Gus dans un état de confusion encore plus intense. Il réagit en se livrant à corps perdu à l'abattage du chêne, sciant, fendant et empilant le bois. Huit ou dix heures par jour, des jours d'affilée. Ses mains étaient douloureuses, couvertes de cals, aussi puissantes qu'un étau. Ses épaules et son dos, qui avaient toujours été minces et souples, se musclèrent de façon perceptible après les heures innombrables passées à scier et à lancer les pièces de bois.

C'étaient des jours terribles. Le ciel était parfois aussi lourd et dur qu'une enclume, puis assez léger pour les saupoudrer de la neige la plus blanche. Il neigeait chaque jour, mais seulement deux fois sérieusement. Un jour la neige se mit à tomber à l'aube et ne commença à diminuer qu'à l'heure du dîner. Lorsque Gus sortit pour chercher le bois dont ils avaient besoin pour la nuit, la neige dépassait le haut de ses bottes. Deux jours plus tard il neigea pendant qu'ils dormaient, et le matin le lac était tout blanc. En l'espace d'une nuit la baie avait gelé et la blancheur étincelante rendait le paysage deux fois plus vaste.

Quand il ne neigeait pas, le vent du nord soulevait les flocons au sol par vagues et bientôt la baie fut dégagée, la glace reflétant le ciel terne. Il semblait impossible que le monde eût perdu ses couleurs. Ils devaient attendre le soir et l'apparition des étoiles pour qu'un peu de clarté illumine leur vie, et les rares nuits où les nuages s'écartaient, ils se tenaient ensemble sur la rive comme sur une plage mexicaine, exposant leurs visages glacés à un soleil imaginaire. Ils fixaient le ciel en silence, espérant l'un et l'autre un miracle dont ils ignoraient la teneur.

Lorsqu'il déposa la dernière bûche fendue sur le tas de bois, il lui parut presque aussi large que la cabane. Gus se recula et étudia leur camp. La cabane, la cachette et le tas de bois. Les cabinets à une dizaine de pas en direction des bois. Leurs canoës posés contre un arbre, la quille en haut, à la lisière de la clairière. La fumée s'élevant de la cheminée et les glaçons suspendus à la gouttière. C'était le fort le plus inexplicable de la longue et froide histoire du monde. Mais il était si heureux et reconnaissant de son existence qu'il ne pouvait pas, même aujourd'hui, trouver les mots pour exprimer le soulagement ressenti alors.

Ce soir-là – après avoir fendu les dernières bûches – ils se tenaient tous les deux sur le rivage. Le vent du nord soufflait encore. Ils sentirent soudain la glace frémir sous les semelles de leurs bottes. Puis un gémissement s'éleva du lac gelé. Gus crut que c'était un animal et se tourna aussitôt vers les bois.

« C'est la glace, dit Harry. Ce doit être une source qui alimente la baie. » Il recula, et Gus aurait juré qu'il sentait la pulsation de l'air quand il vit son père trembler de froid.

La glace gémit de nouveau. Un son musical, une note basse de clarinette.

« Magnifique, hein ? dit Harry. Tu n'as jamais entendu ça ?

– Non.

– Notre baie se stabilise, c'est tout. »

C'était un son étrange et merveilleux, se souvint Gus. Après n'avoir entendu pendant des jours que le craquement du bois sous les coups de hachette et le bruit sourd des bûches qui s'empilaient, écouter une note aussi musicale lui inspirait à la fois du soulagement et une grande tristesse. Surtout parce que c'était une vibration naturelle, sauvage, mais aussi parce qu'elle semblait leur être inexplicablement destinée à tous les deux. Comme s'ils méritaient cet instant euphonique. Preuve que la vie ne se résumait pas à ramasser du bois et à dépecer un ours. Gus ferma les yeux un moment. Lorsqu'il les rouvrit, les nuages se dissipaient dans le ciel nocturne et les étoiles crépitaient comme des braises dans leur sillage. La glace continua de chanter. Ils l'écoutèrent jusqu'à ce qu'elle se taise et retournèrent dans leur cabane.

Harry parlait rarement de son père, Odd Eide. Ni à moi, ni à son fils. Il ne le mentionnait que pour vanter sa maîtrise de l'une des traditions familiales. Tout ce qu'il savait sur son grand-père, ou presque, Gus l'avait appris par ouï-dire. Par les commérages et la légende.

Il fut donc surpris quand Harry aborda le sujet ce soir-là. Il avait jeté la peau de l'ourse sur ses épaules et s'était installé sur sa couchette, une tasse de café à la main. « Mon père n'a jamais chassé l'ours. Tout le reste, mais pas l'ours. »

Chaque fois que Gus regardait la peau de l'ours il se hérissait et détournait les yeux. « C'est vrai ce qu'on raconte sur lui ? demanda-t-il.

– Quoi ?

– Qu'un ours lui a arraché l'œil ?

– Ouais.

– Qu'il a rampé à l'intérieur de la tanière d'un ours ? »

Harry sourit. « C'est la vérité. C'était dans le Bois Brûlé. Nous sommes passés devant l'endroit en venant ici. » Il but une gorgée de café et sourit. « Je suppose que toi et lui vous avez quelque chose en commun. » C'était une parole espiègle, et même compatissante, mais elle blessa Gus, qui se sentit stupide. « Bien sûr, tu t'es sorti de ce guêpier avec tes deux yeux.

– Une consolation, en effet.

– Eh bien, c'est mieux que de perdre la vue. »

Harry posa la tasse sur le sol et remit la peau d'ours sur ses épaules. « Je l'ai toujours admiré pour ça. C'était une sacrée gageure, si tu veux savoir. Il n'avait que douze ans. »

Au cours de leur séjour dans les régions frontalières, Gus finirait par connaître toute l'histoire. Non seulement celle de son grand-père et de l'ours, mais l'histoire de sa grand-mère et de son arrière-grand-mère, du représentant de montres et de Hosea Grimm. Le soir du chant des glaces, il n'avait encore entendu que des rumeurs. « C'est bizarre, dit-il, que tu ne parles jamais de ton père. De notre histoire familiale.

– L'histoire, répéta Harry comme si c'était une obscénité. Pour nous, l'histoire n'existe pas. L'histoire exige des preuves, et nous n'en possédons presque aucune. » Il regarda son fils et ajouta aussitôt : « Toi, tu as des tas de preuves. Il ne t'est jamais rien arrivé qui puisse compromettre ton histoire.

– Comme d'être perdu ici ? demanda Gus. Ou d'avoir tué l'ourse ? Rien de tout ça ne compte ?

– Ce sont des histoires, fils. Pas l'histoire. Pas encore, du moins. D'ailleurs, je parle tout le temps de mon père.

– Bien sûr, chaque fois que nous sommes enfermés dans la fish-house pour construire un bateau, tu me rappelles combien il était habile. À la pêche aussi. Mais tu ne parles jamais d'autre chose. Tu ne m'as jamais raconté comment il est entré dans la tanière de l'ours.

– J'ai gardé cette histoire-là pour plus tard, répondit Harry, un sourire narquois sur les lèvres. De toute manière, je croyais que tu en avais assez d'écouter mes récits. »

Gus se sentit rougir.

« Très bien. Tu veux que je te parle de lui ?

– C'est juste que je n'ai jamais vu de photo de lui. Je ne le reconnaîtrais pas s'il franchissait la porte.

– Eh bien, ça n'arrivera pas. Mais je peux te dire deux ou trois choses sur lui. » Il remonta encore la peau d'ours sur ses épaules, puis se redressa et repoussa ses cheveux de ses yeux. « Odd n'a jamais su qui était son père. Il ne l'a jamais rencontré. Il n'a jamais connu sa mère non plus. Elle est morte peu après sa naissance. On raconte qu'elle était venue de Norvège dans l'espoir de trouver la terre promise. Je suppose que ça n'a pas marché. Mais le terrain où notre maison est construite ? Mon père en a hérité quand les parents de sa mère sont morts. Tu n'as jamais entendu parler de Rune Evensen ? Notre maison est sur ses terres. Ou sur les terres qui lui appartenaient.

– Pourquoi Rune Evensen n'a-t-il pas pris soin de Thea Eide ?

– Sa propre femme s'est pendue au toit de la grange pour lui échapper. Il était vraiment paumé, celui-là.

– Alors ton père s'est élevé tout seul ?

– Plus ou moins. Il a appris tout ce qu'il savait – c'est-à-dire un tas de choses – en essayant jusqu'au jour où il réussissait. Ce qui arrivait le plus souvent.

– Je suppose qu'il t'a transmis son endurance.

– Nooon, je n'ai hérité que de sa beauté.

– C'est mince », répliqua Gus, et ils sourirent tous les deux. Au bout d'un moment, il dit : « Qui ferait une chose pareille ? S'introduire dans la tanière d'un ours ?

– D'après ce qu'il racontait, il n'avait pas eu le choix. Dieu avait tendu la main et l'avait poussé. Il ne le regrettait pas. » Harry se débarrassa enfin de sa peau d'ours et l'étala au pied de sa couchette. « Je n'ai aucune idée de la raison pour laquelle il l'a fait. Qu'est-ce qui nous pousse à agir d'une manière ou d'une autre ? Pourquoi as-tu tiré sur l'ourse ? Sans doute pour la même raison.

– J'ai tué l'ourse parce que nous avions besoin de nourriture. De beaucoup de nourriture.

– Tu l'as abattue parce que je t'avais interdit de le faire. Tu as tiré sur elle parce que tu avais envie de savoir quel effet ça faisait. »

Il prit sa tasse, redescendit de sa couchette et s'approcha de la cuisinière. Il secoua la cafetière, découvrit qu'elle était vide, et la reposa brutalement. « Ce qui ne veut pas dire que je ne le comprends pas. Je le comprends. Nous sommes des hommes. Nous avons besoin de nous affronter au monde. À nos pères. Moi, à l'époque. Toi aussi, bien sûr.

– Je parie que tu n'as jamais défié ton père. Je parie que tu étais un fils parfait.

– Loin de là.

– En tout cas, meilleur que moi.

– Ça ne risque pas.

– Donc tu ne l'as jamais défié ?

– Non.

– Tu vois, tu étais mieux que moi.

– J'ai eu un meilleur père, c'est tout. »

Gus était assez grand pour porter sa part du chargement dans ces régions sauvages, assez grand pour tuer l'ourse et amasser le bois, mais il avait l'impression d'être un enfant quand il s'agissait de comprendre la nature des hommes. Il avait aussi l'impression qu'il ne serait jamais assez mature pour y parvenir.

« La différence entre mon père et moi, dit Harry, ou l'une des différences, c'est qu'il ne nous aurait jamais mis dans ce pétrin. Il aurait réglé l'affaire devant une bière au Traveler's. Il a eu plus de problèmes avec les Aas que moi. C'est un fait avéré. »

Plus désorienté que jamais, Gus se demanda en quoi un gagne-pain comptait plus qu'un mariage. Et quelle était la différence.

« Mon père avait un dicton, reprit Harry. Enfin, pas exactement un dicton, mais une question. Il se la posait à lui, à moi et à toute personne qui venait lui exposer ses problèmes : "Tu peux les surmonter ?" La réponse qu'il donnait lui-même était toujours "Oui". » Harry se tenait au milieu de leur petite cabane, empêchant ses cheveux de retomber sur son front. « J'aurais dû penser à ça avant de lancer les chiens sur Charlie.

– Charlie est un assassin. Il a tué son frère.

– Et un escroc, un voyou et un tricheur. Je sais. » Harry retourna lentement vers sa couchette et s'assit au bord. « Mais la raison pour laquelle je l'ai poursuivi n'a aucun rapport avec le meurtre de son frère. Rien à voir non plus avec les caisses de l'église qu'il a volées. Bon Dieu, ça ne concerne même pas ses projets grandioses d'endiguer ces chutes. » Il passa encore les mains dans ses cheveux.

« Si le vieux Marcus Aas avait couru après la gonzesse de mon père, tu sais ce qui se serait passé ? Il serait allé directement frapper chez Marcus et lui aurait demandé de sortir. Il lui aurait dit que la fête était terminée et que s'il la revoyait ça lui coûterait cher. Et si Marcus avait continué, mon père aurait retroussé ses manches de chemise et se serait battu avec lui. Si les choses n'avaient pas été réglées après ça, il aurait mis le feu à la maison de ce salopard.

– Mais tu as déclaré que ta seule chance contre Charlie était de le faire venir ici. Tu as dit que c'était le bon endroit pour un combat loyal. »

Harry le considéra comme s'il avait été un simple d'esprit. « Si mon père est entré dans la tanière de l'ours, c'est parce que Danny Riverfish l'avait traité de poule mouillée. Mon père savait, même à un âge aussi jeune, qu'être un trouillard était la pire chose qui pouvait vous arriver dans ce monde. » Il fixa Gus un long moment. « Je le répète, il avait douze ans. J'ai les cheveux gris. »

Gus se rappelait qu'il avait attendu que son père poursuive son récit. Mais tout avait été dit, bien sûr.

En début de matinée je me rendais à la boutique d'apothicaire et je triais les objets disparates que Bonnie et Lenora trouvaient empilés dans chaque boîte, tiroir et recoin secret de ce vieux bâtiment. Il y avait des registres chiffrés, du courrier posté dans des pays aussi lointains que la France et la Nouvelle-Zélande, un grand nombre de lettres échangées avec Chicago et San Francisco, plusieurs douzaines du Montana. Empilé sur le sol jusqu'à la hauteur de la taille, un tas d'in-folios qu'on pourrait décrire comme des livres de sortilèges. Certaines des recettes décrites requéraient du sang de louve en chaleur, des bois de cerfs pilés ou des utérus séchés de lapines. Il y avait des centaines de photographies, peut-être un millier, dans des douzaines d'albums déformés et jaunis. Un matin, Bonnie m'apporta huit dossiers juridiques accordéon remplis de documents que le jeune M. Curtis Mayfair III lui-même ne parvint pas à déchiffrer. Il y avait des cartons entiers de dossiers médicaux, y compris des notes concernant environ deux centaines de naissances, dont celle d'Odd Eide, le grand-père de Gus. C'étaient toutes les archives de Hosea Grimm, qui avait construit la boutique d'apothicaire et dont l'influence avait perduré longtemps après sa mort, survenue avant mon arrivée à Gunflint.

De façon générale, je classais les documents dans des boîtes spéciales que je rangeais, et en fin de matinée Bonnie ou Lenora les transportaient dans la cave où des étagères métalliques avaient été montées et disposées comme des rayonnages de bibliothèque. Mais parfois quelque chose sortait du lot et était mis de côté, tel un artefact qui mériterait d'être exposé sur un mur ou dans les vitrines que nous avions commandées pour meubler l'ancien espace de vente de la boutique d'apothicaire.

Il y eut par exemple le graphique du niveau de l'eau de la rivière du Bois Brûlé enregistré chaque jour de l'année 1899 au pont de Main Street. De la taille d'une affiche, il indiquait non seulement le niveau de l'eau mais les phases de la lune, l'heure du lever et du coucher du soleil, la direction du vent à l'heure de chaque repas, les précipitations de la journée et, en hiver, la qualité particulière de la neige, lourde ou légère, sèche ou mouillée. Comme pour les notes, la documentation et la correspondance de Hosea Grimm, la calligraphie utilisée était élaborée et très esthétique. Le graphique lui-même était dessiné à la main, absolument parfait, un accomplissement en soi. Le plus intrigant, cependant, est la note au bas de la page, précédée d'un astérisque : « Aristote rapporte que ce vénérable et très ancien sage – Thalès de Milet – avait décrété que la matière et la forme se composaient avant tout d'EAU. Une métaphysique absurde, car notre mesure du premier avril mille huit cent quatre-vingt-dix-neuf nous a ramené un homme qui n'était vraiment PAS fait d'eau, mais portait le nom de Rune Evensen. Noyé et repêché DANS l'eau. »

Chaque détail du graphique évoque ce lieu. Notre besoin de mettre de l'ordre dans ce qui est le chaos et ne pourra jamais être organisé. Notre rigueur en toutes choses – ou presque. Et bien sûr notre faiblesse face à la nature sauvage. Quand je montrai le graphique à Gus, il chaussa ses lunettes de lecture et l'étudia avec attention, comme si les infimes changements du niveau de l'eau près d'un siècle plus tôt étaient d'un intérêt et d'une importance extrêmes.

Il retira ses lunettes. « J'ai toujours entendu dire que Marcus Aas avait sorti Rune Evensen de la rivière. Que Marcus était convaincu que la propriété Evensen lui appartenait d'après la loi universelle du *qui trouve garde*. » Il leva les yeux, eut un sourire narquois, et s'assit sur le tabouret face au comptoir. « Il est difficile d'imaginer un esprit aussi méticuleux, tout de même, vous ne croyez pas ? Ou bien c'est de la bêtise. Mesurer une rivière de cette façon. Un sondage par jour.

– Ce n'est pas si étrange, répondis-je. C'était un scientifique, après tout.

– Si Hosea Grimm était un scientifique, je suis le roi de Norvège.

– Eh bien, il était certainement méticuleux, à défaut d'être autre chose. Il y a deux jours nous sommes tombées sur les notes qu'il a prises après la naissance de votre grand-père. Il en rédigeait pour chaque enfant qu'il mettait au monde ici. Presque toutes les lettres qu'il écrivait avaient un duplicata. Son rapport sur les mouvements d'entrée et de sortie des bateaux dans le port est plus précis que celui du gardien de phare.

– N'importe quel écolier de six ans sait compter les bateaux.

– Mais la plupart ne le font pas. Je comprends que vous refusiez de l'admirer, mais c'était un homme qui possédait des qualités intéressantes. »

Gus écarta cette idée d'un geste de la main. Il tapota le post-scriptum du graphique et déclara : « D'ailleurs, Thalès avait raison, pas Grimm. Le corps humain se compose essentiellement d'eau, après tout. » Il jeta encore un coup d'œil à la feuille. « En tout cas, dit-il en glissant le doigt le long de la colonne de sondages, ce genre d'enquête est d'une extrême simplicité. Il pleut, l'eau monte. La neige fond dans les montagnes, l'eau monte. Les derniers jours d'un été de sécheresse, l'eau est plus basse. Ce n'est pas la peine d'être un philosophe ou un scientifique pour comprendre cela. Les gens ont toujours pris la maniaquerie de Grimm pour de l'érudition ou de la sagesse. En réalité, il dessinait de jolis dessins d'une main pendant qu'il étranglait les gens de l'autre. C'était un escroc et une brute. Comme Charlie Aas. »

Je partageais largement son point de vue, mais je répondis : « Ça ressemble à une opinion que votre père aurait pu vous aider à formuler. »

Il sourit et posa sa grande main chaude sur la mienne. « Il y a plus d'intelligence – plus de *vérité* – dans le recueil de cartes de mon père que dans les archives du puissant Hosea Grimm. » Il retira sa main, alla au bout du comptoir et souleva le couvercle de l'une des trois boîtes empilées sur le sol. « Et certainement plus d'élégance. Après tout, les montagnes ne sont que des montagnes.

– Là-dessus, je ne vous contredirai pas.

– Et pourtant vous êtes en train d'inventorier sa vie.

– Gus, honnêtement. Il n'a pas été le seul à habiter ici. Son histoire n'est pas la seule que contiennent ces murs. De plus, cet endroit – ce fut mon tour d'écarter les bras pour englober la boutique d'apothicaire – cet endroit était, que vous l'admettiez ou non, la pièce maîtresse de cette ville pendant près d'un siècle. Certains pourraient même dire que ce bâtiment a permis à Gunflint de devenir une ville. Ce bâtiment, et le Traveler's Hotel. Avant, c'était un village de pêcheurs. Un endroit où charger du bois et négocier des fourrures, rien d'autre.

– Bien sûr que vous avez raison », dit-il, puis il s'interrompit et revint vers moi. J'étais en train de rouler le graphique, l'attachant avec de la ficelle. « Mais si Hosea Grimm avait passé un peu plus de temps à mesurer sa propre conscience plutôt que le niveau de la rivière, peut-être que mon grand-père aurait vécu. Peut-être que Rebekah Grimm ne serait pas devenue toquée. C'est tout ce que je veux dire. Peut-être que les choses auraient été différentes à Gunflint pour beaucoup de gens.

– Devrais-je me sentir offensée, Gus ?

– Offensée ?

– Si tout cela était arrivé, vous ne seriez certainement pas ici en train de me parler, n'est-ce pas ? »

Je souris, et lui aussi.

Il posa la main sur son cœur et dit : « Si je vous emmenais déjeuner au lieu de dire des sottises ? »

En fait, Gus était venu ce matin-là en ville avec sa propre relique. Nous nous installâmes près de la fenêtre dans un box du Blue Sky Café, et après avoir commandé, il sortit d'une enveloppe de la taille d'une lettre un vieux cahier de composition semblable à ceux que les écoliers utilisaient autrefois. Les pages étaient si vieilles et usées par le temps qu'un soupir aurait pu les réduire en poussière.

Cette saison dans les régions frontalières parut ensorcelante au début. La neige leur arrivait au genou dans les bois. Le Soleil et la Lune étaient plus bas sur leurs orbites, juste au-dessus de la cime des arbres, apparaissant durant des périodes de plus en plus courtes chaque jour, l'aube et le crépuscule s'estompant sur des horizons violets, le froid s'intensifiant, donnant une vague idée de ce qui ne manquerait pas de suivre. Le monde semblait impatient. Leur bois de chauffage était empilé jusqu'en haut de l'abri et la viande d'ours abondante dans la cache, Harry avait construit une caisse d'un mètre carré avec un couvercle pour isoler le trou qu'il avait ménagé dans la glace près du rivage, ils avaient trouvé leur routine – pour puiser de l'eau, faire cuire leur nourriture, raviver leur feu – et ils furent gagnés par une sorte de léthargie hivernale. Ce qui rendit Gus impatient lui aussi. Après tout, combien de parties de cribbage, de brèves conversations, d'heures de silence passées à lire les quelques livres à leur disposition, combien de chansons jouées sur sa mandoline faudrait-il endurer pour passer le temps ? Il partit donc skier.

Les deux premiers matins il suivit des circuits le long du lac. Il supposait qu'il y avait treize kilomètres entre l'entrée de la baie et l'extrémité sud, et encore cinq kilomètres jusqu'au nord du lac. Les vents incessants qui les avaient contraints à rester le plus souvent aux environs de la cabane s'étaient enfin calmés, et en leur absence deux chutes de neige douce avaient créé des conditions idéales pour le ski.

Ces matins-là, sa solitude était colossale et spectaculaire. Les arbres le long de la rive étaient squelettiques, sans vie, et plongés dans l'ombre. Même les pins verts paraissaient noirs sous la lumière terne, désolée. À certains moments, pendant ces balades, il était transporté d'une joie extrême, comparable à ce qu'il avait éprouvé en faisant l'amour à Cindy Aas, il se sentait vidé, et débordant de bonheur, si seul, et prêt à aller de l'avant, qu'il oubliait où il était et qui il était. Il s'en moquait totalement. La vérité était ailleurs. Il pensait que si le monde finissait, il poursuivrait sa route ici, même sans les oiseaux, le cerf, les traces du cerf ou de tout autre être vivant. Il y avait aussi des moments où il oubliait qu'il était lui-même vivant, lorsque les plumets blancs de son haleine fleurissaient à chaque poussée de ses bâtons et que le mouvement de ses skis semblait faire partie du ciel nuageux indépendamment de son corps – c'étaient les meilleurs moments, car il pouvait se dire alors sans avoir l'impression d'être stupide que c'était un rêve. Qu'il faisait partie de ce monde, envers et contre tout.

Après avoir skié pendant des jours sur le lac interminable il commença à s'aventurer plus loin. Il se réveillait le matin avant Harry et avec seulement les jumelles autour du cou, le pistolet glissé dans la ceinture, la boussole de son père dans une poche de son pantalon militaire, et dans l'autre un morceau de viande d'ourse frit enveloppé dans de l'étamine, il chaussait ses skis, poussait sur ses bâtons et filait vers le soleil levant au sud, le rejoignant souvent avant d'atteindre le rivage et une fois arrivé, il scrutait à la jumelle les bois dénudés de l'hiver.

Nus et dépouillés, les bois étaient plus faciles à franchir qu'ils ne l'avaient été dans l'autre sens. Il voyait les pistes du gibier, les ravins et les lits de torrent et il les suivait, l'esprit toujours occupé par sa nuit solitaire avec l'ourse. Mais il était prudent, et malgré sa peur lancinante il continuait. Il découvrit d'autres lacs et torrents et les franchit à skis, s'enfonçant encore dans les forêts. Des heures et des heures, il allait de l'avant, faisant la course avec le jour, toujours prêt à rebrousser chemin à temps pour retrouver ses traces avant la nuit.

Une fois rentré, il buvait de longues rasades à même le seau, racontait à son père ce qu'il avait vu, il avalait son dîner de riz et d'ours, s'asseyait avec sa tasse de café, sa mandoline posée sur ses genoux, et alors seulement il se rendait compte à quel point il était devenu fort, et le deviendrait encore plus.

Il tenait à s'assurer que je ne prenais pas ses propos pour de la vantardise. En fait, il s'excusait presque. Le fait qu'il s'était épanoui physiquement pendant cette saison n'était pas une partie négligeable de l'histoire, m'affirma-t-il, car en maniant la pagaie, la scie, les bâtons et les skis, en portant des charges, il avait acquis une forme physique qui aurait des conséquences concrètes sur les événements à venir.

L'un de ces matins-là il partit encore plus tôt, sous le ciel ruisselant d'étoiles. Il traversa le lac à skis et suivit la piste désormais bien damée dans les bois. Il franchit la forêt, puis le lac suivant, et un autre encore avant le lever du soleil. Il fit une pause sur la côte nord du troisième lac, regardant ses traces des jours précédents sur la pente ouest. À l'est, le terrain s'élevait à pic, et il voyait dans le lointain une falaise se détacher dans la clarté du matin. Les traces et la neige tassée le tentaient mais au lieu de cela il s'avança dans la neige vierge en serrant la rive encore plongée dans l'ombre.

Lorsqu'il entra dans les bois à l'extrémité de ce lac, il le fit sans l'aide des skis. Il se repéra à l'aide de la boussole, chercha de quel côté s'élevait la terre, et se mit à monter. Au bout d'une heure il atteignit le bord de la falaise, découvrant un lac à ses pieds. De vastes ondulations grises se déployaient devant lui. Il estima qu'il pouvait voir à cinquante kilomètres. La moitié de la distance qui le séparait de chez lui, à vol d'oiseau. Même sous ce soleil éclatant, le monde était terne, dénué d'espoir, et pour la première fois depuis sa naissance il en perçut la réalité. Il vit tout ce qu'il représentait.

Il regarda dans la direction opposée, au nord, à travers les arbres, vers son père et la cabane trouvée par hasard. Jusqu'où seraient-ils allés si Gus n'avait pas fait ses besoins sur le rivage ce matin-là ? Il savait que de ce côté-là le monde sauvage s'étendait à l'infini et il se demanda si cela voulait dire que son père était cinglé. Peut-être que oui. Et s'il essayait de se suicider, songea Gus. Toute l'histoire de Charlie Aas, du meurtre de son frère, de son projet de détruire ces terres sauvages, se résumait peut-être à une pure fiction, son père l'avait donc amené ici pour lui montrer combien le monde était aride, et jusqu'où on pouvait aller. Harry avait peut-être déjà atteint un point de non-retour, et peu lui importait de se perdre au fin fond des régions sauvages ? Peut-être qu'à présent il n'attendait ni Charlie ni l'hiver, mais l'oubli qui viendrait l'emporter.

Peut-être passeraient-ils le reste de leurs vies à attendre.

Il regarda à nouveau dans le lointain. Il étudia les contours des collines. Il repéra les deux petits lacs qu'il apercevait. Il envisagea de skier jusque-là. Et plus loin encore. Il étira ses bras et ses épaules, palpa ses jarrets, se plia en deux, le nez sur les genoux, et sentit les muscles s'étirer et le brûler. Lorsqu'il leva de nouveau les yeux il découvrit l'étendue sauvage comme si c'était la première fois. Il y vit le reflet de la sauvagerie de l'âme. La sienne et celle du monde. Indomptable, ingouvernable, impitoyable, la nature se fichait de lui et de ses pensées présomptueuses. Ce n'était pas une chimère. C'était réel et il devait l'habiter, pas seulement la visiter. Non, pas l'habiter. *Y survivre.* Il devait survivre. Il prit donc sa boussole, l'orienta une fois dans chaque direction, et estima que le monde était simple si on le laissait en paix.

Le lendemain matin il quitta la cabane avec sur le dos l'un des sacs Duluth. Il contenait la tente, son sac de couchage, une gourde de café, une hachette et une scie, et la lanterne. Et enveloppé dans un pull-over, le recueil de cartes de son père avec un cahier de composition et un crayon glissés dans la reliure en orignal. Quand il fit ses préparatifs la veille, son père lui demanda où il comptait aller.

« J'ai skié vers le sud. Hier j'ai escaladé une falaise et découvert un territoire où je veux aller, mais j'aurai besoin de camper une nuit pour y parvenir. Juste une nuit. Peut-être deux.

– Quel territoire ?

– Il y a une grande brèche dans les bois qui ont brûlé. Je veux la voir de plus près. »

Harry sourit. « Tu te souviens de la nuit où tu as attrapé notre ourse ?

– Ouais, et ça ne se reproduira plus.

– Comment le sais-tu ?

– Je vais être prudent.

– Ah oui, je vois ça. »

Gus souleva le sac Duluth, le soupesant. « Tu peux venir aussi, dit-il.

– J'ai un faible pour notre petite chambre.

– Comme tu voudras. »

Harry le regarda un long moment, se résignant à accepter le fait qu'il avait renoncé au droit de dire à son fils ce qu'il devait faire ou non quand il l'avait entraîné ici. Mais il était toujours son père. « Je ne suis pas sûr que ce soit une bonne idée de camper une nuit. Le temps peut tourner. Et si tu te perds ?

– J'ai appris à très bien connaître cette partie de la forêt. »

Harry l'étudia encore : « Que cherches-tu en réalité, fils ? »

Gus aurait pu répondre qu'il avait simplement envie d'aventure. Mais ce n'était pas la vérité. Il aurait pu dire qu'il voulait surmonter sa peur, ou faire des découvertes, ou bien voir autant d'endroits que possible dans les régions frontalières. Mais tout cela aussi était faux. Il était incapable de jouer cette comédie en y croyant lui-même, et encore moins en espérant convaincre son père. Des décennies après, il savait qu'en réalité, il avait obéi à son instinct en partant seul dans la forêt. Comme s'il n'avait été qu'une autre bête sauvage rôdant à travers ces bois. « Je ne cherche rien de particulier, dit-il enfin. Je veux juste aller voir. »

C'était vrai, et satisfaisant comme réponse aux yeux de son père. Assez pour que le lendemain matin, lorsque Gus partit avec le sac Duluth sur son dos, Harry se contente de lui tapoter l'épaule en disant : « Sois prudent, hein ? Je te vois demain. »

Quand il planta sa tente neuf heures plus tard – bien après la tombée du jour, par un froid glacial, pénétrant –, Gus eut de nouveau peur. Pas de la vie sauvage ni de la froidure, mais parce que son père l'avait laissé partir.

Il s'était arrêté à deux reprises pour dessiner la forme des lacs et indiquer les entrées des clairières. Il avait gravi la même ligne de crête que la veille, et esquissé le paysage sur une feuille de papier distincte. Il s'était servi des jumelles pour scruter les collines lointaines et de la boussole pour s'assurer qu'il se tournait vers le sud ou l'est.

Une fois blotti sous la tente, le rabat fermé et un feu à l'entrée, le ventre plein et son café réchauffé, il avait réfléchi à ce qu'il faisait là. Il redessina ses premiers croquis derrière le cahier de composition, évaluant les distances parcourues, décrivant en détail les falaises spectaculaires, et toutes les autres particularités du terrain qui exigeaient qu'on y prête attention.

« Le lendemain matin j'ai fait à skis environ vingt-cinq kilomètres de plus. Toujours, toujours vers l'est ou le sud. Si je rencontrais un obstacle – une bande de forêt infranchissable, une colline trop difficile –, je rebroussais chemin jusqu'à ce que je trouve une voie qui me permettait de rester sur ma trajectoire. Vers l'est ou le sud. Pas d'exception. »

J'avais feuilleté une bonne partie du cahier de composition et je l'imaginais parfaitement, assis tout seul au milieu des régions sauvages, mettant au point son itinéraire de retour. Parmi toutes les choses que j'ai apprises sur cet hiver et sur Gus, c'était la plus impressionnante. Plus encore que ce qui devait arriver ensuite.

« Toute personne qui s'est perdue un jour comprend la première règle du cartographe, expliqua-t-il, faisant signe à la serveuse de remplir sa tasse de café. Je l'ai compris d'instinct et, puisque je n'accordais aucun crédit aux cartes de mon père – que je gardais avec moi et consultais souvent, je tiens à le préciser –, j'étais libre de respecter cette première règle sans la moindre hésitation. Mon entreprise était très simple. Je devais mettre au point le chemin à suivre pour rentrer chez moi le moment venu. Sans autres outils à ma disposition que les jumelles et la boussole, la tâche était d'une simplicité enfantine. Partir d'ici pour aller là, de A à B. De la cabane à la rivière du Bois Brûlé. »

La serveuse vint remplir sa tasse et il poursuivit. « Pendant ces journées je pensais souvent que je ne m'étais pas du tout intéressé à notre itinéraire. J'avais accordé une confiance absolue à mon père, à ses plans et à son recueil de cartes. Je ne peux pas dire que je me sentais idiot, ce qui aurait sans doute dû être le cas, mais je me rendais compte clairement que si nous devions sortir de là un jour, ce serait parce que j'avais compris comment y parvenir.

« Cette première fois je restai absent trois nuits. Trois nuits, et peut-être quarante ou cinquante kilomètres parcourus. Il me vint à l'esprit que plus d'une fois, alors que nous venions à peine de nous installer ici ou là, je cherchais à m'échapper. Sur le moment je n'en étais pas fier. Je voyais cela comme une faiblesse de caractère. Mais c'était simplement dans ma nature. Cela ne m'était pas venu par choix, et mon père non plus n'avait pas eu le choix. Pour vous libérer de ce besoin de fuir il faudrait remonter mille ans en arrière, traverser l'océan Atlantique, redécouvrir nos ancêtres et les qualités des Nord-Européens en général. » Il sourit. « Vous savez quelque chose de cette qualité particulière de notre peuple, Berit Lovig. Vous le savez aussi bien que moi.

– Vous ne parlez pas seulement d'arriver à l'église à l'heure. »

Il sourit encore, plus largement, et acquiesça. « Je ne suis pas allé à l'église plus de douze fois dans ma vie. Je parle de qui je suis, et du fait que même ces régions frontalières n'ont pas réussi à m'en débarrasser.

– Ces régions frontalières ont privé votre père de sa vraie nature ? »

Il réfléchit un moment. « Je suppose que mon père a cru qu'il se sentirait mieux là-bas. Mieux, c'est-à-dire plus heureux, ou plus capable, ou du moins plus lui-même. » Il réfléchit encore. « Ou peut-être qu'il a pensé pouvoir échapper à sa nature. Juste oublier qui il était. Il est possible qu'il y soit parvenu. Mais ces pensées-là, s'il les a eues, lui sont venues après coup. Ce qu'il croyait trouver là-bas, il le savait, viendrait avec Charlie et tout ce qu'il apporterait avec lui. »

Il regarda un long moment par la fenêtre les vagues d'hiver qui passaient par-dessus le brise-lames. « La vérité, c'est qu'après tout ce qui s'est passé, quand il est rentré des régions frontalières, il était le même homme qu'avant. Même s'il était devenu quelqu'un d'autre pendant un moment. Mais vous n'avez pas besoin que je vous le dise. » Il sourit. « Vous l'avez mieux connu que moi. Après notre retour, j'entends.

– J'ai passé plus de temps avec lui, mais je n'aurais jamais pu le connaître mieux. »

Il sourit encore. « La nuit tombait quand je suis revenu à la cabane après ces trois nuits d'absence. Il avait fait froid. Sans doute moins de zéro pendant toute la journée. Quand je suis rentré et que j'ai refermé la porte derrière moi, j'ai surpris mon reflet dans la vitre. Il avait neigé tout l'après-midi, j'étais tout blanc, un vrai fantôme. Ma barbe était incrustée de glaçons. Mon bonnet, entièrement gelé et couvert de neige. Mon manteau aussi.

Mon père était debout près de la cuisinière. Une odeur délicieuse planait dans l'air – il agita la main comme pour retrouver le fumet dans sa mémoire – et il avait un sourire suffisant sur les lèvres. Il m'a dit qu'il était content que je sois de retour, car il ne voulait pas être obligé de manger deux coqs de bruyère tout seul.

J'ai retiré mon manteau et mon bonnet. J'ai vidé le sac Duluth. J'ai tout remis en place. Glissé le recueil de cartes et mes propres dessins sous mon sac de couchage après l'avoir étendu sur ma couchette. Enfin, je me suis rapproché de la cuisinière en m'exclamant : “Des coqs de bruyère ?” Et il m'a répondu en se tournant vers moi : “On ne pouvait pas manger de l'ours pour le dîner de Thanksgiving, n'est-ce pas ? Tu as retrouvé notre ancienne piste là-bas ?” Il a indiqué la porte du menton. J'ai haussé les épaules et je lui ai dit : “Je n'en sais rien. J'ai erré au hasard dans les bois, c'est tout.” »

Gus but le reste de sa tasse au Blue Sky Café. Il la reposa sur la table et orienta l'anse vers le sud. Je remarquai ce détail. Puis il la tourna vers l'est.

« Nous avons mangé les coqs de bruyère saupoudrés de sel et de poivre. Juste les coqs avec du café. Il m'a raconté qu'il passait près d'une clairière dans les bois quand l'un d'eux avait bondi hors d'un buisson. Il l'avait tué d'une balle dans la tête. Deux heures plus tard, il revient et un autre coq sort de ce même buisson. Il lui tire aussi une balle dans la tête. Et nous voilà en train de fêter Thanksgiving dans la cabane. Il ne m'a pas interrogé sur les journées où j'étais resté absent, sauf pour me demander si j'avais vu quelque chose d'exceptionnel. C'est le mot qu'il a employé.

“Juste le froid et la neige. Je suppose que l’hiver est arrivé”, voilà ce que j’ai dit. »

Gus souleva sa tasse vide et examina l’intérieur. « Mon père avait réponse à tout. Il aurait pu simplement acquiescer. Se limiter à deux ou trois mots : “Bien sûr, l’hiver est là.” Mais au lieu de cela il a cherché son petit calendrier en bois de bouleau. » Gus s’interrompit et secoua la tête. « “L’hiver ? Pas encore fils. Nous avons encore trois semaines avant l’hiver.” »

Environné de silence, de blancheur et d'un froid intense qu'il n'avait jamais ressenti auparavant, Gus consacra des semaines, entre Thanksgiving et Noël, à étudier la topographie de la région. Il partait une journée, parfois deux ou trois. Il resta absent quatre nuits et traversa le partage des eaux laurentien. Il le comprit parce qu'il arriva au bord d'une rivière dont il ne parvint pas à franchir les rapides dévalant vers le sud. Ses pistes dans les bois et sur les lacs gelés se solidifièrent. Il campait aux mêmes endroits et allumait ses feux sur les tas de vieilles cendres. Le crépitement des flammes était souvent le seul à meubler le silence et dans ce léger son râpeux il entendait une musique différente de tout ce qu'il avait entendu jusqu'alors, composant pour elle des paroles qu'il ne chanterait jamais. Pas une fois il ne vit un être vivant ailleurs que dans le ciel, et doté d'ailes noires.

Un matin où il passait près d'une île sur un grand lac il aperçut le long du rivage un enchevêtrement de buissons de myrtilles qui avaient l'air morts. La simple pensée d'une poignée de baies lui inspira un tel désespoir, lui faisant monter l'eau à la bouche, qu'il faillit éclater en sanglots de désir et eut l'impression d'être un enfant. S'il avait appris quelque chose, c'était de ne pas céder à ses envies, et il continua son chemin sur ses skis ou ses raquettes et trouva le poste d'observation suivant.

Parfois c'était une ligne de crête, ou un promontoire dénudé, ou l'encoche d'un pin blanc épargné par les bûcherons. Il grimpait en haut de l'arbre, et à dix ou douze mètres au-dessus du sol, il comparait les cartes de son père avec les terres et les lacs qui s'étendaient devant lui. Quelquefois il y avait une ressemblance, mais le plus souvent il avait recours à son cahier de composition et continuait de dessiner ce qu'il voyait. Les jours les plus froids et les plus lumineux, au petit matin ou à la fin du jour, il était aveuglé par des parhélies qu'il ne pouvait s'empêcher d'interpréter comme la clarté qui lui apparaîtrait sans doute à la fin de sa vie. Il fixait ces halos comme s'ils avaient quelque chose à lui dire, non seulement sur l'endroit où il allait mais sur le lieu où il se trouvait à cet instant précis.

Il songeait souvent aux voyageurs que son père admirait tant. Et considérait que leurs cartes racontaient des histoires sur les pays où ils étaient allés ou voulaient se rendre, sur ce qu'ils attendaient du monde et sur la personne qu'ils aspiraient à devenir. Il pensait à leur courage, à leur force brute – légendaires – et aussi à leurs limites, qui avaient dû elles aussi être phénoménales. Il se demandait s'ils avaient laissé des femmes et des enfants derrière eux, vivant leurs vies tournés vers l'avenir, et il s'interrogeait sur leurs secrets. Il se disait que leurs histoires s'exprimaient mieux sur des cartes que dans une chanson.

Un jour, il découvrit des pictogrammes le long des falaises terre d'ombre au-dessus d'un lac étroit :

un orignal poursuivi par trois loups, le soleil tel un dieu brillant de tous ses feux. Une heure plus tard, il découvrit un rivage battu par les vents, et il sentit émaner de son granite la chaleur infime du milieu de journée. Il s'assit pour manger un morceau, et quand il examina le rocher entre ses genoux il vit les vertèbres d'une créature défunte sans doute resurgie à la suite d'un recul glaciaire. De quelle contrée lointaine du nord était-elle venue, combien de temps le glacier avait-il mis à descendre, quelle force l'avait poussé ? Au lieu de se sentir plus fragile que jamais, il était investi d'une puissance comparable à celle du glacier, et il savait que c'était d'une certaine façon grâce à sa propre patience. Stimulé par cette pensée, il regarda devant lui et dessina ce qu'il pouvait voir du paysage. Plus de la moitié du cahier de composition était rempli de ses croquis à présent. Chaque lac, numéroté au lieu d'être nommé. Chacun des ruisseaux, torrents, rivières, portait la mention « gelé » ou « coule librement », chaque montée était signalée comme « praticable » ou pas.

Ce soir-là il compta les cernes du tronc de bouleau qui alimentait son feu avant de s'abandonner à ses rêves, éclairés par les lumières du Grand Nord. Quand il se réveilla le matin, il fit son café et songea à sa maison. Il était satisfait de ses efforts pour rentrer, mais savait très bien qu'étant donné le grand nombre de pas nécessaires pour y parvenir, ce ne serait plus l'endroit qu'il avait quitté, que son foyer familial avait disparu pour toujours, et que sa vraie demeure serait celle qu'il construirait de ses propres mains. Dans cette vie ou dans une autre, peu importait. Cette pensée le ramena vers la cabane.

Avant d'atteindre leur lac, il fit un détour, remplaçant ses skis par ses raquettes et prenant une voie inexplorée le long de la côte ouest. Pendant quatre heures il peina dans les congères, dépassant des îles et des rives rocheuses, et les sources de trois torrents. Parvenu à la troisième, il prit les jumelles accrochées à son cou et passa en revue le vaste monde gelé. Il repéra l'entrée de leur baie et la fumée de leur cheminée s'élevant à travers les arbres, à un kilomètre de lui. Au nord, il voyait distinctement le bout du lac, à cinq kilomètres environ. Il jeta un dernier coup d'œil aux traces remontant la côte jusqu'à lui. Laissant retomber ses jumelles, il repéra l'endroit où le mèneraient ses pas dans la même direction, après une plage lisse et dénudée, à une trentaine de mètres en amont du lac.

À cet endroit précis il vit les bois d'orignal dont les pointes sortaient de la neige, à trente pas à peine du promontoire d'où il avait observé le monde un instant plus tôt. Il les dégagea de la neige et de la glace et découvrit qu'il y en avait deux paires, les crânes enserrés face à face. À genoux, il glissa un coup d'œil à l'intérieur des orbites vides et étudia les longues dents, les motifs sur les bois, songeant avec inquiétude aux derniers instants de ces animaux. Il examina le sol autour de lui – recouvert de neige, les traces du carnage qui avait dû accompagner la mort englouties par le temps, l'eau et le vent. Mais il entendait grogner les loups et sentait sous ses bottes les vibrations des ultimes coups de sabot désespérés de ces deux mâles se débattant à terre.

À peine avait-il imaginé les cris des corbeaux qu'il les entendit – huit ou dix, une vingtaine peut-être, une méchanceté pure, survolant les arbres. Il regarda ces choses vivantes se détacher contre le ciel, décrivant des spirales et repliant leurs ailes pour le piqué final. Il aurait pu penser qu'il s'agissait d'un avertissement s'il avait eu assez de bon sens pour réfléchir. Au lieu de cela, il sortit une corde de son sac, attacha les lourds bois sur son dos, puis traversa le lac jusqu'à la cabane.

Je croyais que nous avions fini de vider les étages supérieurs de la boutique d'apothicaire. Nous avions rangé les dernières caisses dans la cave, presque terminé de remplacer les fenêtres et de réparer les lattes déformées, et nous étions sur le point d'abattre un mur au dernier étage pour aménager un bureau plus spacieux. Le projet d'ouvrir la société historique en avril semblait réalisable. Repeindre les murs de frais et appliquer une couche de vernis sur le sol, fixer une plaque sur la façade, c'était tout ce qu'il restait à faire au rez-de-chaussée. Un hiver de travaux que je considérais avec autant de satisfaction que de doutes et d'insouciance. Après tout, qui viendrait visiter cette antiquité ? Les gens de la ville connaissaient suffisamment leur propre histoire pour préférer l'éviter. Les visiteurs ? Ils réclamaient des *donuts*, des tee-shirts, des rencontres fortuites avec des orignaux sur la piste, pas des photographies en noir et blanc, des articles ménagers d'une autre époque et des robes centenaires portées autrefois par la folle de la ville.

Jeudi dernier, je n'étais pas retournée sur le chantier depuis une semaine quand je reçus un coup de téléphone à la maison. Bonnie à l'autre bout de la ligne. « Il y a quelque chose que vous devriez voir », dit-elle. Je terminai donc mon petit déjeuner et je montai dans ma voiture.

Au premier étage, dans l'ancien bureau de Hosea Grimm, les entrepreneurs avaient découvert un coffre-fort derrière le mur qu'ils abattaient. Une lourde étagère sur roulettes était posée devant, et ils avaient dû la déplacer pour se mettre au travail. Bonnie et moi découvrîmes alors des planches fêlées encadrant une porte en acier noir avec les mots DIEBOLD SAFE & LOCK CO. décrivant un arc autour de la serrure à gorge. « Mon Dieu, m'exclamai-je, faisant défiler toutes les solutions dans mon esprit. Qu'est-ce qu'on fait ? Comment pourrons-nous l'ouvrir ?

– Nous avons envoyé chercher un serrurier de Duluth, me répondit Bonnie. J'ai appelé Buck à la quincaillerie, mais il n'était pas sûr d'y parvenir. Quelqu'un devrait être ici avant le déjeuner. »

Ils tinrent parole. Deux frères passèrent près d'une heure à fracturer le coffre-fort pendant que je me demandais s'il existait quelque chose au monde qui pourrait me surprendre si je tombais dessus. Pendant tout le temps où ils travaillèrent je ne trouvai absolument rien. Mais je fus stupéfaite quand les perceurs de coffre abaissèrent la poignée et que la porte bascula : une boîte à cigares remplie de billets de cent dollars de la First National Bank de Butte, l'acte de propriété de ce vieux bordel perdu au milieu des arbres, une bible norvégienne, une belle brosse à cheveux. J'eus la surprise de découvrir alors un paquet de lettres attachées avec un fin cordonnet de cuir, que je dénouai. Il y en avait vingt-six en tout, dont quatorze étaient adressées à Thea Inger Eide, c/o Rune Evensen, Gunflint,

Minnesota. Les autres étaient destinées à Odd et Inger Eide, à Hammerfest, en Norvège.

« Je vais vous chercher un siège », dit Bonnie, qui se précipita dans le couloir. Elle revint un instant plus tard et posa la chaise près de moi. Les frères de Duluth remballaient leur matériel, et quand ils eurent terminé Bonnie les raccompagna au rez-de-chaussée.

Je les regardai disparaître derrière la rampe, puis je feuilletai les lettres l'une après l'autre, m'interrompant pour relire les noms sur chaque enveloppe. *Thea Eide. Odd* et *Inger Eide.* Leurs noms étaient une étrange preuve de leur existence, comme si Harry, et Gus ne suffisaient pas eux-mêmes. Bonté divine, cette famille avait tant souffert ! Thea était arrivée à Gunflint à l'automne 1895. Âgée de seize ans, s'attendant à être accueillie par son oncle et sa tante, elle débarqua sur un rivage cruel et amer. Sa tante s'était pendue à peine quelques semaines plus tôt. Rune Evensen était fou avant que sa femme n'accroche une corde aux poutres de la grange. Pour Thea, rencontrer Hosea Grimm au lieu de son oncle dans Lighthouse Road fut peut-être une chance. Il la ramena à Rebekah comme un chaton égaré.

Rebekah garda longtemps une photographie de Thea sur son bureau. Prise par le Kodak double objectif de Hosea, le même appareil qu'il utilisait pour photographier Rebekah. Elle parlait de Thea comme si c'était la seule chose permanente qui eût jamais existé dans sa vie. C'était une fille silencieuse, jolie et nerveuse, avec un air angélique, et sa gentillesse était sa qualité la plus remarquable. Rebekah dit une fois que la véritable preuve de sa perfection – ce fut le mot qu'elle employa – était le fait que Hosea n'avait jamais essayé d'en tirer profit.

Deux jours après son arrivée, Thea partit travailler comme cuisinière dans un camp de bûcherons sur la rivière du Bois Brûlé. Elle ne parlait pas anglais. Elle fut obligée d'habiter dans une cave creusée à même la terre, servant trois repas par jour à une centaine d'hommes frustes. Elle n'avait pas un seul ami parmi tous ces gens. Elle travailla comme une esclave pendant un hiver infernal, puis revint au printemps à Gunflint, enceinte. D'après ce que me raconta Rebekah, beaucoup de gens étaient convaincus que c'était la nouvelle Marie, mère de Jésus – tant son apparition à la sortie des bois avec un enfant dans le ventre leur avait semblé inexplicable. Plus tard dans l'été, lorsque la police montée canadienne arrêta un vendeur de montres ambulant accusé de viol et de vol de chevaux, la virginité de Thea fut remise en question, mais jamais sa pureté. Elle alla témoigner lors de sa comparution, utilisant sa bible norvégienne comme guide de conversation, encore incapable d'énoncer une seule phrase en anglais.

J'écoutais les histoires de Rebekah sur Thea et je m'étonnais qu'une femme aussi étrange et belle pût en tenir une autre en aussi haute estime. En particulier une jeune fille dont la vie à Gunflint semblait tout entière bâtie sur la souffrance. Mais lorsque Harry me raconta par la suite les histoires qu'il avait entendues à son sujet, je commençai à y croire. Sur le manteau de sa cheminée trônait le même triptyque de photographies de Thea Eide que sur la commode de Rebekah. On y voyait Thea tenir son nouveau-né, Odd Eide, le père de Harry, avec sur le visage une expression de béatitude que le papier cassant et fané ne parvenait pas à atténuer. Elle était morte quelques semaines après que la photo avait été prise. Morte sous la protection de Hosea Grimm qui avait procédé à l'ablation de ses ovaires, me dit Rebekah, pour tenter de la sortir de sa dépression post-partum. Une dépression qui n'avait jamais existé, s'empressait-elle d'ajouter. C'était la mère la plus heureuse que le monde eût jamais connue. Rebekah en était sûre. Aux yeux de Harry c'était un être divin, comme si sa vie avait été aussi brève que doit l'être celle d'un ange. Il n'était pas difficile de deviner comment il en était arrivé à cette conclusion, même si son père ne l'avait connue que les trois premières semaines de sa vie. Peut-être que Thea Eide communiait avec le Sauveur.

Et puis il y avait ces lettres. J'ignore pourquoi, mais je ne m'interrogeai pas tant au sujet des échanges perdus entre Thea et ses parents en Norvège, ou de la tristesse contenue dans ces lettres, que sur l'identité de celui qui les avait volées. Hosea était très probablement le coupable. Pendant les mois où j'avais travaillé pour la société historique, j'avais acquis la certitude que sa fourberie ne connaissait pas de limites.

Bonté divine… Il émanait de ces lettres un désespoir presque palpable. Je songeai aux innombrables missives que j'avais triées au rez-de-chaussée, lorsque mon travail consistait surtout à distribuer le courrier du jour. Combien de mots et de vœux étaient passés entre mes mains innocentes ? Les Je-t'aime et les Nous-avons-le-regret-de-vous-informer et les Avez-vous-appris ? Toute cette *vie.* Les vies de Thea Eide et de ses parents étaient sous mes yeux. Volées. Conservées. Les larmes me montèrent aux yeux.

Ma propre vie à Gunflint avait aussi commencé avec une lettre, envoyée par mon père à Rebekah Grimm, dans laquelle il me présentait comme une jeune fille chaste et travailleuse âgée de seize ans, née dans une famille pieuse de commerçants de Duluth, qui était intéressée par le poste d'employée mentionné dans l'annonce du *Duluth Tribune*, et prête à abandonner ses études au lycée Denfeld pour remplir lesdites fonctions sur-le-champ. Il ajoutait une photo de moi ainsi que quelques mots sur son magasin, une épicerie fondée par son père dans le Traphagen Block. Il s'abstenait de préciser le plus important, à savoir qu'à l'instar de nombreux commerces de Duluth en 1936, le nôtre était au bord du gouffre. Les rayonnages étaient presque vides et nous n'obtenions pas de crédit bien que nous ayons tenu nos promesses et respecté nos engagements pendant des années. Nos clients souffraient autant que nous de ces temps difficiles. Bien sûr, beaucoup de gens connaissaient un sort bien pire. Mais nos problèmes étaient réels, et amplement suffisants.

Ma mère était de santé fragile et mon père anéanti. Nous avions déjà perdu notre modeste demeure, et emménagé dans l'appartement encore plus exigu de ma tante célibataire. C'était la même histoire partout dans le pays, affirmait mon père à qui voulait l'entendre. Je suppose que c'était sa manière de se consoler lui-même de l'épineuse décision qu'il devait prendre, c'est-à-dire m'envoyer au loin pour que je puisse gagner quelques dollars et alléger son fardeau. Il ne se doutait probablement pas que je partirais pour toujours.

Je ne voulais pas quitter mes parents, mais malgré mon jeune âge et ma naïveté, je comprenais notre situation. Il était évident que la Dépression affectait presque tout le monde. Et peut-être à cause de ma jeunesse, je vis là une opportunité, et fus très excitée lorsque Rebekah Grimm répondit en personne, adressant sa lettre non à mon père, comme on aurait pu s'y attendre, mais à moi.

*Mademoiselle Berit Lovig,*
*Vous trouverez ci-joint un billet pour une personne à bord du bus Northland de Duluth à Gunflint pour le 13 janvier. Lorsque vous débarquerez à Gunflint, venez sans délai au 1 Lighthouse Road. Habillez-vous convenablement. Pas de pantalon. Seulement des robes, sans volants ni autres fantaisies. Si vous ne possédez aucune robe de cette sorte, elles vous seront fournies, et le prix sera déduit de vos gages. Vous serez payée 35 cents l'heure, conformément au tarif pratiqué dans cette ville pour les ouvrières non qualifiées. 6 dollars seront déduits de vos gages à la fin de chaque semaine pour le vivre et le couvert. J'exige que vous travailliez chaque jour sauf le dimanche, où vous serez libre d'assister à l'office si vous appréciez ce genre d'ineptie. J'attends votre arrivée,*

*Miss Rebekah Grimm*

Lorsque je retrouvai cette vieille lettre dans le tiroir d'un bureau, elle me ramena d'un seul coup aux années de ma jeunesse. Elle était là près de soixante ans plus tard : mon passeport pour l'endroit que j'avais appelé mon chez-moi pendant toute ma vie d'adulte. Et si mon père n'avait pas vu cette annonce ? Et s'il avait été trop faible ou trop fier pour y répondre ? Et si mon travail n'avait pas paru satisfaisant à Rebekah Grimm ? Ces questions me troublaient mais j'admettrai une chose : la première pensée qui me vint en relisant cette lettre (pour la première fois en sept cent huit mois, en vingt et un mille cinq cent soixante-huit jours, je les ai comptés dans les deux sens) ne concernait pas ma propre vie, pas exactement, mais plutôt ce que ma vie aurait été si Harry en avait été absent. Elle aurait été différente de cent façons possibles.

De mon trajet en bus de Duluth à Gunflint en janvier 1937 je me rappelle seulement les visages malheureux, de moins en moins nombreux après chaque petite ville que nous traversions, jusqu'au moment où je restai la seule passagère avec une vieille dame. Elle descendit du bus avant moi à Gunflint et je ne la revis plus jamais. Je demandai à un passant de m'indiquer le chemin pour me rendre à l'adresse de Rebekah et il m'envoya à quelques pâtés de maisons de là. Je me rappelle avoir gravi le large escalier en bois sous le soleil d'hiver, avec le vent glacé qui soufflait dans mon dos. Rebekah se tenait à la fenêtre. Elle avait dû m'observer. Je n'avais qu'une seule valise et un sac acheté d'occasion qui me donnerait plus l'air d'une dame, avait suggéré ma mère. Je les posai tous les deux quand j'entrai dans le magasin. Rebekah arriva et s'immobilisa devant moi.

« Miss Grimm ? » demandai-je.

Elle baissa ses lunettes et me regarda de haut. Elle était aussi belle qu'étrange, cela se voyait dès le premier coup d'œil, et elle m'effrayait déjà.

« Vous êtes beaucoup moins jolie que ce que je pensais, dit-elle. Moins jolie que sur la photo que vous avez envoyée, en tout cas. » Elle ferma les yeux comme si elle se sentait épuisée et dit : « Enlevez votre manteau et tenez-vous droite. Pas de posture avachie chez moi. »

Quand je retirai mon manteau et me redressai, elle tourna autour de moi comme si elle inspectait une pièce de musée.

« Encore une photographie mensongère, dit-elle tout bas. Mais c'est bien. C'est une bonne chose. La banalité empêchera les types du genre de Charlie Aas de traîner par ici. »

Elle traversa la pièce jusqu'au comptoir et je la suivis. Quand nous y parvînmes elle s'arrêta et me regarda encore des pieds à la tête. « C'est votre meilleure robe ?

– C'est ma seule robe », avouai-je.

D'après mes souvenirs, elle m'examina pendant une heure, mais ça ne dura sans doute pas plus d'une seconde ou deux. « Nous devrons donc vous en commander une autre. Nous pourrions aussi arranger votre coiffure. » Apparemment satisfaite de son appréciation, elle me fit visiter les lieux. Je sus dès cette première journée que je serais solitaire en sa compagnie. Mais je savais aussi que ma solitude – dont j'ignorais encore le visage – serait toujours éclipsée par la sienne. À son regard vide et au timbre de sa voix, je voyais que les années avaient déjà fait leur œuvre. Et au même moment je me jurai de ne jamais devenir une femme comme elle.

Gus se tenait devant le comptoir en verre, où les lettres étaient étalées comme un jeu de cartes. Je l'avais appelé au lycée pour le prier de faire un saut après ses cours, et il était venu sans demander d'explication. Au bout de quelques minutes il posa sa serviette, retira son manteau et passa les mains dans ses cheveux. Il prit une lettre, la regarda des deux côtés, glissa le doigt sur le timbre norvégien et remit l'enveloppe à sa place. « Vous les avez trouvées dans un coffre-fort ? »

J'acquiesçai.

« Qu'y avait-il d'autre ?

– De l'argent. Une belle somme. Un acte de propriété. Une brosse à cheveux avec une poignée en nacre. Ces lettres. Et une bible norvégienne.

– Nom de Dieu. » Il prit une autre lettre, écrite par Thea Eide, et l'inspecta comme la précédente. « Combien d'argent ?

– Je n'en sais rien à vrai dire. Des liasses.

– De l'argent sale ?

– Je doute que beaucoup d'argent honnête lui soit jamais passé entre les mains. »

Il reposa la seconde lettre.

« Qu'est devenue toute sa fortune ?

– Rebekah en a hérité. Ce n'était que justice en réalité, étant donné tout ce que lui ont rapporté ses photos.

– Elle en a fait quoi ?

– Eh bien, elle a vécu jusqu'à quatre-vingt-quatorze ans. Cela coûtait déjà très cher. Il a fallu payer ses dix années en maison de retraite. Elle a pris soin de moi. Elle appelait cela ma pension. C'est ce qui m'a permis de construire ma maison. C'est avec cet argent que je fais mes courses. Elle a légué une grosse somme à la Société historique de Gunflint. Cela couvre tous les frais de rénovation. » Je n'étais pas sûre qu'il m'écoute vraiment. « Je pense qu'elle savait que si elle essayait de le donner à votre père, ou à vous, elle essuierait une rebuffade. Elle n'aurait pas pu supporter d'être encore rejetée. »

Il soupesa la bible.

« Elle appartenait à Thea Eide, sans aucun doute.

– Et la brosse à cheveux ? » dit-il.

Je la sortis de ma poche et la posai à côté des lettres. « Je suppose qu'elle était à Rebekah. Thea ne possédait pas grand-chose. »

Gus prit une troisième lettre, venue de Norvège, s'approcha de la fenêtre de devant, la tint à la lumière de la fin d'après-midi, et se tourna vers moi. « Je peux l'ouvrir ?

– J'imagine qu'elles vous reviennent à vous et à votre sœur. »

Il revint vers le comptoir, prit un coupe-papier dans un pot en cuir rempli de stylos, de ciseaux et d'objets divers, et ouvrit l'enveloppe. Il souffla doucement à l'intérieur, saisit la feuille pliée, et la lissa avec soin sur la plaque de verre. Les mots qui remplissaient la page étaient écrits avec une encre noire passée, et Gus les étudia le temps qu'il lui aurait fallu pour les lire.

« Quelqu'un parle-t-il encore le norvégien en ville ? demanda-t-il.

– Signe le parle.

– Et elle est à Minneapolis. »

Je pensai à Ingrid Gunnarson, assise dans la chambre qu'elle partageait à la maison de retraite, sa mémoire envolée comme celle de Harry. Sa fille vivait quelque part sur la côte est. Il semblait inimaginable que plus personne ne parle le norvégien ici. « Je ne vois personne, dis-je.

– Alors il n'y a rien à faire, reprit-il, indiquant les lettres du geste. Elles sont restées enfermées dans un coffre-fort pendant un putain de siècle et maintenant elles sont toujours muettes. J'en reviens pas. »

Il ouvrit une autre lettre, écrite par son arrière-grand-mère, et la fixa un long moment, secouant la tête et grinçant des dents.

« Rebekah décrivait toujours Hosea Grimm comme un escroc abominable. Je connais beaucoup de ces histoires. Mais ça ?

– Vous pensez qu'il a subtilisé ces lettres ? demanda-t-il.

– Bien sûr.

– Pourquoi pas Rebekah ?

– Oh, je ne peux pas le croire.

– Vous avez dit vous-même qu'elle était égoïste et vaniteuse. Peut-être que le vol des lettres était sa façon de faire partie de quelque chose qui lui tenait à cœur. Peut-être que ça lui donnait le sentiment qu'elle maîtrisait la situation.

– Si je vous comprends bien, nous avons d'un côté Hosea Grimm, le seul individu aussi pourri que Charlie Aas qui ait jamais vécu dans cette ville, un homme dont la vie entière était une imposture, dont chaque geste était calculé dans son seul intérêt. De l'autre, Rebekah Grimm, qui a essayé de gagner sa vie en vendant des chapeaux dans une ville d'un millier d'habitants. Dont la moitié étaient des femmes qui tricotaient chaque année de nouveaux bonnets pour leurs maris et leurs enfants à Noël.

– Une femme qui vous a employée pendant vingt-cinq ans, surtout pour votre compagnie. Elle n'avait personne. Vous l'avez dit vous-même. Peut-être qu'elle avait envie de garder quelque chose pour elle. »

J'étudiai les lettres sur le comptoir. Le scénario de Gus n'était pas exclu. « Je suppose que c'est une possibilité, dis-je.

– Et ça ne change pas grand-chose que ce soit lui ou elle. » Il avait blêmi, et il prit une autre lettre sur la pile et la tint à bout de bras. « Quelquefois il n'y a pas de mots pour expliquer les choses, n'est-ce pas ?

– Pas de mots. Dans aucune langue », répondis-je.

Après le départ de Gus, je passai une heure à méditer la culpabilité éventuelle de Rebekah Grimm. Il y avait bien longtemps que je ne l'avais mise sur la sellette.

Gus n'avait fait aucun commentaire lorsque j'avais expliqué la façon dont elle avait géré son énorme fortune, mais je m'étais dit – comme lui, sans aucun doute – que la conserver dans sa totalité avait dû exiger une sagacité extrême. Dieu sait qu'elle était parfois avare. Je la revois encore en train de compter mes gages de la semaine, ses doigts fins égrenant les pièces de cinq et dix cents dans ma main calleuse. Elle avait reporté des travaux tout un été afin d'obtenir les services de l'homme à tout faire pendant sa saison creuse et d'économiser dix dollars pour une intervention qui en coûtait cent. Mais elle était aussi encline aux extravagances et douée d'un sens des affaires aiguisé. C'était l'une des rares choses qui me surprenaient chez elle. Certaines personnes la jugeaient folle. D'autres – celles qui la connaissaient de longue date – disaient folle à lier.

Je me souviens, l'hiver où Harry et Gus étaient partis dans les régions frontalières, que tout le monde en ville parlait tout bas du pétrin où Charlie Aas s'était mis, et que Rebekah m'avait laissé entendre qu'elle avait la ferme intention de le poursuivre en justice. C'était une histoire qui remontait à la mort de Hosea Grimm à l'automne 1936, avant mon arrivée à Gunflint. Son décès n'avait pas été une surprise. Il était malade depuis des années, ayant subi deux attaques cérébrales très rapprochées. La première avait laissé le côté gauche de son visage aussi mou qu'une bougie fondue. La seconde l'avait tué dans son sommeil.

Depuis des années, Marcus Aas et ses fils tournaient autour des propriétés de Hosea, surtout le Shivering Timber, un bordel miteux au bord d'un lac, à cinq kilomètres de County Road Two. Il existait depuis presque aussi longtemps que Hosea lui-même. Autrefois, environ une douzaine de poules travaillaient sur le porche mais pendant les derniers mois de la vie de Hosea ce nombre avait diminué considérablement. Le vendredi soir on ne voyait que trois ou quatre filles en déshabillé le long de la balustrade. Marcus avait le projet de reprendre le lieu. En juillet 1936 il était venu voir Hosea avec une offre médiocre qu'un homme prudent aurait acceptée pour un certain nombre de raisons, dont la moindre n'était pas d'éviter un conflit avec le clan Aas. Déjà à cette époque, Marcus et ses fils marquaient leur territoire à chaque coin de rue. Mais Hosea refusa.

Lorsqu'il mourut, Rebekah n'eut pas besoin d'attendre le lendemain matin pour que Marcus vienne appuyer sur la sonnette du comptoir. Il arriva juste à l'heure de la fermeture, son plus jeune fils, Charlie, le suivant tel un ourson de l'année. Le garçon regarda partout, comme s'il cherchait à débusquer un assassin. Marcus ne s'embarrassa pas de condoléances, ni de prétextes. Il lui dit simplement qu'il allait acheter le Shivering Timber mille dollars, la moitié de la somme proposée à Hosea, et moins du quart de sa valeur réelle. Charlie, lui annonça-t-il, s'occuperait de la transaction. Son fils avait dix-sept ans depuis un mois à peine, mais portait une barbe virile très fournie qu'il caressait pendant que son père parlait.

Marcus voulait éviter toute confusion concernant le nouvel ordre des choses. Il fit la leçon à Rebekah au sujet du patrimoine amoindri de Hosea. Il n'était pas exclu, lui affirma-t-il, que Curtis Mayfair se mêle de ses affaires et use de son influence pour que les biens de Hosea reviennent à Odd Eide. Il lui assura que ce serait imprudent, et que les textes de loi et la parole divine ne lui seraient d'aucun secours. Selon Marcus, Odd n'était même pas capable de se sacrifier pour sa progéniture. C'était Rebekah qui avait servi Hosea loyalement, et dans sa grande bonté il l'aiderait à gérer ce que M. Grimm avait laissé derrière lui. À commencer par le Shivering Timber. Marcus tapa dans le dos de son fils et lui dit d'exposer les détails.

L'affaire, ainsi que la présenta le jeune Charlie Aas, était très simple. « Cédez-nous le bordel ou vous rejoignez Hosea dans son lit avant qu'il soit sous terre. Nous avons déjà parlé à Lenny Washburn, et ça lui pose aucun problème de fabriquer un double cercueil. »

Elle était sans doute en état de choc après la mort de Hosea. Ou bien elle savait qu'elle n'avait rien à perdre. Elle cherchait peut-être une raison de continuer, et l'idée de résister à ces voyous lui apparut comme un noble combat. En tout état de cause, elle pria Charlie Aas de partir. Elle lui déclara que l'hôtel (qu'elle réincarnerait sous cette forme) situé au bout de County Road Two n'était pas à vendre, et ne serait pas mis sur le marché avant un certain temps, car elle avait prévu certaines transformations. Elle lui dit que s'il avait la moindre inquiétude elle pourrait en parler avec son avocat, le susmentionné Curtis Mayfair, qui représentait tous les habitants de la ville à l'exception du clan Aas.

Charlie, fou de rage, partit en furie. « J'en ai pas fini avec toi, connasse de gouine ! À ta place, je garderais un œil ouvert la nuit ! Je reviendrai et je te casserai le cul jusqu'à ce qu'on obtienne ce qu'on est venu chercher ! Compte sur moi ! »

Elle savait très bien que ce n'étaient pas des menaces en l'air. Mais elle ne put s'empêcher d'être presque amusée par ses rodomontades. Malgré cela, elle dormit cette première nuit avec le pistolet Browning de Hosea sur sa table de nuit. Pendant trois ou quatre jours, elle attendit. Elle enterra Hosea. Elle fit venir un serrurier pour ajouter un pêne dormant aux portes de devant et de derrière, et un verrou à la porte de sa chambre au deuxième étage. Quatre ou cinq jours après la visite de Marcus et de Charlie, alors qu'elle se préparait avant d'aller se coucher, elle entendit au rez-de-chaussée de la boutique d'apothicaire un bruit de verre brisé. Elle se rendit dans sa chambre, verrouilla sa porte, et passa une nuit blanche à se demander si Charlie viendrait honorer ses promesses tonitruantes.

Au matin, elle inspecta les lieux avec soin et ne trouva rien d'anormal. Ce soir-là elle entendit des voix dans l'allée à l'arrière de la maison. Elle essaya de découvrir ce qui se passait en glissant un coup d'œil par la fenêtre mais elle ne vit rien, et se retira donc dans sa chambre verrouillée. Le lendemain, elle étudia les petites annonces du *Ax & Beacon.* Les seuls chiens à vendre étaient une portée de schnauzers miniature offerts par une famille qu'elle connaissait à peine, et qui habitait à Misquah. Lorsque Claire Villeux vint chercher son courrier du jour, Rebekah lui demanda de la conduire au bout de la route.

Elle savait que c'était absurde de prendre un chiot. Même quand il aurait atteint sa taille adulte il ne serait pas beaucoup plus gros qu'un chat d'appartement. Mais elle aimait l'idée d'avoir une autre paire d'oreilles dans la boutique, aussi elle en ramena un chez elle et le baptisa Timmy.

Le lendemain matin, alors que la chienne dormait dans son panier sous le comptoir du bureau de poste, Charlie entra, l'air désinvolte. Il s'était rasé, n'épargnant que ses rouflaquettes. Les cheveux peignés en arrière, vêtu d'un costume, il s'avança vers le comptoir et réclama le courrier de la famille Aas. Elle le lui remit.

« Comment allez-vous, Miss Grimm ? Vous dormez bien ? »

Elle ne savait pas comment expliquer en quoi la visite de Charlie ce jour-là lui avait paru plus funeste que la première, moins d'une semaine auparavant. Comme si son calme masquait le sentiment d'urgence qui l'animait. Le besoin impérieux d'imprimer sa marque sur le monde.

Elle s'abstint de répondre et dit : « Vous désirez autre chose ?

– Par exemple, l'acte de propriété du Timber ? Notre offre a un peu baissé mais nous vous en donnerons quarante dollars.

– Je vous prie de ne pas m'insulter.

– Ce n'est pas une insulte, c'est une assurance-vie contre un quart d'heure très long et douloureux.

– J'ai parlé avec mon avocat, et il m'a conseillé de porter plainte contre vous pour harcèlement s'il vous prenait l'envie de me menacer encore.

– Ce n'est pas du harcèlement, sale pute. C'est ton dernier avertissement.

– Il surveille cet endroit, dit-elle d'une voix aussi calme et posée que celle de Charlie. Il vous a sûrement vu entrer. Il sait qu'il doit appeler le shérif dès l'instant où vous passez cette porte.

– Tu crois que j'ai peur du shérif Anderson ? Ce minable ? Ou du vieux Curtis ? Tu t'imagines que ses compétences l'emportent sur les miennes ? C'est vrai ce qu'on raconte, tu es carrément toquée. »

À peine avait-il terminé sa phrase que le shérif Anderson et Curtis Mayfair firent irruption dans la boutique.

« Miss Grimm, dit l'officier. Rouflaquettes ne vous cause pas d'ennuis, j'espère ? »

Charlie fit volte-face. « Tu choisis le mauvais camp, Anderson. À ton avis, qui paie la vaisselle fine de ta femme ? Les braves gens de Gunflint ? Mon cul.

– Charlie, dit Curtis Mayfair d'une voix retentissante malgré son âge avancé, ne faites pas quelque chose que vous pourriez regretter. Pour l'instant, vous avez encore une chance de sortir d'ici sans menottes. Mais bientôt il sera trop tard. Je vous le garantis.

– Vous n'êtes qu'un putain d'âne, mon vieux. Ne fourrez pas votre nez là-dedans. »

Rebekah intervint alors. « Charlie Aas, déclara-t-elle, je ne vous vendrai aucune de mes propriétés. Vos menaces et celles de votre père sont absurdes. Je n'ai pas peur de vous. Personne n'a peur de vous. »

La dernière phrase, peu convaincante, était un mensonge. Tout le monde redoutait les Aas. Clem Anderson, la main posée sur son revolver de service, était terrorisé par Charlie parce qu'il avait dit la vérité – il voulait en effet rendre sa femme heureuse – mais pas seulement. Même si personne n'avait été tué encore, l'atmosphère était tendue, et les pique-niques populaires n'étaient pas à l'ordre du jour. Pourtant ce jour-là, Curtis exerçait encore une certaine autorité morale, Clem éprouvait le besoin de protéger

Rebekah, un sentiment qui ne tarderait pas à se dissiper.

« Hé, Charlie, proposa-t-il, allons ensemble au Traveler's et réglons ça pendant le déjeuner. Qu'en dis-tu ?

– Papa va te pendre par les couilles, Anderson, si tu ne t'écartes pas », répliqua le garçon. Dès que les mots eurent franchi ses lèvres, Clem se jeta sur lui. Il lui tordit le bras derrière le dos, fit basculer un de ses pieds sous lui et le visage de Charlie se retrouva plaqué sur le comptoir. Il fut menotté et immobilisé à genoux avant d'avoir eu le temps de se redresser.

« Va au diable, Charlie. Tu ne peux pas écouter ? Tu ferais mieux de la fermer. Tu ne sais pas que les gens n'ont pas envie d'entendre tes conneries ? »

Charlie était si rouge et en colère que ses favoris blonds avaient l'air en feu. Il se mit à leur hurler dessus, proférant des menaces contre Clem, Rebekah, Curtis, et recommençant à trois reprises. Quand Clem parvint à le conduire jusqu'à la porte, il criait si fort que le gardien de phare aurait pu l'entendre de l'autre côté du port.

« La prochaine fois tu me verras à travers les flammes de l'enfer, sale putain hystérique ! Je réduirai cette baraque en cendres, et toi avec ! »

Clem lui disait de se taire et lui assénait des coups sur la nuque. « Tu as perdu la raison, fils ? On se croirait dans un asile de fous. Tout le monde entend tes divagations. »

Charlie tendit le cou pour regarder le shérif bien en face. « Eh bien maintenant que tu m'as vu, tu sais reconnaître un fou. Tu ferais mieux de tenir prête la brigade des seaux. Cette baraque va flamber comme un feu de joie. »

Clem prit sa matraque dans sa ceinture et donna un coup sur le genou de Charlie. Rebekah n'entendit plus le moindre son sortir de la bouche de Charlie ce jour-là.

En fait, elle n'eut plus aucune nouvelle avant très longtemps. Son éclat n'avait pas manqué d'attirer l'attention. Elle pensa que c'était peut-être ce qu'il recherchait. Encore un rejeton de la famille Aas qui venait de pisser sur un lampadaire. Elle devrait attendre longtemps pour découvrir s'il mettrait ses menaces à exécution. Pour son écart de conduite dans la boutique d'apothicaire, Charlie dut payer une amende et son père, qui n'avait pas pu prédire qu'il irait aussi loin, lui serra la vis. Mais alors même qu'il surveillait le comportement de son fils, Marcus vit dans ses actes quelque chose qui lui plaisait. Il vit un garçon prêt à saisir ce qu'il fallait prendre. Il vit son héritier.

Mais il n'obtiendrait jamais rien de Rebekah. Elle l'empêcha de s'emparer du Shivering Timber. Moins d'un mois après l'arrestation de Charlie, elle avait non seulement fermé l'établissement, mais aussi expédié les dernières poules vers une vie meilleure avec ce qu'elle appelait des indemnités de licenciement. Mille dollars par fille, cinq mille dollars en tout. Plus les frais de transport pour quitter Gunflint.

J'arrivai en ville peu de temps après ces événements. La population avait alors changé radicalement d'attitude à l'égard de Rebekah. On la jugeait encore déséquilibrée, excentrique. Il était impossible de la connaître. Les gens la trouvaient froide. Mais on la considérait aussi comme une sorte d'envoûteuse ou de sorcière qu'il valait mieux ne pas contrarier. Une femme qui était capable de défier le pasteur, le shérif ou un fils Aas. Ou la lune.

En conclusion, Rebekah était capable de n'importe quoi. Gus avait peut-être raison à propos des lettres. Et de tout le reste.

La première fois que Gus vit l'avion, il crut que c'était l'étoile du soir de nouveau visible sur son orbite. Son père l'avait appelée Vénus le soir précédent, alors qu'ils prenaient de l'eau dans le lac. Avant de l'entendre, Gus le vit s'incliner au-dessus de la cime des arbres et se stabiliser, le soleil se reflétant sur les flotteurs et le fuselage argenté. Puis il l'entendit venir dans sa direction le long du rivage, à plus d'un kilomètre.

Il regarda, abasourdi, l'avion qui semblait emprunter ses traces de skis et les suivre jusqu'à lui. Il resta dans l'ombre près de la côte, le souffle coupé, sentant battre une artère dans son cou. Il se tourna vers la cabane. La fumée montait de la cheminée à la tombée du jour. Puis il scruta l'obscurité plus dense le long de la rive. *Mon Dieu*, pensa-t-il, et il poussa de toutes ses forces sur ses bâtons, s'enfonçant dans la neige fraîche pour atteindre cette zone sombre. Il se tenait sous l'un des arbres quand l'avion le frôla, si près qu'il le sentit vibrer dans ses yeux.

C'était la veille de Noël. Il y avait un lièvre à dépecer.

Lorsqu'il parvint à la cabane, il trouva son père debout près du trou d'eau, fixant le ciel. Il ne portait pas de manteau. Ni de gants. Seulement le bonnet rouge, ses bottes, et son pantalon avec des bretelles sur son maillot de corps. Sans regarder Gus, il dit : « Ce n'était pas le père Noël. » Puis il le regarda. « Je vois que tu as attrapé un lièvre. »

Gus planta ses bâtons, se pencha pour détacher ses fixations, et déchaussa. « L'ultime repas », dit-il.

Harry sourit. « J'en doute, répondit-il. Entre et prends la lanterne. On va préparer le lièvre et le faire frire. »

Harry dépeça le lièvre devant la cabane, à la lueur de la lanterne. Il ne dit pas un mot sur l'avion. S'il était nerveux, effrayé ou ébranlé, il n'en laissa rien paraître à Gus, qui éprouvait toutes ces émotions à la fois et plus encore. Le moindre son – la lame qui découpait l'animal, le sang dégoulinant dans la neige, une profonde inspiration de son père, le vent qui se levait dans la nuit – lui portait sur les nerfs, et il scrutait aussitôt le ciel, alors que ces bruits très légers n'avaient rien de commun avec le rugissement de l'avion. Il fit de nouveau l'inventaire de leur camp. Les canoës posés contre un arbre au bout de la clairière. Dans la cache, le garde-manger bien fourni. La scie, le maillet, et les cannes à pêche rangés aussi là-haut. Chaque chose à sa place. Ses skis et ses bâtons plantés à côté des bateaux. Le tas de bois de chauffage encore conséquent, grâce à lui. Il eut un moment de panique à l'idée qu'ils ne resteraient pas assez longtemps ici pour le brûler entièrement.

À l'intérieur de la cabane, Gus remarqua un épicéa d'un mètre vingt placé dans l'angle. Et, posés sur la table, les bois entremêlés des orignaux. Gus se figea, incapable de bouger. « Joyeux Noël, fils », dit Harry.

Harry décrocha la poêle suspendue sur le mur, revint vers la cuisinière et commença à faire cuire leur dîner. « Prends ta mandoline, hein ? Joue-nous quelques chants de Noël, lança-t-il par-dessus son épaule. Cet arbre sent Noël, non ? »

Gus ne répondit pas. Il ne fit pas mine d'aller chercher son instrument. Pas encore. Il se contenta de regarder tour à tour son père et l'épicéa de Noël, et d'examiner ensuite l'ensemble de la cabane. La peau d'ours sur la couchette de son père, le sac de sa journée au pied de la sienne, les étagères pitoyables au-dessus de la cuisinière, ses vêtements sales, le manteau de son père accroché près de la porte. Le voyant, il retira le sien et le suspendit par-dessus. L'arbre sentait Noël, mais jamais une journée n'avait été plus contraire au concept même de la fête.

La margarine fumait à présent dans la poêle, et Harry y déposa le lièvre. Le parfum des aiguilles disparut, remplacé par le fumet de la viande en train de frire. Gus eut envie d'une orange mûre et juteuse. D'aussi loin qu'il s'en souvînt, il en avait reçu une dans sa chaussette à chaque Noël. À peine cette idée lui fut-elle passée par la tête qu'il en eut honte. Rêver d'une orange. Il songea de nouveau à l'avion fondant sur lui le long du rivage. Il voyait mentalement le visage de Charlie Aas à travers le pare-brise. Bien sûr, c'était impossible. Pourtant il reconnaissait le sourire stupide de Charlie.

« Alors il nous a trouvés », dit Gus. Il alla vers sa couchette et s'assit sur le bord. « Je pensais que ça n'arriverait pas. Je croyais que nous allions juste mourir de faim ici. »

Harry se retourna, la poêle à frire à la main, l'abaissant pour que Gus voie la graisse du lièvre crépiter. « Mourir de faim, mon cul. » Il sourit et se pencha de nouveau sur la cuisinière, remuant les morceaux de viande. L'odeur était délicieuse.

« Il va faire quoi ? » demanda Gus.

Harry hocha la tête, surveillant la cuisson, et répondit : « Je suppose qu'il va nous rendre visite.

– C'est-à-dire ?

– Il va probablement atterrir au bord du lac. Lui et ses comparses suivront tes traces jusqu'à la cabane. Je doute qu'il frappe à la porte.

– Quand ?

– Quand il lui plaira, dit-il avant de saler et de poivrer le lièvre. Quand il sera fin prêt. »

Gus sortit sa mandoline de son étui, la posa sur ses genoux, et s'efforça de chasser l'image de l'avion volant vers lui. Lorsque son père posa les assiettes pleines sur la petite table et l'appela pour qu'il le rejoigne, il resta assis sur sa couchette et fixa le sol.

Harry avala trois grosses bouchées avant de dire : « Tu ferais mieux de venir m'aider. Je ne crois pas que je pourrai venir à bout de ce lièvre tout seul. »

Gus ne bougeait toujours pas.

« Allons, fils. Mange un peu. C'est bien meilleur que le *lutefisk*[1] que ta mère prépare chaque soir de Noël. »

Gus se mit alors à jouer un pot-pourri de chants de Noël. Il trouvait les accords, se débrouillait pour jouer les premières mesures, et passait à la chanson suivante. *Silent Night, What Child is This?, God Rest You Merry, Gentlemen. It Came Upon a Midnight*

1. Morue séchée dessalée, puis bouillie.

*Clear*. Penser aux paroles l'aidait, mais il ne les chantait pas. Il se contentait de jouer encore et encore. Harry termina son repas et se cala sur sa chaise pour l'écouter.

Au bout d'un moment, Gus se mit à jouer autre chose, un méli-mélo de notes profondes et tourmentées. Il jouait sans lever les yeux ni s'interrompre. Au bout d'une heure il se leva, dévora son assiettée de lièvre, s'essuya les mains sur son pantalon, puis se remit à la mandoline pendant une heure encore. Le vent était si violent qu'il n'entendait rien d'autre, excepté l'air qu'il interprétait.

« Éteins la lanterne quand tu auras fini », lui dit son père plus tard.

Gus s'arrêta. « Vas-y, fais-le maintenant », dit-il, et il continua dans le noir. Lorsqu'il posa son instrument sous sa couchette, Harry ronflait bruyamment. Le vent secouait encore la cabane, sifflant entre les rondins, créant sa propre chanson. Gus ne parvenait pas à entendre le crépitement du feu dans la cuisinière, ni sa propre respiration. Il écouta donc les paroles de la chanson qu'il avait jouée toute la soirée. Elles lui revinrent dans les derniers instants avant le sommeil et se perdirent peu à peu dans ses rêves.

Gus fut réveillé par la clarté d'une bougie que tenait son père debout près de la fenêtre.

La vitre rougeoyait, clignotant comme une lumière stroboscopique. Le vent s'était calmé mais soufflait encore. Gus s'approcha de la fenêtre, et vit que son père serrait le pistolet dans son autre main.

Il regarda à l'extérieur, plaçant les mains en coupe autour de ses yeux et les appuyant contre la vitre pour mieux voir. Sur la baie, un énorme brasier illuminait les trente mètres qui séparaient la rive de la cabane, et un rideau de fumée s'élevait au-dessus des flammes, tournoyant follement dans le vent.

« C'est quoi ? demanda Gus.

– Le sommet de l'iceberg, je suppose. »

Ils n'allumèrent pas la lanterne. Ils s'habillèrent et burent leur café dans l'obscurité opaque de la cabane et Harry rechargea son pistolet. Le bruit sec des balles s'entrechoquant dans le magasin était paralysant.

Avant le lever du soleil dans les arbres, ils découvrirent les vestiges du feu qui couvait et fumait encore : le squelette brûlé de l'un des canoës avec toute leur viande, un bidon de kérosène noirci, une douzaine de résidus de bois de chêne fendu intacts, le tout carbonisé, puant, baignant dans un magma de suie, de cendres et de neige fondue. Harry s'agenouilla et fouilla dans les cendres avec un plat-bord du canoë qui était tombé en dehors du feu. Des mégots de cigarettes jonchaient le sol tout autour.

« On peut ajouter l'incendie volontaire à la liste de ses crimes », dit-il en contournant les lieux d'un pas lent, s'arrêtant pour examiner les empreintes de bottes dans la neige. Puis il suivit la piste qui s'éloignait du feu sur une dizaine de mètres environ, et s'immobilisa pour inspecter la rive et les bois de part et d'autre de la baie.

Il lança un regard à Gus qui ne bougeait pas. « Eh bien, fils, on ferait bien de trouver nos chaussures de danse. »

Il se rapprocha des cendres et les fouilla encore. « On dirait qu'il a fait cuire toute notre viande. » Il extirpa une tranche carbonisée du tas fumant.

« Je parie que la cache est vide. » Il hocha la tête. « Mais on devrait s'en assurer. »

Gus se plia en deux, vomit dans la neige, se redressa, puis se pencha de nouveau pour vomir encore. Il voulut croire que c'était à cause de l'horrible puanteur qui montait des cendres – la viande brûlée, la laque du canoë, le kérosène utilisé pour allumer le feu – mais il s'agissait d'autre chose, bien sûr.

Harry lui tapota l'épaule et l'entraîna en silence vers le rivage. Il gravit l'échelle, jeta un bref coup d'œil dans la cache, et redescendit aussitôt. « J'avais raison, dit-il. Fils de pute. » Il contempla les ruines du canoë. « On devrait essayer de voir où est l'avion. Et s'ils sont toujours dans le coin. » Il regarda Gus qui dit alors :

« L'un de nous deux doit rester pour veiller sur la cabane.

– Je veux qu'on reste ensemble. Il n'est pas question que tu restes seul.

– On va mourir de faim à présent, reprit Gus. S'il ne nous descend pas avant.

– Il ne le fera pas. Et il nous reste encore des provisions. Il nous teste, c'est tout. C'est bien. C'est sa première erreur. »

Gus ne répondit pas, il regagna simplement la cabane pour s'équiper. Lorsqu'il revint, il avait son sac sur le dos, le fusil accroché à l'épaule, ses raquettes sous le bras. « Je préfère marcher que skier.

– D'accord », dit Harry. Il alla chercher ses propres raquettes et ils chaussèrent tous les deux tandis que le soleil atteignait la cime des arbres. Côte à côte, ils suivirent les traces le long de la baie.

Trois hommes étaient repartis de la cabane. À l'embouchure de la baie, Harry désigna une flasque de whisky vide. Les pas continuaient vers le nord de la baie, bien que le vent les eût effacées. Harry regarda en face, et Gus l'imita.

« C'est là que j'ai trouvé les bois, dit-il sur le ton de la conversation.

– Vraiment ?

– Ouais. »

Harry dressa l'index. « Je pense que nous devrions franchir le lac et suivre la rive vers le nord. »

À court d'intuition, Gus s'inclina. « Bien, répondit-il.

– Ça fait de nous des cibles le temps de le traverser. »

Gus regarda autour de lui. Les endroits où se cacher ne manquaient pas dans ces bois. Il eut un moment de panique mais se contrôla. « Je suppose que nous sommes exposés presque partout. » Il jeta encore un coup d'œil alentour. « Tu crois qu'ils sont tout près ?

– Non, sûrement pas. À mon avis, ils sont sans doute partis.

– Pour l'instant, dit Gus qui pensait à voix haute, et se sentit puéril.

– Oui. Pour l'instant. »

Ils commencèrent à traverser le lac gelé dans les traces de la bande de Charlie. À mi-chemin, le père et le fils virèrent vers le nord, puis s'interrompirent. La neige était profonde et rendait la marche malaisée même avec des raquettes. « C'est peut-être mieux de suivre les traces, hein ? » dit alors Harry.

En guise de réponse, Gus changea de direction, prenant le chemin où la neige était déjà tassée.

Au bout d'une demi-heure, ils trouvèrent les sillons parallèles des flotteurs de l'avion, décrivant des virages circulaires afin de trouver le meilleur passage pour redécoller. Puis les traces des hommes progressaient sur la neige durcie, et Gus remarqua que les foulées s'allongeaient. Harry et lui prirent la même direction et parvinrent très vite à la dernière empreinte de pas. D'autres mégots étaient éparpillés sur le sol, Harry marmonna que Charlie était un vrai porc, puis il se retourna et regarda l'endroit d'où ils étaient venus. « Un trajet de cinq kilomètres, je suppose, hein ? »

Cette fois encore, Gus ne répondit rien. Il se sentait un peu mieux parce que les types étaient partis pour l'instant et que son père avait vu juste dans ses prédictions ; ensuite il refoula ce sentiment et s'imposa de se remémorer précisément ce qui s'était passé la nuit précédente. C'était une pensée assez désagréable, mais ensuite il imagina tout ce qui allait encore arriver.

Ces lettres avaient ébranlé Gus, et une semaine s'écoula sans que j'aie de ses nouvelles. Puis sa femme me téléphona. « Venez dîner demain, dit Sarah. Gus tourne en rond ici comme Harry à la fin de sa vie. Je ne le supporte pas. Vous pourriez peut-être l'aider à retrouver ses repères ? Et Dieu sait que cela me ferait du bien d'entendre le son de la voix d'une autre femme ici. Qu'en dites-vous ? »

J'aurais dû deviner à quel point il serait secoué par ces lettres. Mais s'il était clair à mes yeux que la réflexion de Gus lui imposerait de remonter au-delà du passé de son père et de son histoire personnelle, il n'avait manifestement pas encore entamé cette démarche. Ces lettres l'avaient déstabilisé. L'obligeant à penser à ses ancêtres. À des gens dont il n'avait pas imaginé le rôle dans l'histoire qu'il racontait.

Ma réaction initiale fut de refuser l'invitation de Sarah. Boire une tasse de café matinale avec Gus à la table de la cuisine était tout naturel, mais faire resurgir autant de sentiments en une soirée serait un tour de force. Cependant, après tout le temps que j'avais passé dans l'ombre de la vie de famille de Sarah et Gus, à veiller Harry et me pencher sur ses idées sombres, il aurait été impoli de dire non. Le lendemain je me rendis donc à pied chez eux.

Je devrais ajouter que Sarah, mère de deux enfants qui ont fait des études brillantes au lycée d'Arrowhead, est l'une des dames les plus exceptionnelles de cette ville. Depuis une vingtaine d'années, non seulement leur tas de bois est toujours bien garni, leur intérieur impeccable, les chemises de son mari irréprochables, mais elle a obtenu son diplôme de droit à vingt-trois ans, été élue juge du sixième district de cet État avant que Tom et Greta terminent l'école primaire… tout cela sans jamais se fâcher avec personne. Mieux encore, elle traite les gens avec une gentillesse à laquelle peu d'entre nous osent aspirer, et qu'ils n'imaginent même pas atteindre. Elle a été très bonne pour moi. Plus d'une fois elle m'a apporté une assiette quand j'étais au chevet de Harry. Les soirs les plus difficiles – lorsqu'il délirait et hurlait comme un fou, que son angoisse atteignait un degré extrême –, elle insistait pour que je prenne une tasse de thé avec elle avant de partir. Jamais elle ne me posait une question déplacée, ce qui en dit plus sur sa bonté que tout le reste.

Notre relation avait toujours été amicale, mais avant que Harry s'alite – et même après – nous n'avions jamais pris un verre ni dîné ensemble. Nous échangions des amabilités au marché ou lors d'événements en ville, des signes de la main quand nous passions en voiture sur la piste du Bois Brûlé, et des cartes de vœux à Noël. Mais nous n'étions pas des amies intimes. La cause en était peut-être la différence d'âge, ou bien la singularité de ma relation amoureuse avec son beau-père. Pour ma part, je la trouvais charmante à tous points de vue. En vérité, je ne savais pas à quoi m'attendre en me rendant chez elle ce soir-là.

Gus déneigeait leur terrasse lorsque j'arrivai, leur maison embaumant l'odeur du feu de bois et la soupe qui chauffait sur la cuisinière. Une soupe aux champignons. Comment avait-elle pu savoir que c'était ma préférée, je l'ignore. C'est un autre de ses dons.

« Je suis si heureuse de vous revoir chez nous, dit-elle. C'est criminel, je sais. Tout l'hiver vous avez tenu compagnie à Gus et je n'ai pas eu la courtoisie de vous en remercier avant ce soir.

– Gus et moi nous tenons mutuellement compagnie. J'y ai pris autant de plaisir que lui », répondis-je.

La table était mise comme si elle attendait le gouverneur : sets en lin, vaisselle fine, serviettes en tissu pliées en forme de cygne, le tout en trois exemplaires. Elle savait que j'aimais les grogs, et se pencha sur le plan de travail pour m'en préparer un. Elle avait aussi pris soin de baisser la musique, mon audition ayant perdu de son acuité avec les années.

« Eh bien, je n'ai aucune excuse en tout cas. » Elle m'offrit le grog. « Vous êtes là. »

J'acceptai le verre qu'elle me tendait.

« Gus m'a dit à quel point vous les appréciez. J'ai râpé du zeste de citron plutôt que d'en presser une tranche. » Elle sourit. « J'espère que cela vous convient. » Elle prit son verre de vin rouge et le leva : « Pour réparer un tort. Je me réjouis de cette soirée.

– Moi aussi, dis-je, buvant une gorgée. Mmm », fredonnai-je.

Elle me conduisit dans la grande salle et m'indiqua le siège placé sous le lampadaire, près du feu.

« Si je m'assieds là vous aurez besoin d'une grue pour me faire partir », dis-je, et je ne mentais pas, étant donné le confort du fauteuil en cuir reconstitué, aussi marron qu'une peau de castor et plus profond que le lac Supérieur.

Sarah sourit. « C'est le fauteuil de lecture de Gus. Il ne voudra pas l'avouer, mais il a lui-même presque besoin d'une grue pour s'en extraire ces jours-ci. » Elle se dirigea vers le canapé.

Je m'assis, mais avant de m'imiter, Sarah fit coulisser la grille de la cheminée et ajouta deux bûches de bouleau. Le feu reprit comme elle se laissait tomber sur l'ottomane et buvait une gorgée de vin. D'un orteil, elle battait la mesure de la musique qui résonnait dans une pièce derrière nous.

« C'est joli, dis-je. La guitare.

– C'est Gus et Davey Blum. Ils ont enregistré un CD dans le sous-sol de Davey il y a quelque temps. Il faut que jeunesse se passe, n'est-ce pas ? » Elle sourit et but encore une gorgée. Je l'imitai, et elle poursuivit, me regardant bien en face : « Je me souviens de ce que j'ai ressenti les premières semaines après le départ de Greta pour l'université. Tom, bien sûr, nous avait déjà quittés. Je me souviens du silence qui régnait dans la maison. C'était si étrange d'être là sans eux. Comme s'il manquait quelque chose. » Elle sourit de nouveau. « Eh bien, c'était vrai. Mais nous nous y sommes habitués. Gus s'est mis à parler plus, mais il lui a fallu du temps pour trouver sa voix. Celle qui n'était destinée qu'à moi. Je pense qu'il le reconnaîtrait. Il a commencé à jouer plus de musique. C'est de cette façon qu'il a trouvé ses repères. En jouant de la guitare. » Elle inspira profondément et pencha la tête. « J'adore le son de la guitare, pas vous ? Et quand le musicien est bel homme ? » Elle s'éventa de la main.

C'était très agréable d'écouter la guitare de Gus et le banjo de Davey Blum harmoniser des mélodies. Mais cela me rappela que Gus sortait souvent son instrument quand Harry était encore en vie. Habituellement, tard dans la nuit, quand Sarah et moi buvions une tasse de thé sur la terrasse. Parfois le son de la guitare était la seule chose qui pouvait le calmer et lui permettre enfin de trouver le sommeil. Je regardai Sarah, son beau visage souriant, et je compris que cette musique était une attention particulière à mon égard. « Oui, répondis-je. J'aime beaucoup le son de la guitare. Merci d'avoir choisi ce disque. »

Gus entra par la porte coulissante. « Bonjour bonjour », dit-il en tapant ses bottes sur le tapis. Il ouvrit la fermeture éclair de sa veste et après l'avoir accrochée sur le portemanteau, il inclina la tête lui aussi. « Mon Dieu, Sarah, tu ne passes pas ce CD ? »

Elle me regarda et me fit un clin d'œil.

Gus s'approcha de la stéréo, appuya sur un bouton, et la musique se tut.

« Rabat-joie, dit Sarah.

– Mlle Lovig m'a entendu plus qu'assez ces derniers temps. » Il s'arrêta devant le plan de travail et prit son grog avant de venir embrasser le haut de la tête de Sarah. « Berit », dit-il, et il sourit. Il admira le feu, qui flambait magnifiquement, puis il me regarda de nouveau. Il s'assit auprès de sa femme et posa la main sur son genou.

« Je suis heureuse de vous voir, Gus, dis-je. Vous m'avez manqué cette semaine.

– Merci d'être venue. Sarah nous a préparé un vrai festin, vous pouvez en être sûre.

– Ça sent délicieusement bon. »

Elle lui pressa la main. « Je ne voudrais pas le gâcher, dit-elle en se levant. Excusez-moi, je dois surveiller mon plat. Gus, occupe-toi du feu. »

Il se leva, la regarda tirer sur sa jupe et traverser la grande salle en direction de la cuisine, puis il se rassit sur la chaise marron. Il posa les pieds sur l'ottomane et leva sa tasse. « À vous, Berit. »

Je l'imitai.

« À vous aussi.

– Cette neige sera fondue d'ici demain soir, dit-il. Je n'ai aucune idée de la raison qui m'a poussé à la pelleter.

– Votre père était pareil. Dès le début de la chute il prenait la pelle. » Je sentis le rouge me monter aux joues. « Bien sûr, vous savez comment votre père était.

– Je ne l'ai jamais vu déneiger une seule fois. Du moins, pas que je me souvienne. » Il sourit. « C'était ma tâche. » Il but une longue gorgée. « Je vous dois une explication, Berit ?

– Pourquoi donc ?

– Parce que je n'ai pas repris contact.

– Bien sûr que non », m'exclamai-je. Et je le pensais. J'admets avoir jugé étrange de le voir une ou deux fois par semaine pendant des mois, et ensuite plus du tout. Mais évidemment, il ne me devait ni explication ni excuse.

Il acquiesça et ébaucha un sourire, puis jeta un coup d'œil à Sarah dans la cuisine. « C'est à cause de ces maudites lettres », dit-il, parlant dans sa tasse plus qu'à moi. Il désigna le plan de travail, où elles étaient posées.

« Aurais-je dû vous les cacher ?

– Non. Bien sûr que non. Je vous suis reconnaissant de me les avoir données.

– Avez-vous trouvé une personne capable de les traduire ?

– Signe doit venir le mois prochain. Pour l'inauguration de la société historique. Elle a proposé d'y jeter un coup d'œil. Je suppose que ce n'est pas pressé. » Il me regarda. « Je me trompe ?

– Elles sont restées enfermées dans ce coffre pendant un siècle. »

Il sourit.

« Pour ce que ça vaut, elles m'obsèdent moi aussi. J'y ai énormément pensé depuis qu'elles ont resurgi. Mais j'imagine que pour vous c'est un peu plus difficile. »

Il les examina une fois encore, se leva pour mettre une bûche dans le feu, puis s'aperçut que ce n'était pas nécessaire. « J'aimerais pouvoir dire en quoi elles sont si dérangeantes. Je n'arrive pas à mettre le doigt dessus. » Il s'assit sur la partie surélevée du foyer et s'appuya contre les dalles. La clarté des flammes se refléta dans ses yeux, et en les voyant briller je revis ceux de Harry. Le souffle coupé, je dus porter mes doigts à mes lèvres. « C'est étrange de vous retrouver ici ? demanda-t-il.

– Oui. »

Il indiqua de la tête, au fond de la maison, le couloir obscur qui conduisait à la chambre où Harry avait passé les derniers jours de sa vie. « J'en suis persuadé, dit-il. J'ai pensé que vous refuseriez peut-être de venir. Mais Sarah… » Sa voix se perdit et il se contenta de lever sa tasse dans sa direction.

« Elle connaît la vie », dis-je.

Il sourit de nouveau.

« Je me demande si ces lettres vous préoccupent parce qu'elles rendent l'histoire encore plus longue, alors que vous pensiez approcher de la fin. »

Son sourire disparut, mais il ne se départit pas de sa douceur. « Je suppose que j'ai compris à un moment donné de cet hiver que l'histoire ne finirait jamais. Je ne voulais pas vous le dire de peur que vous ne renonciez à m'écouter. »

Je n'eus pas le cœur de lui dire que j'avais su la vérité dès le premier mot qu'il avait prononcé. Mon regard se tourna à nouveau vers le couloir obscur, mais j'espérai qu'il n'y prêterait pas attention.

Sarah nous appela à table et servit trois bols de soupe à la louche. Elle nous offrit du vin, de l'eau, du pain et du beurre qu'elle avait salé elle-même. Deux bougies scintillaient au-dessus de la table. Elle leva son verre, portant un toast à la famille, aux amis et à la fin de l'hiver, puis nous commençâmes notre repas.

La soupe était plus délicieuse encore que son odeur, le pain à peine sorti du four était encore chaud. Pas un cheveu ne dépassait de sa coiffure, et s'il s'était agi de quelqu'un d'autre j'aurais pu lui en vouloir de tout maîtriser sans effort. Au lieu de cela, j'écoutai ses histoires et ses questions, m'émerveillant de sa réelle bonté.

Une fois la soupe terminée, elle débarrassa les bols et servit le plat principal, une truite arc-en-ciel cuite au four qu'elle avait pêchée elle-même. Du panais haché avec de la ciboulette. Des choux de Bruxelles revenus avec du bacon et de l'ail. Un pot de beurre fondu au bord de chaque assiette. Encore du pain. Et du vin.

La conversation s'orienta ensuite autour de Greta et Tom, et de la réussite de leurs jeunes vies. Je savais que c'étaient des enfants remarquables. Généreux, brillants, et doués de toutes les qualités utiles. Il n'était pas étonnant d'apprendre qu'ils réussissaient à merveille. Tom faisait son doctorat dans le New Hampshire et Greta travaillait comme jeune reporter pour un hebdomadaire de Minneapolis. Voir Gus parler de ses enfants me parut insolite, tant l'expression qui se lisait sur ses traits était différente de celle que je connaissais. Il était heureux, je le voyais.

« Quel a été l'heureux hasard qui vous a réunis ? » demandai-je, surprise, en fait, de n'en avoir aucune idée.

Je jure que je vis les yeux de Gus s'emplir de larmes. Il lui prit la main. « Sarah était une débutante à skis », dit-il.

Elle repoussa sa main, souriante. Rougissant presque.

« Un jour d'hiver, je l'ai entraînée au bas des pistes de Misquah.

– Entraînée ? C'est le mot que tu emploies ? »

Il rit. Un éclat de rire joyeux et sonore que je ne me souvenais pas d'avoir jamais entendu. « Bien, très bien, dit-il, levant les mains en l'air pour se rendre. Ce n'était pas vraiment une descente, mais plutôt une collision.

– Il m'est carrément rentré dedans, s'exclama-t-elle, étouffant un rire sous sa main. Il ne savait pas où ça le mènerait.

– Oh, dit Gus en souriant, je le savais très bien. »

Elle se tourna vers moi. « C'était sa stratégie : percuter une pauvre fille le premier jour où elle chausse des skis. »

Il ouvrit les mains largement pour englober leur maison, leur vie commune, cette soirée unique, merveilleuse. « Votre honneur, prononça-t-il, je n'ai rien à ajouter. »

Elle servit le dessert devant la cheminée, un clafoutis aux baies sauvages avec de la chantilly maison. Gus versa le café et ajouta une goutte de bourbon au sien. Je refusai, pourtant j'en aurais eu bien besoin. La soirée me faisait l'effet d'une poupée russe. Cette évocation de leur vie, de leurs merveilleux enfants, dans cette demeure chaleureuse. Juste derrière moi, le couloir obscur menant à l'ultime lieu de repos de Harry, et dehors, le long de la route, mon propre passé. Je songeai même à réclamer ce whisky après tout.

Mais Sarah mit une bûche dans le feu, posa une question sur la société historique, et le whisky fut oublié.

« C'est difficile d'imaginer qu'elle sera ouverte d'ici un mois, dit-elle.

– Bonnie et Lenora ont travaillé si dur. Cette ville leur doit vraiment beaucoup, répondis-je.

– Allons, Berit, intervint Gus. C'était votre idée dès le départ.

– L'idée de Signe, insistai-je.

– Vous la lui avez donnée, répliqua-t-il.

– Nous vous remercions toutes du fond du cœur, ajouta Sarah.

– Vraiment, affirma Gus.

– Je suis heureuse que vous ayez abordé ce sujet, repris-je, me tournant vers Gus. Nous espérions, Bonnie et moi, que vous accepteriez de dire quelques mots à l'inauguration.

– Un discours ? demanda-t-il.

– Si vous souhaitez l'appeler ainsi, eh bien oui, un discours. Ce que vous voudrez, en réalité.

– Pourquoi ?

– Ta famille est celle qui a vécu ici le plus longtemps. Tu enseignes l'histoire au lycée. Tout le monde te respecte. » C'était Sarah qui parlait, mais j'aurais pu prononcer exactement les mêmes mots.

« Et, soulignai-je, Signe vous le demande. Elle en a parlé il y a longtemps.

– Il va le faire, dit Sarah. Il aime se faire prier mais il le fera. »

Gus leva les mains en l'air.

Je terminai mon café. « C'est bien. Chacun de nous sera satisfait. Maintenant, monsieur Eide, seriez-vous assez aimable pour raccompagner une vieille dame chez elle ? »

Il se leva aussitôt. « Bien entendu. »

Sarah l'imita.

« Il faudra recommencer, dit-elle en m'étreignant, et elle déposa un baiser sur ma joue.

– Ce dîner est l'un des plus raffinés que j'aie jamais dégustés, dis-je. Votre mari a beaucoup de chance d'être aussi bien soigné. »

Gus enfilait déjà son manteau, mais il répondit de l'autre bout de la pièce : « Chanceux à tous points de vue. »

Sarah m'accompagna jusqu'à la porte, m'aida à enfiler mon manteau, et me serra encore dans ses bras.

« Vous n'aurez pas de difficulté à rentrer avec la neige ? Gus pourrait vous conduire en voiture.

– Ma promenade vespérale, dis-je. Merci encore. C'était une soirée charmante.

– C'est vrai. Merci à vous. » Elle se tourna vers Gus. « Fais attention dans la neige. »

Nous fîmes le trajet sous la voûte étoilée. Échangeant à peine quelques mots, ce qui était étrange après toutes nos conversations de l'hiver. Bien sûr, cela ne posait aucun problème. Pas à moi, en tout cas. J'entendais la neige fondre autour de nous. Levant les yeux vers le ciel à travers les arbres, je comptais mes constellations favorites, les étoiles dont Rebekah Grimm m'avait appris les noms, qu'elle tenait elle-même de Hosea Grimm. Ici, se regroupaient les Pléiades. Là, le Petit Chien. Curieusement, ces étoiles ne m'avaient jamais paru aussi proches que cette nuit-là. Peut-être à cause de la neige qui dégoulinait des arbres. Sans doute aussi parce que l'ordre régnait dans le ciel, et que l'ordre est toujours réconfortant.

Une fois arrivés devant ma maison, nous restâmes un moment sur la terrasse. Gus leva les yeux vers la gouttière et posa la main sur l'encadrement de la fenêtre. Il tapa sur le bardage en cèdre grossièrement scié et hocha la tête. Je voyais qu'il pensait à son père. Moi aussi, je pensais à lui.

« Comment vous a-t-il rencontrée, Berit ? Mon père, je veux dire.

– Bonté divine, m'exclamai-je.

– Nous avons raconté notre histoire, n'est-ce pas ? » Il glissa ses mains dans ses poches. « Je suis curieux, c'est tout. Ne vous sentez pas obligée de me répondre.

– Ça s'est passé après le divorce de vos parents. Enfin, presque. » Je dus réfléchir. « Après qu'il eut construit cette maison. »

Gus sourit.

« Je n'ai pas demandé quand, Berit. Mais comment. Je sais que vous n'êtes pas une briseuse de ménage. »

Je tournai de nouveau les yeux vers les arbres, encore absorbée par mes pensées. Le simple fait de me souvenir du visage de Harry jeune accélérait les battements de mon cœur. Je m'étais sentie si proche de lui toute la soirée, sans jamais laisser apparaître son image, que la voir surgir à cet instant, alors que je me tenais sur le porche, m'était presque insupportable. Gus dut le sentir. Ou le lire sur mes traits. En tout cas, il ajouta : « Parlons-en une autre fois, d'accord ?

– Non, répondis-je. Ce n'est pas un problème. » Je cessai de regarder le ciel pour contempler les yeux de Gus, remplis d'étoiles eux aussi. « Il m'a apporté des fleurs, expliquai-je, si on peut dire. Des grassettes qu'il avait cueillies juste à côté de l'ancienne fish-house. »

Gus eut alors sur le visage une expression si chargée d'espoir et de curiosité que nous dûmes tous les deux détourner les yeux. Je m'approchai de la balustrade et je poursuivis. « Ce n'était pas le genre de fleurs qu'on met dans un vase. Je le savais très bien, j'étais en réalité une experte en matière de grassettes. Mais c'est une autre histoire. » Je fermai les yeux pour échapper à la nuit, et lorsque je les rouvris Gus était près de moi, sa main sur la mienne. Je continuai sans me pencher vers lui. « Je n'ai jamais été aussi heureuse de ma vie. Jamais. Même sans savoir ce que signifiaient les fleurs. Sans savoir ce que sa présence devant moi… à cet endroit précis, je veux dire… sans savoir ce que tout cela signifiait.

– Il vous a apporté des fleurs. Début et fin de l'histoire, observa Gus, comme s'il se parlait à lui-même. » Une phrase qui ne recelait aucune question.

« C'était l'été. Le début de la soirée. Il était encore en bleu de travail. » Je fermai de nouveau les yeux mais cette fois-ci je revis Harry allongé dans son lit tant d'années après. Je rouvris aussitôt les paupières et je regardai Gus. « C'était la seule chose que j'avais désirée toute ma vie. La seule. Et voilà. Il était venu. Depuis ce jour-là nous ne nous sommes plus quittés.

– C'est la plus belle histoire que j'aie entendue depuis bien longtemps, Berit. » Il recula d'un pas. « Je sais que ça n'a pas été facile pour vous, de venir dîner ce soir. Je l'ai dit à Sarah mais elle a insisté. C'est sa manière d'être, vous savez.

– J'ai été heureuse de venir.

– Et nous de vous recevoir. » Il fit encore un pas. « Je vous verrai dans la semaine.

– Très bien. Bonne nuit.

– À vous aussi. » Il sourit et commença à descendre les marches de la terrasse.

« Gus. »

Il s'arrêta et se retourna.

« Vous direz vraiment quelques mots à l'inauguration ? »

La clarté des étoiles illumina son sourire. « Bien sûr. Je ferais n'importe quoi pour vous. »

Puis il remonta l'allée sous la voûte étoilée qui avait éclairé son sourire. Il avançait dans la neige fraîche à longues foulées. Les mains enfoncées dans les poches de son pantalon en velours côtelé.

Une fois que Gus eut disparu au bas de la rue, je fis quelques pas sur le ponton et m'appuyai à la balustrade en écoutant le murmure de la rivière. Si je fixais le lointain assez intensément, je distinguais des terrasses de neige le long du rivage. À la clarté du ciel nocturne, le moindre détail semblait contenir un secret.

Je me demandai alors pourquoi je m'étais laissé autant absorber par des vies qui ne me concernaient en rien. J'essayai d'imaginer à quoi je ressemblais, debout dans la nuit devant ma maison, mais je n'y parvins pas. Le lendemain matin ou le jour d'après, si je me dépassais dans Lighthouse Road, me reconnaîtrais-je alors ? Ou bien n'étais-je rien d'autre à présent que cette vieille dame isolée au fond des bois avec pour seule compagnie les étoiles scintillantes et la rivière silencieuse ? Qui pourrais-je appeler à l'aide en cas de nécessité ? Qui me tiendrait la main si j'avais besoin d'être consolée ? Ces lettres empilées sur le plan de travail de Gus ? Quelqu'un m'en avait-il écrit une un jour ? En avais-je jamais envoyé une moi-même ?

Je fermai les yeux. Rebekah était là, assise dans son fauteuil à bascule. La grand-mère de Gus. Ma protégée. Que me restait-il des années passées avec elle, à part une modeste sécurité financière ? Rien du tout. À peine quelques souvenirs personnels. Et parmi ceux-là, combien se rattachaient aux Eide ? Pouvais-je en revendiquer un seul ? L'hiver, les longues heures en compagnie de Gus, l'estime qu'il me portait, avaient-ils le moindre rapport avec moi ? Il est vrai que je voulais entendre son récit – pour un millier de raisons différentes – mais en réalité, j'écoutais ses histoires au lieu de m'interroger sur celles que j'avais vécues.

Sans père. Sans mère. Sans mari ni enfant. J'étais tout cela. Si je n'avais pas choisi mon destin, j'avais du moins – au cours des années – fait la paix avec lui. Mais vivre toute sa vie sans même une histoire à moi ? Mon Dieu, cela semblait presque impossible. Certes, j'avais mes années avec Harry. De bonnes années, sans aucun doute. Des années heureuses. Très heureuses. Mais même cette époque de ma vie se refermait sans dénouement idoine. L'amour évanoui dans les bois. Depuis, toutes les nuits où je m'étais tenue, solitaire, devant cette balustrade, frissonnant dans le froid cruel, j'avais pleuré son absence. *Seule.* Je n'avais jamais parlé à personne de ma tristesse. J'avais moi-même de la peine à l'admettre. Le jour – sans doute proche – où je suivrai le chemin pris par Harry et avant lui, Rebekah et Odd Eide, qui pleurera ma disparition ? Qui écoutera des histoires sur moi ? Qui en racontera une ?

Je rouvris les yeux. Les nuages s'étaient accumulés dans le ciel et l'obscurité avait englouti la rivière. Mais son murmure subsistait. Je séchai mes larmes. L'atmosphère s'était-elle réchauffée depuis que j'étais rentrée, un instant auparavant ? Cet hiver allait-il enfin s'achever ?

Je me retournai face à la maison. Je ne vis aucun reflet sur la porte vitrée coulissante, ni dans la nuit, ni quand je m'en approchai pour l'ouvrir. À l'intérieur, je m'assis pour retirer mes bottes et je m'essuyai de nouveau les yeux dans l'espoir de me ressaisir.

Gus me téléphonerait dans un jour ou deux. Nous nous retrouverions pour déjeuner ou prendre un café et il me raconterait la fin. Quand il aurait terminé, je lui dirais pourquoi son père avait fait toutes ces choses. Je lui apprendrais ce qu'il ignorait parce que je l'aimais, je le savais à présent. Je l'aimais parce que j'avais aimé son père, et puisque Harry ne lui avait jamais expliqué où tout cela avait commencé, je m'en chargerais moi-même.

Ils revinrent à pied de la pointe nord du lac, pénétrèrent dans la baie et passèrent devant le tas de débris fumants. À l'intérieur de la cabane, Harry remit du bois dans le poêle et fit chauffer de l'eau pour le petit déjeuner. Gus ne parvint pas à comprendre comment son père pouvait penser à la nourriture ou à autre chose qu'aux visiteurs de la nuit.

« Qui l'accompagnait ? » demanda-t-il.

Harry était penché au-dessus de la cuisinière. « Sans doute Len Dodj. Peut-être Len et Matti Haula.

– Matti Haula est un vieillard.

– Un vieil homme sans retraite. Je parie que Charlie lui a proposé un bon prix pour son temps et ses efforts.

– Qu'est-ce qu'il a contre toi ?

– Rien que je sache. »

Gus voulait que son père se retourne. Pour voir son visage. « Len Dodj ? »

Harry fit alors volte-face. « Len n'est guère plus qu'une tique des bois qui a grimpé dans le short de Charlie. » Il versa des flocons d'avoine dans leurs bols, les apporta sur la table, et s'assit. Il tira la seconde chaise avec son pied, mais Gus ne bougea pas de sa couchette. Le visage de son père n'avait rien laissé paraître.

« On va devoir chasser, dit Harry. Attraper un cerf, par exemple. Tout ça ne nous permettra pas de tenir très longtemps.

– Chasser ?

– Ou pêcher.

– Et si on fichait le camp d'ici ?

– Pour aller où ?

– À la maison.

– À la maison, répéta Harry, secouant lentement la tête. Bien.

– On ne peut pas rester ici.

– Parce que tu sais où on est ? » rétorqua Harry, d'un ton un peu trop vif.

Gus fouilla sous son sac de couchage et palpa le recueil de cartes, les siennes et celles de son père. Il pensa aux journées qu'il avait passées seul en pleine nature, à dessiner ce qu'il pouvait dans le but précis de fuir ce lieu le jour venu. Il avait peine à croire que ce moment était arrivé. Mais c'était le cas.

Il faillit sortir les cartes de leur cachette mais se ravisa. Les deux hommes se dévisagèrent une minute entière. Trop longtemps. Au point qu'ils détournèrent les yeux simultanément et se mirent à parler en même temps. Harry commença : « Nous devons bien réfléchir » à l'instant où Gus disait « Je sais où nous sommes ». Leurs regards se croisèrent et il y eut encore un silence tendu.

« Alors, tu sais où on est, c'est ça ? »

Gus continua de le dévisager.

« Tu as exploré les environs, c'est ça ? Au milieu de cette étendue sauvage, tu nous as situés sur la carte ?

– Je pense que tu es mal placé pour parler de cartes.

– Ah oui ?

– En réalité, tu ferais mieux de ne parler de rien. »

Harry hocha la tête comme pour confirmer cette évidence.

« Je pense que tu n'as pas la moindre idée de ce que tu fais. Je pense que tu es cinglé. » La vérité jaillissait telle une crue de printemps. Gus ne maîtrisait aucune des choses qu'il voulait dire. Ou qu'il avait déjà dites. « Tu t'es moqué de moi.

– Cite-moi un événement que je n'aie pas anticipé.

– Tu plaisantes ?

– Tu as été surpris par la venue de Charlie ?

– Je…

– Par l'arrivée du froid ? De la neige ?

– Tu ne parles pas sérieusement.

– Tu es blotti bien au chaud dans ta couchette comme une putain de punaise, non ?

– C'est un miracle que nous ayons trouvé cet endroit. Un miracle que *je* l'aie découvert.

– Ne joue pas avec ce mot.

– Ah oui ? » Gus était incrédule. « Par ici, il y a plus de miracles que d'arbres. Le plus grand miracle de tous – si c'est le mot juste –, c'est que tu ne t'aperçoives de rien. Du danger que tu nous fais courir. De l'absurdité de cette expédition. Tu es aveugle. Rien de tout cela ne mérite qu'on perde la vie. » Il se sentit sur le point de suffoquer, il avait le souffle court. « Tu peux renoncer si tu veux, mais ce n'est pas mon intention. Je ne veux pas mourir. Je ne mourrai pas. » Il retourna sur sa couchette et s'effondra, enfouissant son visage dans ses mains pour retenir le flot de ses larmes.

Lorsqu'il leva les yeux quelques minutes plus tard, son père se cachait lui aussi le visage. Gus passa la cabane en revue, faisant un inventaire rapide de leurs provisions. Charlie et ses sbires avaient brûlé environ cinquante kilos de leur viande au bord du lac. Tout ce qui restait de leur garde-manger se trouvait sur l'étagère derrière Harry. Du riz, de l'avoine, du café, un demi-sachet de fruits secs. Du sucre, du sel, des tablettes de chocolat. Assez pour tenir un mois avec des rations de famine. Leurs ustensiles de cuisine. Les seaux. Les outils. Les armes. Les sacs, la corde, les vêtements encore sales. Les chaussettes miteuses, les caleçons, trois chemises usées jusqu'à la corde, avec des boutons qui manquaient.

Gus écarta le bras pour glisser un coup d'œil aux cartes empilées sous son sac de couchage. Il ferma les yeux et retraversa en pensée le lac, les forêts. Il se représenta la clairière dans les bois le long de cette crique où il avait à deux reprises planté sa tente et allumé des feux. Un jour et demi au sud, une demi-journée à l'est, et où était-il ? Sous sa tente, entre deux épicéas. Encore très loin de chez lui.

Gus regarda la peau d'ours sur la couchette de son père. Les bois d'orignal ramassés de l'autre côté du lac. Les sacs Duluth suspendus à des clous sur le mur, vacillant à cause du courant d'air qui traversait les minces parois de la cabane. Il vit son père assis là comme un idiot. De colère, il grinça des dents.

Et si une route avait relié cette chaumière perdue à leur maison sur la rivière du Bois Brûlé ? Le réservoir plein, un sachet de beignets frais et un thermos de café chaud dans la cabine ? En trois heures à peine, il serait chez lui. Mais qui l'accueillerait ?

Une lassitude soudaine et pesante balaya sa colère. Il se leva, rassembla quelques habits, et les étala sur son duvet. Il alla chercher l'un des sacs Duluth et le posa à côté. L'eau se mit à bouillir dans la casserole, Gus la retira du poêle et la mit sur la table. Son père n'avait pas bougé.

Il prendrait le pistolet et un sac avec la tente, son sac de couchage, et assez de nourriture pour une semaine. Il attacherait la hachette et la scie derrière son sac. Il voyagerait avec des raquettes mais emporterait aussi ses skis. Des vêtements de rechange. Les jumelles. Il lança un regard circulaire dans la cabane. Il laisserait sa mandoline, les livres, la planchette du jeu de cribbage. Sa massette. Voyager léger. Partir tout de suite.

Il se déplaçait avec lenteur dans la cabane, le cœur lourd. Avant d'emballer ses provisions, il s'arrêta pour avaler les flocons d'avoine que Harry avait préparés plus tôt. L'eau à peine chaude. Il mélangea le contenu des deux bols et apporta le deuxième à son père, qui se contenta de le poser par terre, entre ses pieds.

Que se passait-il dans son esprit ? Quelles décisions pouvait-il encore prendre ? L'idée qu'un combat dans cette contrée sauvage serait loyal ne tenait plus. Ils étaient repérés, immobiles. Charlie avait les yeux et les ressources d'un hibou. Ils étaient comme des taupes.

Gus mit de côté son bol vide et fit encore un inventaire des provisions étalées sur sa couchette. Il aurait besoin d'un bidon. Et d'une lanterne ? Ce n'était pas essentiel, se dit-il. Il roula son duvet et l'attacha, ce qui lui rappela de prendre de la corde. Apercevant les cartes à présent visibles sur sa couchette, il se rappela une fois encore les journées qu'il avait passées à les mettre au point. C'était la seule chose qu'il avait accomplie ici. Dessiner les cartes, empiler le bois et tuer l'ourse. Il était difficile de croire que la nuit de l'ourse remontait seulement à – combien ? – six ou sept semaines. Et qu'il avait tellement changé depuis. Il se revit dans les bois, levant la boussole pour s'orienter.

La boussole. Bon sang, la boussole.

Il l'aperçut sur l'étagère derrière le poêle. *Une* boussole. Une autre perdue depuis longtemps au fond de ce torrent, quand ils avaient commencé à se perdre. Une boussole et deux hommes dont l'un était déterminé à rester, et l'autre à partir.

Peut-être pourrait-il s'en passer sur le chemin du retour. Après tout ce temps passé à marcher vers le sud ou l'est, il serait peut-être capable de se repérer d'instinct et de suivre son intuition avec l'aide du soleil et des étoiles. Peut-être. Mais il y avait ces grands espaces… Les lacs longs d'une quinzaine de kilomètres, les profondes rivières, les torrents qui serpentaient à travers les bois glacés, implacables. Le souvenir terrifiant de tous ces endroits lui revint à l'esprit, et il comprit que sans la boussole il serait à peine mieux loti qu'un aveugle.

Il se rassit sur la couchette et regarda son père. « Nous n'avons qu'une boussole. Je vais l'emporter avec moi. » Harry ne levait toujours pas les yeux. « Je vais terminer de ranger mes affaires et partir ce matin. Je ne vois aucune raison d'attendre ici. »

Le visage de son père se tourna enfin vers lui. « D'accord, répondit-il, nous pouvons partir. Mais je pense que nous devrions attendre jusqu'à demain. Nous avons besoin de nous organiser. De prendre uniquement le strict nécessaire.

– J'y ai déjà pensé. Un sac léger. Skis et raquettes. Je pars aujourd'hui.

– Écoute, Charlie ne reviendra pas de sitôt. C'est parce qu'il veut nous faire souffrir qu'il a brûlé toute notre viande. Pour nous affoler. Il nous nargue. »

Gus le considéra un moment. « En réalité, je me moque de savoir quand Charlie reviendra ou ce qu'il fabrique. Je veux m'en aller, c'est tout. Aujourd'hui.

– Nous avons tenu assez longtemps sans plan précis. C'est ma faute, je sais. Je le regrette. Préparons ensemble nos sacs et réfléchissons avec soin à ce que nous allons faire. À la manière dont nous allons rentrer. Partons demain matin, dès le lever du soleil. »

Gus ne réagissait pas, aussi Harry se leva, prit la casserole sur la table, ajouta de l'eau pour le café, et dit : « Jetons un coup d'œil aux cartes que tu as dessinées. »

Il n'y avait pas grand-chose à organiser ni à faire. Ils étudièrent les cartes de Gus, les comparant à celles établies par Harry des mois et des années auparavant, comme si c'étaient les partitions de chansons à deux voix. Pour différentes raisons les deux versions inquiétaient Gus, bien moins cependant que les journées à venir.

Harry nettoya et huila le pistolet et la Remington, puis réunit son propre équipement. Ils furent prêts avant le déjeuner, sans avoir échangé un seul mot. Après le repas – composé de riz, de fruits secs, d'une barre de chocolat pour Gus –, Harry alla chercher la masse à l'extérieur de la cabane. Il aligna les bois d'orignal sur le sol, puis se redressa et les contempla un long moment. Gus ne sut jamais à quoi il pensait alors, mais lui-même ne parvint pas à imaginer la terreur de ces bêtes quand leurs bois s'étaient emmêlés. L'horrible danse qu'ils avaient dû décrire avant de trébucher l'un sur l'autre et de tomber sur le rivage, leurs yeux distants de trente centimètres à peine. Qu'avaient-ils vu dans le regard de leur adversaire ? Dans quel brasier leur souffle s'était-il uni à la fin ? Gus examina les bois enchevêtrés, émerveillé par la perfection de leur entrecroisement, par la puissance des fibres qui maintenaient leur symétrie. Il s'interrogea plus encore sur la peur qu'ils avaient ressentie à l'arrivée des loups. Car ils étaient sûrement venus.

Harry balança la masse presque de concert avec l'ultime pensée de Gus. Il dut s'y reprendre à trois fois pour faire voler les bois en éclats. Les crânes craquèrent et les dents pourries s'éparpillèrent sur le plancher. Les plaques d'os à leur base se fendirent comme des bûches. Harry ramassa les morceaux et les mit dans le feu, où la moelle chuinta délicieusement.

Harry posa la masse près de la porte, prépara une ligne de pêche, enfila son manteau, attrapa le seau de bois et sortit. Gus le regarda s'approcher du trou qu'il avait pratiqué dans la glace du lac, retirer la protection, s'asseoir sur le seau retourné, et lancer sa ligne dans l'eau, comme si c'était une journée de pêche comme les autres. Gus resta devant la fenêtre et l'observa pendant une heure, peut-être deux, jusqu'à ce que son père revienne avec seulement huit litres d'eau glacée pour preuve de ses efforts.

Il était incapable d'imaginer les pensées insondables qui occupaient son père pendant qu'il pêchait dans le froid, assis sur son seau. Ni l'étendue de sa mémoire, ni les horreurs qu'elle contenait. C'était la vérité, mais la faute n'en incombait pas à Gus. Il n'avait commis aucune faute.

Au lieu de cela, Gus jugea qu'il était invraisemblable que durant toutes ces heures, ces jours et ces semaines, son père n'eût pas envisagé une seule fois d'organiser leur retour. Il pouvait comprendre les raisons qui avaient motivé leur départ. Harry avait été trahi et cocufié, et sa colère était une explication suffisante. Mais avoir eu tout le temps du monde pour analyser la situation et ne rien proposer, avoir été incapable de voir à quel point il les avait mis en danger de tant de manières différentes, lui sembla – et lui semblerait toujours, même avec trente ans de recul – le fait le plus impardonnable, le plus inacceptable de leur lamentable aventure. Ensuite il y eut toutes les années pendant lesquelles ils ne parlèrent presque jamais des mois passés dans les régions frontalières. Qu'avaient pu signifier ces décennies de silence ?

Ils dînèrent tôt d'un plat de riz, et Gus remplit la cuisinière avec le bois qu'il avait coupé. Avant la nuit, ils rentrèrent pour la dernière fois dans la cabane. Gus eut un sommeil sans rêves, du moins il n'en garda aucun souvenir. Après, il rêva d'incendie toutes les nuits pendant des années et plus tard encore, de temps à autre.

La fenêtre se brisa, le sol sous la cuisinière et la couchette de son père s'embrasèrent, le flot soudain de clarté et de chaleur fulgurante. Gus tomba sur le plancher tandis que Harry sautait à travers le feu, la peau d'ours sur l'épaule. « Enfile ton pantalon ! » cria-t-il. Les flammes avaient déjà envahi la cabane. « Attrape ton manteau et fiche le camp d'ici ! »

Harry s'abritait le visage avec son bras. « Mon Dieu ! » Il courut vers Gus. « Il te reste cinq secondes ! hurla-t-il pour couvrir le grondement du feu. Prends ton duvet, le sac, et file. »

Gus n'eut pas besoin d'encouragements. Pendant que son père aboyait ses ordres il avait déjà mis son pantalon et ses bottes, et dégagé son sac de couchage. Il avait une main sur la poignée et l'autre sur le sac Duluth, mais la porte ne bougea pas. Il essaya de l'enfoncer à trois reprises avec son épaule, puis recula, projetant contre le panneau en bois le talon de sa botte droite, mais la porte ne céda pas d'un pouce.

Harry était debout à côté de lui, encore en caleçon long, mais portant déjà ses bottes et son bonnet rouge. « Écarte-toi ! » hurla-t-il, le visage luisant de sueur. Avant même que Gus eût reculé, son père prenait son élan pour lancer la masse contre la porte. Elle ne se trouvait dans la cabane que parce qu'il l'avait utilisée pour briser les bois d'orignal.

Il la fracassa comme un fou sur le bois alors que l'étagère s'effondrait en flammes au-dessus du poêle. La couchette de Harry était engloutie par le feu et son sac de couchage flambait. Après deux ou trois tentatives la porte vola hors de ses gonds. Un morceau de chêne fendu avait été calé entre la poignée extérieure et le cadre de la porte. L'air froid qui s'engouffra à l'intérieur fit monter les flammes jusqu'au plafond, et le bardage prit comme de l'amadou.

Les deux Eide franchirent le seuil, Harry poussant son fils en avant. Gus trébucha dans la neige sous le poids de son sac, tomba sur le dos et regarda la cabane. L'éclat éblouissant de l'incendie sur le seuil. Des panaches de fumée sortaient des fissures des parois en rondins grossiers. Son père repartit à l'intérieur, Gus se releva en hâte, courut vers la porte, un bras plaqué sur la bouche, et entra lui aussi.

Il y avait tant de fumée qu'il ne voyait pas où était son père. La chaleur était effroyable, il décrocha son manteau et ses mitaines de la patère près de la porte, enjamba le seuil, criant « Papa ! », mais il n'entendait pas sa propre voix engloutie par le hurlement des flammes, les craquements et les mini-explosions du vieux bois.

Une des poutres s'écroula, dispersant le feu dans toutes les directions, projetant Gus dans la neige où il se retrouva couché sur le dos. Lorsqu'il leva les yeux, son père était près de lui, la peau d'ours dans une main, la Remington dans l'autre.

« Le pistolet est dans ton sac ? » demanda Harry.

Gus fit signe que oui.

« Chargé ? »

Gus acquiesça encore.

« Et les cartes ?

– Oui. »

Ils devaient crier pour couvrir le grondement de l'incendie.

« Tu as quoi d'autre ?

– La tente. Des habits de rechange. » Gus déboucla rapidement son sac et fouilla dedans. De la corde. Des jumelles. Une gourde. La boussole. Une scie et une hachette. Un peu de provisions.

« Tiens. » Harry sortit comme par magie une poignée de fruits secs et une autre de barres de chocolat qu'il enfourna dans le sac. Lorsqu'une autre poutre du plafond s'écrasa sur le sol, il tressaillit, aveuglé par la lumière, regarda de tous côtés, puis se tourna face à l'obscurité. « Nom de Dieu, s'exclama-t-il. Nom de Dieu. » Il vérifia le contenu du chargeur de la Remington et s'aperçut qu'il était vide. Il lâcha la carabine, s'avança vers la cabane en feu, s'arrêta un quart de seconde, puis fonça de nouveau à l'intérieur.

Gus le suivit, lui criant de revenir. Mais dans le brasier, son père ne l'entendait pas ou refusait de l'écouter, et il fut contraint de l'attendre, la chaleur de l'incendie sur son visage masquant le froid glacial de l'air dans son dos.

Quelques secondes à peine s'écoulèrent et Harry se rua au-dehors, atterrissant sur son manteau, qu'il avait utilisé pour abriter sa tête. Se redressant, il lança les munitions à Gus et enfila son vêtement. Ensuite il attrapa les raquettes sur le talus de neige où elles avaient été rangées, en tendit une paire à Gus, et s'approcha tout près de lui, lui parlant tout bas à l'oreille comme pour protéger des flammes les instructions qu'il lui donnait.

« Chausse tes raquettes. Prends soin de ne rien oublier et va jusqu'aux chênes le plus vite possible. » Il plongea la main dans le sac, en ressortit le Ruger, vérifia qu'il était chargé, mit le cran de sûreté, et le lui tendit. Il se pencha de nouveau pour lui chuchoter : « Attends-moi dans la cache que tu as utilisée. Ne fais pas de bruit. Reste aux aguets. Sois prêt. »

Gus fit exactement ce que son père lui avait dit. Il casa la peau d'ours et le duvet dans le sac, le régla, boucla les lanières, et le hissa sur ses épaules. Il glissa la courroie de portage sur son front et regarda autour de lui pour s'assurer qu'il avait tout pris pendant qu'il fixait l'étui du pistolet sur sa ceinture.

Puis son père disparut. Gus ne savait pas s'il était retourné dans la cabane, parti dans la forêt ou s'était lui-même changé en fumée. Il sentit la panique l'envahir mais la refoula aussitôt et s'élança à travers le rougeoiement pâlissant du feu jusqu'au milieu du lac, où il n'y avait aucune lumière. Il courait vite, les poumons en feu, ses raquettes foulant la neige en douceur, sans bruit, le sac Duluth pesant sur son dos. À deux reprises, il jeta un coup d'œil par-dessus son épaule, mais ne vit que l'obscurité et l'incendie qui se déployait au loin.

Lorsqu'il atteignit le rivage, il se cacha derrière l'arbre le plus proche. Courbé en avant, les mains sur les genoux, il reprit enfin sa respiration et regarda de l'autre côté de la baie. Il sentit le vent sur son visage et respira bientôt l'odeur du feu, légère, presque agréable à cette distance, et gagnant en intensité alors qu'il l'observait. Il entendit le fracas du toit qui s'effondrait, et aussitôt, la cache et les pins s'embrasèrent.

La clarté devint plus vive encore et il crut que par une sorte de miracle, il sentait la chaleur depuis l'endroit où il se tenait. Une telle chose était-elle possible ? La chaleur perdurait-elle malgré tout ce froid ?

Il enleva la courroie de portage de son front et laissa son sac glisser de ses épaules. Il vérifia lui-même le pistolet, puis s'assit sur le sac, le dos calé contre l'arbre. Comment croire qu'à peine dix minutes plus tôt, il dormait à poings fermés ?

Une heure environ s'était écoulée et le feu brûlait toujours. La cabane était en ruine, à l'exception de la cheminée en pierre. La cache était détruite, et les deux arbres tout proches avaient perdu leurs rameaux, symboles de cette nuit atroce.

Choqué, toujours assis à la même place, il éprouva un étrange soulagement. Pour la première fois depuis leur départ en octobre, il n'y avait qu'une seule chose à faire. Ce serait peut-être impossible à réaliser, ils risquaient d'être tués ou de mourir d'épuisement, mais il n'y avait plus d'alternative. Il fallait aller vers le sud, puis à l'est, jusqu'à ce qu'ils arrivent chez eux, morts ou vifs. Marcher vite et ne jamais se retourner.

Gus avait à peine bougé. Il frissonnait sous son arbre, regardant l'éclat du feu pâlir peu à peu avant de s'estomper totalement. Il leva les yeux vers le ciel et ne vit que le dôme noir de la nuit assombrie par les nuages. Il chercha l'étui du pistolet et agrippa le Ruger. Il avait la tête vide à présent. Il ne restait qu'à attendre, aussi il ferma les yeux.

Une voix qui n'était pas celle de son père résonna alors dans la nuit, depuis la baie gelée. Un puissant hurlement de loup retentit, puis Charlie Aas cria : « Maintenant on va commencer à s'amuser, sales fils de pute ! »

Gus pressa son visage contre l'écorce du tronc et sentit battre son pouls du sommet de son crâne à la plante de ses pieds. Il glissa un coup d'œil par-dessus son épaule et aperçut la silhouette de Charlie se détachant contre les flammes à environ cinquante mètres du rivage. Il le vit passer son fusil d'une épaule sur l'autre.

« Toutes ces années, pauvres crétins d'Eide, vous avez chassé avec le clan Riverfish, cria-t-il, d'une voix qui paraissait plus proche que son corps, et vous avez la bêtise d'ouvrir une piste aussi large que celle d'un cirque quittant la ville ? Le vieux Freddy était capable de traquer une truite dans un torrent, ça oui ! Même un aveugle serait capable de suivre vos traces. Un aveugle dans la nuit noire. » Charlie éclaira les empreintes de Gus de sa lampe, orientant le faisceau à gauche et à droite, puis dans les bois, où Gus cacha son visage derrière l'arbre avec le reste de son corps. Il se trouvait hors de portée de la torche mais fut soulagé quand Charlie l'éteignit.

« Je vois, cria-t-il avant de s'avancer. Y a qu'une tapette cul serré, pas deux. » Il ralluma sa torche et décrivit un cercle avec le faisceau lumineux ; puis elle s'éteignit de nouveau. « Je n'ai pas été touché encore. Ça veut dire que c'est le jeune Eide sur la côte là-bas. » Il mit sa main en coupe derrière son oreille et fit encore quelques pas vers la rive. « C'est ça ? Tu te caches dans ces arbres, Gus ? » Il se redressa. « T'es aussi poule mouillée que ton vieux, Gus, pas vrai ? Le monde déteste les dégonflés. »

Il baissa son arme au niveau de sa taille et la pointa sur les bois. « Tu as la nuit pour toi. Je te l'accorde. Mais le jour va bientôt se lever. Si vous avez appris quelque chose en jouant aux hommes des bois, je parie que vous l'avez compris. » Il continua d'avancer. « Dis-moi, Gussie, tu passes beaucoup de temps ici à penser à ma fille la main dans ton caleçon ? Petit branleur, va. Tu as empoisonné Cindy. Oui, je te jure. » Il fit encore un pas et Gus distinguait à présent le bord de son chapeau et la fourrure tuftée de son manteau ouvert. « Je vais te changer en un putain d'eunuque. J'ai un couteau de chasse assez aiguisé pour couper les couilles d'un dinosaure. »

Gus inspira profondément et se dit que Charlie entendait certainement le battement de son cœur et distinguait le blanc de ses yeux terrifiés. Sans bouger la tête, il regarda les nuages qui se dissipaient dans le ciel et la clarté des étoiles qui illuminait la Terre. Il baissa lentement la main vers la poignée du pistolet.

« Tu as accumulé les handicaps, aboya Charlie. Je le comprends. Mais le monde ne fait pas d'exceptions et moi non plus. Tu dois savoir que ce n'est pas ta faute si on vous a retrouvés ici. Pas du tout. Je veux que tu meures au moins en le sachant. Mais c'est ton vieux qui t'a laissé tomber une fois de plus, il faut que tu le saches. Tu vois, c'est la fumée de son feu qui nous a alertés. On était à vos trousses depuis trois semaines. On ne vous aurait pas débusqués si vous aviez réduit votre feu la nuit, comme nous. »

Gus ouvrit l'étui, fit glisser le Ruger dehors, et le maintint contre sa jambe. Après une longue respiration il rabattit le cran de sûreté, puis se glissa le long du tronc et se coucha à plat ventre dans la neige, derrière le sac Duluth. Il cala ses coudes dessus et leva son arme. L'œil gauche fermé, il visa Charlie Aas sur la glace.

« Tu as tué cette ourse, Gus ? J'en ai rapporté quelques morceaux à la maison et j'ai demandé à ta maman de les faire cuire. On a passé une soirée très romantique tous les deux. On a bu du vin, soupé et passé la nuit emmêlés dans les draps de ton papa. Bien sûr, ce n'était pas la première fois que je la sautais sur ce sommier-là. Ça ne sera pas non plus la dernière ! » Il se tut un moment. « Ta sœur nous a préparé le petit déjeuner le lendemain matin. J'ai pensé à me la faire aussi. »

Gus cligna les yeux et inspira profondément avant de poser le doigt sur la détente, songeant à sa mère, à Signe, et à cet homme installé chez eux. Il plissa les yeux très fort et prit sa mire.

« C'est toi qui remues, petit ? Tu te caches derrière un rocher là-bas ? »

Gus visa une troisième fois et contracta le doigt sur la détente. Sous la clarté des étoiles il le mit en joue.

« La nuit n'est pas assez noire pour t'engloutir. Aucun rocher n'est assez grand pour te protéger. Ton papa ne t'a pas dit la seule chose que tu aies vraiment besoin de savoir ? » Il se mit à hurler. « Je suis le tsar et le maître de ces putains de bois ! Tout le monde sait que ce n'est pas toi, Eide ! Même ton crétin de père ! Et à cause de ça tu vas beaucoup souffrir ! » Il poussa le même hurlement qu'un instant auparavant, sur la glace. « Mais j'attendrai jusqu'au matin, pour que tu voies luire ma lame et briller mon regard quand je te sourirai. » Charlie braqua une fois encore sa torche sur les arbres, puis se détourna lentement.

Gus frissonna, se raidit, et inspira encore profondément, posant une main sur l'autre pour stabiliser son arme. Il visa de nouveau Charlie, ferma les yeux, puis entendit cinq coups de feu rapides et vit en les rouvrant Charlie tomber à genoux. Puis Gus baissa encore les paupières, lâcha le pistolet, et se recroquevilla derrière l'arbre.

Il repensa souvent à ces heures-là. Trop souvent, sans doute. À certains moments, me raconta-t-il, il avait l'impression de subir encore cette obscurité, il lui semblait que dix ans de sa vie étaient une broutille en comparaison de cette nuit passée sur la côte de la baie. Mais elle avait dû se terminer, car il se souvenait de toute la blancheur – la neige qui volait, les nuages denses cachant le lever du soleil, le givre sur le canon du pistolet – qui, même accumulée, ne pouvait pas effacer la noirceur de l'aube.

Il revoyait son père à quatre pattes, venant de la direction de la cache qu'il n'avait pas réussi à atteindre. À la lueur grisâtre du petit jour, Harry porta un doigt à ses lèvres, vint près de lui, sortit la peau d'ours du sac Duluth, s'en enveloppa, appuya la tête contre le tronc de l'arbre et inspira. « Ça va ? »

Gus ferma les yeux très fort.

« Hé, dit son père, la voix à peine audible dans la brise. Regarde-moi. »

Gus ouvrit les yeux. Le visage de son père était à quelques centimètres du sien.

« Ça va ? »

Gus écarquilla les yeux encore plus.

Harry lui saisit la nuque. « Tu as vu Charlie ? Il t'a trouvé ? »

*Mon père m'a laissé le tuer*, songea Gus. Il avait le vertige, ferma les paupières pour le juguler, et ne les rouvrit que lorsque son malaise fut passé. Son père ne l'avait pas lâché encore, et il se dégagea.

« Il t'a trouvé ? »

Gus se jeta sur lui et essaya de le frapper, mais se contenta de lui lancer un coup oblique. Harry sortit aussitôt son autre bras de la peau d'ours et le serra farouchement contre lui. « Hé, *hé*, tout va bien », chuchota-t-il, alors même que Gus se débattait pour se libérer.

« Ressaisis-toi, dit son père. C'est moi. »

Gus se cala de nouveau contre l'arbre.

« Regarde-moi. Tu dois me répondre, est-ce que ce connard t'a trouvé ? »

Gus se souvint de l'horrible voix de Charlie, de ses menaces choquantes, des coups de feu. « Je l'ai abattu.

– Tu *quoi* ?

– Je te déteste.

– Gus, qu'est-ce que tu racontes ? » Il attrapa son fils par les pans de son manteau et l'attira près de lui. « Tu as fait quoi ?

– Je l'ai tué ! cria Gus.

– Hé, murmura Harry, glissant sa main sur la bouche de Gus. Calme-toi, bon sang. » Il laissa sa main retomber. « Reste tranquille.

– Comment est-ce que tu as pu me faire ça ? »

Harry vit le Ruger dans la neige et le ramassa, puis il ouvrit le barillet, et vit les six balles. Il le referma, le fit tourner, et le rouvrit. « Dis-moi, tu l'as rechargé ? »

Gus regarda le pistolet, puis la baie. Face à la grisaille, le seul réconfort était la rangée d'arbres noirs dans le lointain. Il s'essuya les yeux et scruta de nouveau le paysage, mais Charlie Aas n'était pas là.

« Gus, regarde-moi. Tu ne lui as pas tiré dessus. Charlie est encore quelque part.

– Mais les coups de feu ? Je l'ai vu tomber à genoux.

– Tu as entendu la Remington. » Harry la prit et lui montra les munitions utilisées. Il ne restait qu'une balle dans la chambre. « C'est moi qui ai tiré.

– Sur qui tu as tiré ?

– Ne t'inquiète pas.

– Tu as tué Len Dodj et Matti Haula ?

– Tu ne sais pas de quoi tu parles. Calme-toi et écoute.

– Il faut qu'on se cache. Si Charlie est encore par là, on doit se cacher. » Il ne ressentait pas la panique, mais son goût bilieux lui brûlait la bouche. Il imagina encore le couteau de chasse de Charlie déchirant la nuit.

Harry le gifla alors. « Regarde-moi, mon garçon ! » Il ne chuchotait plus. Il prit le visage de Gus dans ses mains. « Charlie t'a trouvé ? Tu l'as vraiment vu ? Tu l'as sûrement vu, je me trompe ?

– Je ne sais pas, répondit Gus.

– Tu ne sais pas quoi ?

– S'il m'a vu. Mais moi je l'ai vu. Il se tenait juste là. » Il indiqua l'endroit. « Je l'ai abattu.

– C'est faux. Tu n'as pas tiré un seul coup de feu. »

Gus ferma les yeux.

« Regarde-moi, Gus. Est-ce qu'il t'a parlé ?

– Il a dit qu'il allait nous tuer, alors je l'ai descendu. »

Harry le lâcha, puis se laissa tomber contre l'arbre. « Tu ne l'as pas tué, fils. Charlie est toujours dans les parages.

– Alors nous devons nous cacher. Il va nous tuer.

– Bien », reprit Harry, mais il ne s'adressait pas à Gus. Il vérifia une fois encore le pistolet et la carabine, essuya la neige qui s'était déposée dessus, et souffla dans chaque canon.

Gus remarqua que son père n'avait pas de pantalon, portant seulement son caleçon long, ses bottes et ses raquettes. Dieu merci, il avait son manteau et son bonnet rouge. Il avait jeté ses mitaines dans la neige.

« Bien, répéta Harry. Bien. » Il examina un long moment la côte, puis les bois d'où il était venu en rampant.

« Il faut qu'on se cache, reprit Gus. Tout de suite. On peut retourner derrière l'arbre où tu m'as retrouvé ce matin-là après l'ourse. On peut se terrer un jour ou deux dans la cache et attendre.

– Attendre quoi ? » Harry se leva et drapa la peau d'ours sur lui comme une jupe. « Donne-moi ta ceinture. Et l'étui du pistolet. »

Gus s'exécuta et regarda son père qui sanglait la peau de bête avec sa ceinture.

« On va repérer l'avion de Charlie avant qu'il décolle. »

Gus ne bougea pas de sa place contre l'arbre.

« Tu as tiré sur qui ? »

Harry s'agenouilla, boucla le sac, et le hissa sur son dos. « On va chercher son avion et retrouver Charlie. Il ne peut pas se déplacer bien vite, sans raquettes. »

Gus resta immobile pendant que son père se relevait. « Tu les as tués ?

– Ne t'occupe pas de ça. » Harry lui tendit la Remington. « Porte ça. Et rappelle-toi, il ne reste qu'une balle. »

Gus ne voulait pas pleurer devant son père. Il s'y refusait. Il se jura qu'il ne flancherait pas, il ne s'était pas laissé aller jusque-là, et ça n'arriverait pas, même s'il en avait très envie. Il contint ses larmes et dit : « Pourquoi Charlie ne nous a pas abattus quand nous avons fui hors de la cabane ? Il aurait pu le faire à ce moment-là.

– Charlie a une meute de loups enragés qui ne sont même pas affamés. C'est pour ça qu'il ne nous a pas tués à ce moment-là. C'est pour la même raison qu'il a brûlé notre viande. Et qu'il a envoyé sa fille à tes trousses l'automne dernier. » Harry regarda Gus bien en face. « Charlie pense que le monde existe pour son propre divertissement, et ses pensées sont aussi sinueuses que la rivière du Bois Brûlé. Garde ça présent à l'esprit jusqu'à ce que tout cela soit terminé. » Il jeta un coup d'œil nerveux aux bois qui les entouraient avant de se tourner à nouveau vers son fils. « En plus, il a été percé à jour. Tout le monde à Gunflint sait maintenant de quoi il retourne, et chacun des actes malhonnêtes qui font partie de sa nature sans qu'il en ait conscience remontera à la surface. Il va jouer cette partie comme un homme qui n'a rien à perdre, et c'est ce qu'il est. C'est pourquoi nous devons le rattraper. »

Gus songea à la première tirade de Charlie sur la baie, à savoir que maintenant les choses sérieuses allaient commencer. « Pour le tuer ?

– Tu préfères qu'il nous tue ? »

Gus ne répondit pas.

« Parce qu'il le fera, tu peux compter là-dessus. Et il y prendra un plaisir fou. Je te suggère donc d'écouter et de clarifier tes idées. Mets-toi bien ça dans le crâne. Nous allons trouver Charlie, et nous en finirons avec cette histoire. Nous allons commencer par son avion. »

Harry se leva, ajusta son sac Duluth, et posa une main sur le pistolet. « J'ai entendu son appareil venir du nord la nuit dernière. Il a sans doute atterri à l'extrémité sud du lac, alors allons-y.

– Vas-y toi.

– Gus ?

– Je ne vais nulle part.

– Lève-toi, fils.

– Tu es un menteur. » Il parlait tout bas. « Tu es aussi dingue que lui.

– Tu as tes mitaines ? Enfile-les, dit Harry. Si tu as des gelures, tes mains ne te serviront plus à rien. Enfile ça et mets-toi debout. »

Gus se leva d'un bond et se jeta sur son père, lui martelant la poitrine de ses deux poings. Harry trébucha mais ne perdit pas l'équilibre et s'approcha aussitôt de son fils. Il le prit dans ses bras et l'étreignit si fort qu'il en eut le souffle coupé. « Un jour tu comprendras tout cela. Je t'assure. Je te le promets. Tu n'as aucune raison de me faire confiance, mais dans l'immédiat tu y es obligé. »

Gus le repoussa. « Je n'ai aucune confiance en toi. Je te déteste. Je déteste tout ça.

– Moi aussi. Vraiment. Mais nous sommes en plein dedans, jusqu'au cou. Et je ne vais pas te laisser ici. »

Gus se rassit et s'appuya contre l'arbre.

Harry s'agenouilla de nouveau. « Je t'ai dit il y a longtemps que tu étais mon avantage, tu t'en souviens ? »

Gus ne leva même pas les yeux.

« C'est de ça que je te parlais. Aujourd'hui tu es mon avantage.

– Qu'est-ce que tu racontes ? » Il plaqua ses mains sur ses oreilles. « Je ne supporte plus de t'entendre. Va-t'en. Bon sang, lâche-moi !

– Il veut qu'on se sépare, Gus. C'est la seule chance qui lui reste.

– Pourquoi ne m'écoutes-tu jamais ? Je me moque éperdument de ton combat avec Charlie. Je me fous de ce qui arrivera après. Laisse-moi tranquille.

– Tu ne peux pas rester ici, Gus. Il faut qu'on fiche le camp, putain ! Tu entends, fils ?

– C'est à toi de m'écouter. » Gus leva enfin les yeux vers lui. « Va au diable. Va au diable, je te dis.

– Tu dois venir, Gus. Tu ne peux pas rester là. C'est dangereux.

– Eh bien, c'est toi qui m'as amené ici. »

Harry fit glisser le sac de ses épaules, en sortit le duvet, et le lui jeta. Puis il lui tendit la ceinture et l'étui du pistolet. « Ne bouge pas. N'allume pas de feu. »

Il boucla de nouveau son sac, le cala sur ses épaules, secoua la tête, et l'enleva de nouveau. « Si tu dois fuir, prends le sac. Encore mieux, reste là et ne bouge pas. Je reviens. »

Je rendis visite à Rebekah Grimm le jour qui précéda sa mort. Elle avait une chambre individuelle dans la maison de retraite, un lit à une place poussé contre le mur. Un petit poste de télévision en noir et blanc sur une étagère sous une fenêtre qui donnait sur un monticule herbu artificiel où des épinettes de Norvège avaient périclité peu après avoir été plantées. Il y avait un portrait de schnauzer accroché derrière le lit, et un miroir suspendu au-dessus d'une petite commode. Brosses à cheveux, flacons de lotions et parfums étaient alignés sur la commode, dégageant une fragrance subtile. C'était toujours un soulagement d'entrer dans cette pièce, car les autres chambres empestaient les draps souillés et les cendriers trop pleins, la puanteur filtrant dans le couloir.

La veille de son décès, elle était assise sur son lit et regardait par la fenêtre. Une vue bien triste, comparée au paysage qu'elle avait contemplé pendant des années depuis le deuxième étage de la boutique d'apothicaire. Elle était devenue aveugle à présent, mais ce fait insignifiant m'affligea plus que tout autre détail sur son état et sa situation.

Elle prenait toujours soin de sa personne. Alors que les dernières années de leur vie, la plupart des gens passaient volontiers leurs journées en pyjama, ou même en sous-vêtements, Rebekah s'habillait chaque jour, prenait deux bains par semaine, et tous les samedis, la fille de Bonnie Hanrahan venait spécialement pour la coiffer. Mais la veille de sa mort, elle était plus apprêtée encore, portant une robe de coton rose, un cardigan blanc et le chapeau cloche rose qu'elle réservait aux grandes occasions. Le vernis de ses ongles était assorti au chapeau. Elle tenait un sac à main en cuir noir verni sur ses genoux.

« Vous êtes bien jolie aujourd'hui, m'exclamai-je.

– Je me demande si vous accepteriez de m'emmener déjeuner, mademoiselle Lovig. » Au bout de tant d'années, elle m'appelait toujours ainsi.

« Vous êtes sûre ? répondis-je. Vous avez prévenu Janice ? » C'était l'infirmière-chef de la maison de retraite.

« Suis-je prisonnière ici ?

– Bien sûr que non.

– Alors je souhaite que vous m'emmeniez déjeuner au Traveler's Hotel. » Elle se hissa hors du lit pour s'installer dans sa chaise roulante, qui était indispensable dans les couloirs de l'établissement. « Si vous voulez bien. »

Une fois que nous fûmes installées, elle commanda du thé, du civet de lapin, et étala sa serviette sur ses genoux.

« C'est la première fois que vous sortez depuis longtemps, dis-je.

– Je n'en ressens pas le besoin très souvent.

– Avant aujourd'hui. » C'était une question.

Elle tapota sa serviette et tourna les yeux vers la fenêtre. Ils étaient aussi laiteux que le pichet de crème posé près de son thé. « Quand je mourrai, dit-elle, je désire être enterrée dans le cimetière sous une colonne en marbre avec, inscrits sous mon nom, les mots “J'ai aimé”. Le fils de Lenny, Mace Washburn, a été payé pour cette tâche. Il comprend ce souhait. »

Je ne répondis pas, j'en étais incapable.

« Est-ce trop demander ?

– Pourquoi parlez-vous de cela maintenant ? »

Elle essuya les coins de sa bouche. « Mademoiselle Lovig, je suis aussi vieille que cette ville. Si je ne meurs pas demain, cela ne tardera pas à arriver. Je voudrais que cette question soit réglée avant.

– Bien sûr. »

Elle sirota son thé, s'essuya de nouveau les lèvres. « Et je vous en prie, faites en sorte que ma tombe soit la plus éloignée possible de celle de Hosea. Vous voulez bien ?

– Certainement.

– Quand on me mettra en terre, veillez à ce que je sois bien habillée. Je préfère porter un chapeau – celui-ci, mon chapeau cloche rose. » Elle prit son sac au bord de la table, l'ouvrit, fouilla à l'intérieur, et en tira une photographie. « Veillez à la glisser près de moi. » Elle me tendit un portrait d'elle et d'Odd Eide sur leur trente et un, devant un bâtiment de brique. La ressemblance entre les générations – Odd, Harry, Gus et son fils Tom – était étrange. C'étaient les mêmes hommes, portant seulement une chemise et un pantalon différents. « Elle sera dans ce sac, que vous trouverez dans mon placard. C'est ma dernière volonté. »

Le garçon apporta le civet de Rebekah et le plaça devant elle, puis il me servit ma salade et proposa de nous verser une autre tasse de thé. Lorsqu'il fut parti, elle chercha sa cuillère d'une main et effleura le bord de l'assiette creuse. Avant de prendre une bouchée, elle leva ses yeux vides et dit « Merci », puis mâcha lentement. Lorsqu'elle les rouvrit, elle reprit : « Mademoiselle Lovig..., Berit..., vous avez été très bonne pour moi. Sans vous, je n'aurais pas pu vivre aussi bien. »

Elle n'avala pas un morceau de plus, et quand j'eus terminé ma salade nous partîmes. Elle me demanda de l'accompagner dans Lighthouse Road. Il faisait chaud et venteux, aussi elle retint son chapeau de ses mains. Une fois arrivée au bord du lac, elle s'immobilisa. Ce n'était pas facile pour elle. Je proposai de l'aider mais elle me fit taire. Elle attendit là un instant, sentant la brise sur son visage.

« Voulez-vous bien me ramener, je vous prie ? » dit-elle.

Et je le fis.

Le lendemain matin je fus réveillée par la sonnerie du téléphone. C'était Janice qui m'appelait de la maison de retraite. Pouvais-je venir de toute urgence ? Je me mis en route aussitôt, et trouvai l'infirmière devant la porte d'entrée. Elle m'étreignit les mains et m'accompagna dans le couloir jusqu'à la chambre où Rebekah était couchée dans son lit, le drap tiré sous le menton. Les yeux fermés. Elle était immobile comme une pierre.

« Elle est morte il y a une heure environ », dit Janice.

Je me laissai tomber à genoux près d'elle, et je glissai le bras sous le drap pour lui toucher la main, qui était encore chaude.

« Elle a demandé qu'on vous appelle quand cela arriverait, expliqua Janice. Vous étiez la seule à lui rendre visite, Berit. » Elle posa la main sur mon épaule. « Vous êtes une sainte. Elle serait morte depuis cinq ans si vous n'aviez pas été là. »

Je regardai par la fenêtre les arbres sans feuilles et l'herbe vert émeraude sur le monticule. « N'est-il pas étrange que la mort soit si différente pour chacun de nous ? dis-je.

– Ici, la plupart des gens, hommes et femmes confondus, appellent la mort de leurs vœux toute la journée. Ils en ont assez de la vie. Ils ne veulent ni dormir, ni manger, ni aller aux toilettes. Ils en ont plus qu'assez d'être malades. Ils se moquent même de recevoir des visites. » Elle retira sa main de mon épaule et repoussa une mèche de cheveux du front de Rebekah. « Celle-ci, elle voulait vivre. Avec acharnement, en fait. Nous l'aimions toutes pour cela. Elle n'était jamais malade. Elle n'avait ni migraines, ni rhumes, ni indigestions. Le docteur venait une fois par an, mais elle se portait comme un charme. Elle avait la constitution d'un bloc de granite.

– Alors comment est-elle morte ?

– Sans se plaindre. »

J'appelai Harry depuis la réception. « Rebekah Grimm s'est éteinte. »

Il y eut un long silence à l'autre bout de la ligne, puis il demanda : « Aujourd'hui ?

– Oui. À sept heures du matin. »

Encore une pause. « Je suppose qu'elle en avait assez d'ingurgiter les bols de flocons d'avoine qu'on leur sert là-bas.

– Sans doute.

– Tu es sur place ?

– Oui. »

Un silence. Une profonde inspiration.

« J'étais avec elle hier. Nous avons déjeuné au Traveler's.

– Gus a dit qu'il t'avait vue. »

Nous nous tûmes un moment. « Elle m'a donné toutes ses instructions. Comme si elle savait qu'elle allait partir.

– Elle savait tout, n'est-ce pas ?

– Harry, ça suffit. C'est inutile aujourd'hui.

– Inutile. Tu as raison. » Il inspira lentement. « Je peux faire quelque chose pour toi ? » On aurait dit qu'il était au marché, offrant de me ramener une livre de beurre.

« Est-ce que tu veux venir ici ?

– Pourquoi ferais-je une chose pareille ?

– Harry, chéri, ta mère vient de mourir. C'est une conversation entre toi et moi.

– Dis-moi si je peux faire quoi que ce soit, répondit-il. Je suis prêt à prendre en charge les frais que tu voudras. Il suffit que tu me le dises. En attendant, je serai à la fish-house.

– Harry. C'est ta mère.

– Je n'ai jamais eu de mère », répliqua-t-il, et il raccrocha.

Mon premier réflexe fut de le réprimander. De me rendre de ce pas à la fish-house et de lui faire la leçon. Mais à mesure que la matinée avançait – d'abord le médecin, ensuite Mace Washburn de la morgue – je devins moins catégorique. Je me souvins du moment où ma mère était morte. Cinq ans avant la disparition de Rebekah. Harry était venu avec moi, il m'avait soutenue, m'offrant son mouchoir quand je pleurais. Il disait qu'il était désolé et m'entourait de son bras puissant.

Étrangement, alors que je me tenais près du cercueil ouvert de ma mère, je ne la voyais pas vraiment. Toutes ces années, nous n'avions été séparées que par cent cinquante kilomètres de côte lacustre, mais chaque fois que je la voyais, ce qui arrivait très fréquemment, elle était devenue quelqu'un d'autre. Une personne que j'avais connue autrefois, mais pas très bien. Mon père était un souvenir plus lointain encore.

Je devins donc autant la fille de Rebekah que la leur. Deux jours après le coup de téléphone de Janice, nous enterrâmes Rebekah dans le cimetière situé sur le flanc de la colline. Son cercueil était doublé de soie. Son chapeau cloche rose, posé sur sa tête grise. Nous l'avions habillée d'une belle robe. Dans la cave de la morgue de Mace Washburn, je glissai la photo d'elle et d'Odd Eide à l'intérieur de sa main avant qu'il referme le cercueil.

Une petite poignée d'habitants dignes de confiance se réunirent au cimetière. J'étais parmi eux, recroquevillée sous une légère pluie d'été. Je me souviens avoir levé les yeux et vu Harry, Gus et Signe, qui était revenue pour l'occasion. Ils se tenaient à côté de la stèle funéraire d'Odd, regardant Rebekah qu'on mettait en terre. C'était presque un acte chevaleresque, de la part de Harry, d'assister aux funérailles de sa mère.

Je l'observai avec ses enfants tandis que le pasteur parlait de la poussière et de la vie éternelle. Je pensai que jamais des mots plus solennels n'avaient été prononcés sur cette colline. Mais bien sûr il y en aurait d'autres. Comme toujours. Cela continuerait.

Je suis convaincue que pour chaque personne, il existe, à partir de l'endroit ou de l'instant où la vie emprunte enfin – pour le meilleur et pour le pire – sa voie prédestinée, un moment ou un lieu où convergent les quatre points de la boussole. Pour certains, dont je suis, ce fut un moment paisible, car la révélation s'est produite le jour où Harry Eide a frappé à ma porte avec un bouquet de grassettes à la main. Je savais, ou du moins, j'espérais, que la scène de notre rencontre finirait par se produire. Je l'avais imaginée un millier de fois. J'y avais cru. Et fort heureusement, je l'ai identifiée quand je l'ai vécue et le reste de mon existence s'est enchaîné comme je l'avais prévu.

Mais d'autres, sans doute plus nombreux, sont pris au dépourvu par l'événement. Non seulement ils ne le voient pas venir, mais parfois ils ne sont même pas capables de suivre son sillage ni de se rendre compte qu'il a eu lieu. J'ignore quelle approche est la meilleure, et s'il est parfois bénéfique de ne rien savoir du tout. Mais je compte Gus parmi ceux qui ont manqué ce moment charnière. C'est dommage, car il fut crucial.

Ce matin-là, quand Harry partit à la poursuite de Charlie, Gus se blottit dans le duvet, étala le sac Duluth sous lui et se cala de nouveau contre l'arbre. Pour attendre quelque chose qu'il ne parvenait pas à imaginer. Il détestait son père. Il en était sûr. Mais dès que Harry fut parti il eut envie qu'il revienne. Gus était épuisé après une nuit sans sommeil. Il avait froid. La neige tombait sans discontinuer.

Et Charlie était tout près.

Une demi-heure environ s'écoula. Pendant les mois où il avait vécu dans les régions frontalières, Gus était devenu expert en maîtrise du temps. Il savait calculer l'heure par rapport au soleil et par intuition, et même dans la panique de ce matin-là, il comptait les minutes. C'était un Eide, après tout. En réalité, il était plus concentré sur le temps qui passait que sur les mouvements dans les bois, et au début il crut que le frémissement des branches était provoqué par une bourrasque de neige. À trois reprises, sa vision de la forêt se brouilla, puis se clarifia, et la quatrième fois, il entendit la voix de Charlie. Il ne criait pas depuis la baie, à une trentaine de mètres de lui, mais derrière un de ces arbres mouvants, à trois mètres à peine du sac de couchage où il se pelotonnait.

« Quel genre de père abandonnerait son fils ici ? »

Gus voyait la moitié du long manteau de fourrure grise de Charlie, dont l'ourlet touchait son large pantalon de cuir. Il apercevait un de ses yeux et le bord de son chapeau noir. Une main, les gants sans doigts, et le reflet bleuté du .38 Spécial braqué sur lui. Il vit aussi le cigare à moitié mâché qui pendait sur ses lèvres, et son visage rougeaud.

« Ne te fais pas sauter la bite avec le petit pétard que je vois sur tes genoux. Si tu bouges un muscle, je te tire une balle entre les deux yeux.

– J'aurais pu vous descendre la nuit dernière, dit Gus d'une voix mal assurée.

– Tu aurais dû. Tu as laissé passer ta chance. On dirait que c'est un refrain chez les Eide, pauvres couillons. Vous laissez toujours passer votre putain de chance. »

Gus baissa les yeux une seconde à peine, et quand il les releva, Charlie était près d'un autre arbre, plus proche. De sa main droite il tenait le .38 Spécial en l'air et de la gauche, il allumait son cigare.

« Ça sent bon, hein ? » Il souffla un long flot de fumée vers lui. « Je t'en offrirais bien un, mais tu ne vivras pas assez longtemps pour en profiter. »

Pour la seconde fois en cinq heures, il y avait une arme entre eux, un fait qui aujourd'hui était aussi incroyable et terrifiant qu'autrefois aux yeux de Gus. Dix ans plus tard, son effroi était intact. Il n'en doutait pas.

« Je me disais, reprit Charlie, alors que j'étais assis là à t'écouter jacasser avec ton vieux, que tu as vraiment des couilles, et que je t'admire pour ça. Lâcher ta haine comme ça. J'ai un sentiment fraternel pour toi. Oui, sérieux.

– Vous n'êtes le frère de personne.

– Malheureusement. » Il tira une bouffée de son cigare. « Je suppose que ton vieux t'a bourré le crâne à ce sujet. Ne crois pas tout ce qu'on te raconte, fils.

– Ne m'appelez pas “fils”.

– Je t'appellerai comme ça me chante, bordel. » Il tira encore deux bouffées. « Tu ne sais même pas où tu es, je me trompe ? Ce putain d'incapable t'a traîné jusqu'ici et tu n'en as pas la moindre idée.

– Je sais très bien où je suis.

– Tu ne vois pas la différence entre ton cul et une bouilloire. Ferme ta putain de gueule. »

Charlie se rapprocha de quelques pas, Gus voyait maintenant le gris de ses favoris. La lueur dans ses yeux et le canon du fusil qui dépassait derrière son épaule.

« Je vais te dire quel est ton problème. Celui de ton vieux, en tout cas, et puisque c'est le sien je suppose que c'est aussi le tien. C'est pas que vous soyez ici en train de jouer aux voyageurs. Bon Dieu, nous avons tous nos héros. La question, c'est que vous n'avez pas choisi les bons, putain. Qui a envie d'être le trou du cul qui attrape le castor ? L'homme qui est dans le vrai veut être le type qui porte le chapeau en castor. C'est moi, avec ce putain de chapeau sur la tête. Tu piges ?

– Vous êtes cinglé.

– Je suis l'homme le plus sain d'esprit que tu aies jamais vu. Tu sais pourquoi ? J'ai toujours eu ce que je voulais. Tu devrais juger un homme sur ce qu'il veut – et ce que je veux, je l'obtiens. Y compris toi dans ma ligne de mire. » Il tira sur son cigare. « Mais c'est un triste sac à merde que je vois là. » Charlie pencha la tête et le fixa longuement. « Ça fait quel effet, que toutes ces conneries finissent de cette façon ? Songe à l'effort que ça t'a coûté de venir jusqu'ici. Tous les portages où il a fallu traîner ton équipement dans les bois. Toutes les fois où tu as eu envie de cracher à la figure de ton papa. La peur que tu as ressentie. Les fois où tu avais juste envie de te blottir sur les genoux de ta maman. » Il eut un sourire macabre. « Et qui était avec elle ? Pas toi. Ni ton papa. Mais moi, avec mon chapeau en castor. J'étais sur ses genoux, dans son cul et partout ailleurs. »

Il pointa son cigare vers Gus. « Maintenant tu as cet air qui dit Je-veux-ma-maman. Vous aimez bien vos mamans, chez les Eide. Mais elle est où ? Et où est la maman de ton papa ? » Charlie se vida le nez et la gorge, crachant un jet de mucosités jaunâtres dans la neige. « Même si tu retournais chez la première maman Eide qui ait jamais vécu, elle ne serait pas là. Sans doute parce qu'elle serait dans la grange avec le type au chapeau en castor.

– Vous ne savez rien du tout.

– Je sais tout, petit. Je sais ce qui m'appartient et ce qui va arriver. Je te le répète, je suis le tsar de ce monde et c'est moi qui décide. Je pourrais ordonner à cette neige d'arrêter de tomber et elle obéirait au premier flocon. » Il sortit de derrière l'arbre, et commença à marcher obliquement vers Gus. « Je sais que ton papa t'a laissé assis là parce qu'il avait une peur bleue du tsar. Je sais que ton sac de couchage est plein de pisse. » Il s'arrêta à vingt pas de Gus, séparé de lui seulement par une bande de terre gelée recouverte de neige. « Et je sais que tu es mort. Je n'ai même pas besoin de réfléchir une minute pour le dire. Tu es aussi mort que ce putain de Kennedy. Et dans un instant ta tête va ressembler à la sienne.

– Gus avait raison. Tu ne sais rien. »

Ils se tournèrent tous les deux vers les chênes. Harry était à dix mètres à peine, un genou à terre, la Remington dans les mains, solide comme un roc.

Charlie tira une dernière bouffée de son cigare et le laissa tomber dans la neige, regardant tour à tour le père et le fils – rapidement, mais sans panique – avant de poser les yeux sur Harry. Il visait toujours Gus avec le .38 Spécial.

« Gus, écoute-moi, dit Harry. Je veux que tu fermes les yeux. Ferme-les et ne les rouvre pas avant que je te le dise.

– Un mot de plus et je descends ton bon à rien de fils.

– Tiens-toi tranquille », répliqua Harry. Puis, à Gus : « Ferme les yeux. Rien de tout cela n'est en train d'arriver, fils. Ce n'est jamais arrivé.

– Tu vas mentir jusqu'à la fin, hein ? »

Gus ferma les yeux.

« Tu as perturbé ton garçon, Harry.

– Je t'interdis de parler de lui.

– Nous voilà dans de sales draps, s'exclama Charlie. Je ne peux pas dire que j'avais vu *ça* venir.

– Moi si, répliqua Harry. Maintenant pose ton arme, Charlie.

– Sûrement pas. J'étais en train d'expliquer à Gus ce que j'allais faire avec ce pistolet. Et que sa tête va ressembler à celle de notre ancien président. Et toi, connard, tu es le suivant sur la liste.

– Bon sang, pourquoi est-ce que tu parles sans arrêt du président ?

– Tu vois ? reprit Charlie. Vous vivez ici en ermites pendant que le monde continue de tourner. Le président Kennedy a été assassiné, bande de minables. Le monde n'est plus ce qu'il était. Et tu ne t'en es jamais aperçu, hein Harry ?

– J'en ai vu beaucoup trop, Charlie. Je sais aussi des choses que je n'ai pas vues. Je sais que tu as tué ton frère. Je sais qu'il n'y a qu'une seule façon de te mettre hors d'état de nuire, même si je regrette de devoir le dire. »

Charlie partit d'un rire tonitruant. « Tu crois que t'en es capable ? Avec ton petit garçon accroupi dans la neige juste là ? Je parie que non. Je ne pense pas que tu aies les couilles d'appuyer sur la détente. » Il tenait Gus en joue et fusilla Harry du regard.

Gus fermait les yeux si fort que ç'en était douloureux.

« Je te demande encore une fois de poser cette arme, répondit Harry.

– Dis-moi une chose, reprit Charlie. À ton avis, comment va réagir ta femme à tout ça ? Tu t'imagines que tu as des problèmes maintenant ? Tu vas voir ce qui t'attend.

– Gus, tes yeux sont fermés ? Nous ne sommes pas ici, fils. Nous ne sommes jamais venus.

– Tu peux garder tes putains d'yeux fermés, mon garçon, mais ça ne veut pas dire que tu n'es pas ici. J'te fiche mon billet que t'es bien là.

– N'ouvre pas les yeux, Gus. Chante !

– Y a qu'une chanson pour ce morveux, dit Charlie. Et pour la chanter il nous faut un chœur d'église et un orgue.

– Ferme ta sale gueule, Charlie Aas. Ferme ta gueule et pose ton arme sur le sol. C'est la dernière fois… » Les voix se turent et deux coups de feu retentirent, tirés pratiquement au même instant, deux détonations qui ébranlèrent les arbres – *Tac ! tac !* – puis un silence aussi glaçant qu'un cadavre.

« L'une des dernières choses que mon père m'ait dites, en tout cas avant qu'il commence à perdre la tête, concernait ces coups de feu. Bon Dieu, Berit, je les entends encore, je vous jure. Et ce n'est pas une métaphore. Ce son est inscrit dans ma chair, comme une cicatrice de varicelle. »

La voix de Gus était à peine plus forte que le son feutré des flocons de neige sur la boutique d'apothicaire.

« Il a dit qu'il était laid, et que cette laideur s'était manifestée pour la première fois le jour où il avait tiré sur Charlie Aas. Il a précisé que ce n'était pas la seule chose laide qu'il ait faite dans sa vie, qu'il en avait encore beaucoup d'autres à son actif. Mais il a ajouté qu'en dépit de cette laideur et de ses échecs, des méfaits qu'il avait commis et qu'il regrettait, tous ces crimes avaient valu la peine à cause de la beauté de ses enfants. Il a dit que la beauté de nos vies justifiait la laideur de la sienne. Même notre hiver passé dans les régions frontalières, aussi horrible et désastreux qu'il ait été, avait en fin de compte été bénéfique – pour sa vie comme pour la mienne – parce qu'il lui avait prouvé jusqu'où allait son amour. Malgré ces coups de feu.

« Vous l'avez connu, Berit. Probablement mieux que moi à la fin de sa vie. Vous savez donc que je n'aurais jamais pu douter de son amour. Il était aussi peu équivoque et incontournable que le lac Supérieur, et je l'ai toujours considéré comme acquis. Mais l'avoir entendu dire une chose pareille ? À propos de nos mois dans les bois, après toutes ces années ? Je ne sais pas quoi penser, Berit. »

Il regarda la neige tomber avec attention.

« Très souvent, au cours de ma vie, j'aurais pu jurer que ce n'était jamais arrivé. Toute cette aventure, mais surtout ce matin-là, j'ai vraiment juré une fois – ma main sur une bible au tribunal du comté d'Arrowhead – que cela ne s'était jamais produit. Et c'est le sentiment que j'ai éprouvé le plus souvent. Mis à part ces deux coups de feu et leur écho qui ne m'a plus quitté depuis. »

Je le regardai, debout à la fenêtre, me disant que je m'étais peut-être trompée à son sujet. Peut-être que cette prise de conscience était son moment charnière, au lieu de l'instant terrible qui avait eu lieu devant son arbre, sur la baie d'un lac lointain. Peut-être avait-il eu besoin de tout ce temps pour que les quatre directions de sa boussole se rejoignent. Peut-être trouverait-il enfin la paix.

« Cet écho, Berit, il fait partie des battements de mon cœur. »

Il se tourna pour me regarder, mais ensuite il ferma les yeux et baissa la tête.

« J'ai gardé les yeux fermés, comme il l'avait exigé. Toujours le fils obéissant. » Il serra les paupières encore plus fort. « Et puis ces coups de feu ont retenti. Si proches et violents que je les ai ressentis non seulement dans mon corps mais aussi à travers l'arbre contre lequel je m'appuyais. Ils sont devenus une partie de moi dès la seconde où je les ai entendus. Deux détonations, et je suis mort pour la troisième fois dans les régions frontalières. La troisième fois, pas la dernière. »

La première lettre parlait des arbres. « J'avais commencé à penser que les arbres n'étaient pas réels, écrivait-elle à ses parents. Quand le bateau pour Tromsø a traversé le brouillard et que la côte est apparue, je les ai vus. J'étais très heureuse. » Le reste de cette missive, datée du 11 octobre 1895, et les lettres suivantes, était un étrange voyage dans le temps. Elles racontaient avec des détails puérils la traversée de Thea Eide (la voisine de cabine enceinte, le bébé mort-né), son arrivée à Gunflint (personne pour l'accueillir, sa peur panique), sa rencontre avec Rebekah (« la personne la plus triste que vous ayez jamais vue »), et son opinion sur Hosea Grimm (« Un homme gentil, même s'il est parfois bizarre »). Elle racontait à sa mère que sa sœur – la tante de Thea – était morte tragiquement, que cela avait rendu son oncle incapable de lui venir en aide à sa descente du bateau et même après. Elle décrivait en détail les conditions de vie dans le camp de bûcherons où elle avait trouvé un emploi de cuisinière, et disait beaucoup de bien des hommes rudes et généreux qui abattaient les arbres. Elle consacrait une page entière aux chiens qui gardaient le camp. « Il y en a une que j'ai appelée Freya. Le sommet de sa tête atteint mon ventre. Chaque matin et chaque soir je lui apporte des restes. Ils sont magnifiques, comme des ours. Grâce à eux, nous nous sentons plus en sécurité. »

Mais les lettres les plus révélatrices étaient les deux dernières. L'une était datée du 23 avril 1896.

Kjære mutter og pappa,

*Je suis heureuse de vous dire que j'ai épousé un homme qui s'appelle Joshua Smith et que nous attendons un enfant. C'est le pasteur Erolson qui nous a mariés dans l'église luthérienne Immanuel de Gunflint, en Amérique. M. Smith est un marchand de montres et il est mon aîné de huit ans. C'est un homme bon et pieux, et je suis heureuse d'avoir eu la chance de le rencontrer. Nous allons habiter en ville. J'enverrai une photographie de l'enfant et de son père quand il sera né. Je n'ai pas peur de la grossesse. M. Hosea a toujours été généreux et il veillera à ce que tout se passe bien pour moi. Avec toute mon affection,*

Kyss og klem –
*Dine Thea Inger*

Je levai les yeux. « Mon Dieu.

– Je ne vous le fais pas dire, répondit Gus.

– Et la dernière lettre ? »

Il me la tendit, écrite de la main élégante de Signe qui l'avait traduite, ainsi que la photographie qui avait attendu un siècle dans l'enveloppe. J'examinai un portrait en noir et blanc si passé qu'il était presque invisible, bien que le visage d'un bébé angélique fût reconnaissable. Je le fixai assez longtemps pour déceler peu à peu une ressemblance avec chacun des hommes Eide : d'abord Odd, puis, Harry, et Gus. Même Tom, le fils adulte de Gus. J'en eus des frissons dans le dos.

« Lisez la lettre, dit doucement Gus. C'est la dernière qu'elle ait envoyée. Qu'elle ait *eu l'intention* d'envoyer. »

Il n'y avait aucune date sur la lettre, mais au dos de la photographie était inscrite la date de naissance d'Odd : 26 novembre 1896. Elle commençait comme les autres.

Kjære mutter og pappa,

*C'est mon fils. Mon enfant chéri et adoré. Je l'ai appelé Odd Einar. Il est tout à moi.* Pappa, *je lui ai donné ton nom. Peut-être qu'il deviendra aussi bon que toi. Oui. Je suis sûre que oui. Il est si doux. Tu m'as envoyée en Amérique pour que je sois heureuse et j'ai trouvé le bonheur. Un jour il trouvera le sien lui aussi. J'aimerais tant que tu le prennes dans tes bras*, Mutter. *Comme tu ne le peux pas, je le fais pour nous deux. Je vais bien. J'ai été courageuse. Je me souviens à quel point tu l'as été*, Mutter. *J'étais toi. Je suis tellement heureuse ! Si je meurs demain, mon seul malheur sera de ne pas voir grandir mon Odd Einar. J'ai le son de son cri. Il pleure maintenant. Je dois le nourrir. Mais je t'écrirai bientôt. Merci de m'avoir envoyée en Amérique.*

*Dine Thea Inger*

« Je pense que Thea Eide ne s'est jamais mariée, dit-il.

– Vous avez raison, elle ne l'a jamais été. » Je rangeai la lettre avec les autres.

« Mais… » Gus la reprit et la tint du bout des doigts, comme s'il présentait une pièce à conviction suspecte lors d'un procès après l'annonce du verdict.

« Je suppose qu'elle inventait des histoires.

– J'imagine que oui. » Il parcourut de nouveau la lettre avant de la poser sur la pile. « On a souvent dit que mon grand-père était un enfant illégitime. Comme mon père après lui.

– C'est aussi ce que j'ai toujours entendu dire.

– Par Rebekah ?

– Oui. Mais ce n'était pas une conteuse à proprement parler, je suis sûre que vous le savez. Il lui arrivait de marmonner quelque chose, et bien sûr il y avait toujours les ragots et les commérages. Dans tous les cas, je pense que ce que nous avons appris sur votre arrière-grand-mère est plus ou moins vrai. »

Gus la regarda. « Mais elle a exposé les choses sous un jour différent. Dans quel but, à votre avis ?

– Elle pouvait difficilement avouer la vérité à ses parents, n'est-ce pas ? J'imagine qu'elle avait besoin de transmettre quelque chose, de leur faire savoir qu'ils étaient grands-parents, même si la moitié du monde les séparait. C'est ce que font les gens quand ils ont des enfants, n'est-ce pas ? Ils répandent la bonne nouvelle ? À qui d'autre aurait-elle pu l'annoncer ? Elle n'avait aucune famille en dehors de ses parents. Ce qui veut dire qu'elle n'avait personne. Vous imaginez ? C'est vraiment triste.

– Quel dommage que ces lettres ne leur soient jamais parvenues. »

Je secouai la tête.

« C'est le moins qu'on puisse dire.

– Racontez-moi donc votre version de l'histoire.

– Vous pourriez vous rendre au tribunal et en trouver la moitié signée et scellée. Autant que je sache, Joshua Smith était bien le vendeur de montres ambulant dont nous avons entendu parler. Une curieuse vocation, certes, mais bien sûr les bûcherons avaient tous besoin de montres, n'est-ce pas ? Smith est venu le premier hiver où elle travaillait au camp du Bois Brûlé. Un hiver légendaire à cause du froid qui sévissait alors et de tout ce qui se tramait dans les bois.

– L'hiver de 1896 ?

– C'est juste…

– Vous savez, reprit-il, l'*Ax & Beacon* a comparé cet hiver-là à celui dont nous parlions. C'est le deuxième hiver le plus froid de l'histoire – 1896 a été le premier.

– À un siècle d'écart, jour pour jour. Vous y avez pensé ?

– Oui, bien sûr.

– C'est une jolie mise en perspective des événements, n'est-ce pas ?

– Je ne suis pas certain d'avoir vu les choses sous cet angle.

– Qu'avez-vous pensé alors ? demandai-je.

– Pas grand-chose, en réalité. Peut-être qu'un siècle n'est pas une période si longue que ça. Pas quand on le mesure à l'aune d'un endroit pareil.

– C'est toute l'histoire de cette ville, pourtant. C'est quelque chose, non ? Vous pouvez le reconnaître vous aussi.

– Peut-être que j'aurais dû dire plutôt “à l'aune d'une famille comme la mienne”. » Il me regarda. « Je considère que vous faites partie de ma famille,

Berit. Je le pense depuis des années, mais je le dis aujourd'hui avec plus de conviction encore.

– C'est très aimable à vous.

– Et pas seulement parce que vous comptiez pour mon père. »

Je le vis rougir alors que je sentais mon visage s'enflammer. « Eh bien, dis-je, prenez garde à ne pas faire perdre la tête à une vieille dame. »

Il empila les lettres avec soin.

« Je pensais qu'elles en diraient plus. Pour être honnête, je m'attendais à verser une larme.

– En fait, je ne m'attendais à rien de particulier. Mais elles me bouleversent un peu, c'est certain. »

Pendant trois jours et trois nuits, Gus s'était abstenu de consulter les cartes. Le quatrième matin, ils venaient de lever le camp lorsque le monde sauvage – qui n'avait en réalité pas du tout changé – devint une terre étrangère. Il prit donc la boussole dans son sac et vérifia sa direction. Toute la journée ils marchèrent vers le sud, ou l'est. Il surveillait les bois d'un œil et de l'autre, l'aiguille de la boussole dans sa main ouverte, toujours orientée vers le sud ou l'est. Lorsqu'ils traversèrent une rivière qui coulait dans le même sens, il sut qu'ils avaient franchi la ligne du partage des eaux.

Gus portait ses raquettes, son manteau et son bonnet. Le sac Duluth avait été transformé en un harnais d'où partait une longueur de corde rattachée au canoë, où son père était installé douillettement dans la peau d'ours, des lainages, et le duvet, son bonnet rouge rabattu sur ses oreilles. Il avait de la fièvre et ses sous-vêtements étaient trempés de sueur. Un pied était enfoncé dans sa botte puante et l'autre enveloppé du tee-shirt de Gus raidi par le sang coagulé.

Tirer cette charge sur les lacs et les rivières gelés, avec le vent du nord dans le dos, lui parut étonnamment facile. Mais dans les bois, à travers les broussailles et sous les innombrables pins gigantesques, au milieu des rochers et des branches mortes, dans les étroits lits escarpés d'anciens torrents d'où il faillit ressortir, il fallait parfois une heure pour parcourir cent mètres. Il se consolait en se disant que hisser son père dans ces terres sauvages – le ramener chez lui, était un acte de délivrance, et il avait alors l'impression de voler au milieu des nuages. Jusqu'au moment où les lanières du sac tiraient sur ses épaules irritées et le ramenaient sur Terre.

Donc, quand le trajet devenait trop ardu, il fredonnait les anciennes chansons qu'il avait apprises la saison précédente et il accélérait le pas, même lorsqu'il plongeait parfois dans la neige jusqu'à la taille.

Le quatrième soir, il était à bout de forces et il dressa le camp entre deux arbres sur le rivage. Il tassa la neige avec ses bottes, à peine capable de lever les jambes après sa journée de labeur sous le harnais. Il fit un feu à l'entrée de la tente, puis rassembla du bois pour l'entretenir pendant la nuit, fit fondre de la neige dans la casserole sauvée des flammes et força son père à manger une ration de fruits séchés et une barre de chocolat. Il absorba la même chose, bloqua le vent avec le canoë retourné, se blottit dans le sac de couchage sous la peau d'ours, à côté de son père – plongé désormais dans un univers fantastique entre sommeil et mort d'où il émergeait seulement pour manger, se rendormir et par la suite, gémir et tempêter comme un dément – et sombra lui-même dans une torpeur sans rêves. Il se réveilla toutes les heures pour remettre du bois dans le feu mais le sut seulement le lendemain avant l'aube quand il se leva pour de bon, car le feu brûlait toujours.

Dans l'obscurité de la fin de la nuit, il fit fondre assez de neige pour remplir la gourde, et mangea le reste du chocolat et une poignée de fruits secs. Il démonta la tente et la roula, puis il transporta son père dans le canoë, chargea sur son dos le sac Duluth avec autant d'aisance que le blazer qu'il enfilerait des années plus tard avant de se rendre au lycée le matin, s'orienta vers le sud, et traversa enfin le lac en direction de Gunflint, leur feu de camp brûlant encore derrière eux, seule source de chaleur et de lumière au monde.

Au lever du jour la neige avait commencé à tomber, et devint plus dense encore à midi, mais le vent ne se mit à souffler que le soir, et Gus dut monter la tente dans le blizzard. Quelque part, ce jour-là, il perdit une mitaine.

Cinq jours plus tôt – le matin où Harry avait tiré sur Charlie –, Gus avait gardé les yeux fermés pendant très longtemps. Au point qu'on aurait pu croire qu'il dormait. Mais lorsqu'il les rouvrit enfin, il s'aperçut que deux centimètres de neige poudreuse avaient recouvert ses manches et le sac Duluth. Un silence de mort, jusqu'à ce qu'il entendît son père revenir de la côte lointaine, se frayant un chemin entre les arbres, une traînée de sang derrière lui, le teint terreux, le regard vide, inhabité. Gus s'interdit de jeter un coup d'œil dans les bois pour chercher Charlie.

« Maintenant c'est ton tour, dit Harry qui jeta la Remington dans la neige avant de s'effondrer près de lui.

– Que s'est-il passé ? demanda Gus, indiquant la neige rougie. C'est le sang de qui ? »

Harry exposa son pied en guise de réponse. Sa grimace rendit plus intense encore la pâleur de son visage. La moitié de la botte avait été emportée par le coup de feu et le sang gargouillait dans la plaie comme un ragoût en train de mijoter sur la cuisinière. Ses mains étaient souillées de sang. Gus examina le manteau et les sous-vêtements ensanglantés de son père et lui demanda s'il avait été atteint par deux balles.

Harry secoua la tête en signe de dénégation, les yeux dans le vague.

« Où est Charlie ? Que lui est-il arrivé ? »

Harry essaya de concentrer son regard sur Gus mais il était presque inconscient. Avant de s'évanouir, il parvint à demander : « Charlie qui ? »

Gus enveloppa son père dans le sac de couchage et la peau d'ours, et traversa en courant la baie jusqu'à l'emplacement de leur ancienne cabane. Il ne restait que la cheminée, les fondations, et la souche de chêne qui se consumait, sifflant et fumant sous la chute de neige. La chaleur du feu était merveilleuse après l'interminable nuit qui venait de s'écouler. Il espérait que le canoë restant n'avait pas brûlé et put constater que l'incendie l'avait épargné car il avait été posé à l'écart, à la lisière de la clairière. Il le dégagea, et le tira sur la rive gelée. Il revint ensuite pour jeter encore un coup d'œil au feu et trouva alors la marmite perchée sur les ruines du poêle. Il repoussa d'un coup de pied la poutre carbonisée qui avait dû tomber du plafond et la souleva pour atteindre l'ustensile encore chaud.

Harry s'était calé contre l'arbre quand il revint. La peau d'ours et le duvet avaient glissé, Gus le recouvrit de nouveau, et alluma un feu pour faire fondre de la neige. Un feu chassait l'autre. L'ironie de la situation ne lui échappait pas.

Ensuite il examina la botte de son père. Cela réveilla Harry, bien sûr, et il sortit de sa torpeur comme un homme qui avait failli se noyer – suffoquant, les yeux écarquillés, pleins de terreur. Mais dès qu'il comprit où il était et reprit ses esprits, il demanda à Gus quelque chose à grignoter.

Le sang jaillit sans discontinuer quand Gus retira la botte. La partie supérieure avait été emportée par le coup de feu, et c'étaient les orteils de son père qui saignaient – trois avaient été blessés, deux arrachés. Il se servit de son couteau de poche pour découper la chaussette, et quand il eut lavé le pied à l'eau chaude, emmaillotant ensuite dans un tee-shirt, Harry avait de nouveau perdu conscience.

Au milieu de la matinée, Gus transforma le sac Duluth en harnais et l'attacha à la structure du canoë. Il avait déjà installé son père dans le bateau, calant son dos contre la traverse avec la tente sous lui. Il rangea le reste de leur équipement à l'arrière. Les provisions étaient si maigres qu'il n'y avait pas même de quoi nourrir un jeune enfant jusqu'à leur arrivée à Gunflint, encore moins deux hommes, dont l'un devrait assumer la tâche la plus pénible de sa vie. Sans lanterne ni carburant. Son père n'avait même pas de pantalon, et il ne lui restait qu'une botte. Ils n'avaient pas non plus de trousse de premiers secours.

Malgré tout ce qui leur manquait, leur chargement serait trop lourd, et Gus ne voyait pas comment il parviendrait à ramener son père à la maison. Même sur une route de glace, cela semblait impossible. Mais le premier matin il fit un pas, puis un autre, et un quart d'heure plus tard, ils atteignirent le trou de pêche que son père avait taillé dans la glace. Il remplit la gourde, but son eau, la remplit de nouveau, l'apporta à Harry, le réveilla, et l'obligea à boire. Il recommença l'opération une troisième fois, et rangea le récipient à l'arrière du canoë. La Remington était posée au milieu des provisions, il la souleva et se dirigea vers le trou.

« Où vas-tu avec ça ? dit Harry.

– On n'a plus de munitions.

– Et alors. Sa voix faiblissait déjà. C'est ma carabine.

– J'en ai marre de ces conneries. » Il ouvrit le couvercle. « Ça suffit, bordel ! » Il lâcha l'arme dans l'eau. Puis il rajusta le harnais et fit un pas. Puis un autre. Une fois arrivé à la hutte des castors sur le lac dont il ne connaissait pas le nom, tirant derrière lui son père muet, Gus tourna vers le sud.

Le sixième jour, Harry se mit à bredouiller et à délirer. Le son de ses divagations ne fit qu'accroître le sentiment de solitude de Gus. Toutes les journées qu'il avait passées seul, loin de la cabane, à dresser la carte du territoire, l'avaient habitué à vivre dans le silence et la paix de ses pensées, craquelée à présent par les gémissements de son père.

« La glace se fissure, papa ! Les poissons, papa ! La glace ! Regarde ! »

Gus s'interrompait et prenait de longues inspirations, les coudes posés sur les genoux, le visage baissé pour ne pas inhaler les flocons de neige.

« Pourquoi n'est-elle jamais descendue ? Quel est son problème ? »

Puis Gus se relevait et faisait encore une vingtaine de pas avant de se reposer de nouveau. Il devait enfiler sa mitaine tour à tour sur chaque main, ce qui était très agaçant, car il avait une paume glacée en permanence.

« *Nous étions trois capitaines, / de la guerre revenant / brave, brave / de la guerre revenant bravement** », chantait-il, la voix à la fois sifflante et croassante.

Il n'y avait pas un souffle de vent, et un rideau de neige les enveloppa toute la journée, privant Gus de toute visibilité. Il était incapable de repérer le moment où il quittait les bois pour se retrouver sur un lac. Il marchait, se reposait, marchait, se reposait, et passa la plus grande partie de cette journée sur un lac, allant toujours vers l'est. Quand la nuit vint, il crut distinguer des lumières dans le lointain.

« Il y a des traces, fils ! Il y a des *traces* ! Gus, *mon fils** ! Je t'en prie, arrête-toi. Ma botte, j'ai perdu ma botte ! »

C'était peut-être une illusion d'optique due à l'obscurité, mais la neige parut tomber de plus belle au crépuscule. Gus – réservant les dernières poignées de fruits séchés pour une section du trajet plus ardue – n'avait mangé que de la neige depuis vingt-quatre heures. Il marchait depuis seize heures déjà. Il n'avait plus mal nulle part. Son corps ne faisait plus partie de lui. Mais il continuait d'avancer. Il avançait toujours, et brusquement ils se retrouvèrent dans un enchevêtrement de roseaux gelés sur le rivage.

« Il y avait des serpents, Gus. *Mon fils* ! Tu as raté leurs traces. Partout sur le lac. Je crois qu'ils nous suivent. La glace est en train de se fissurer, papa ! La banquise se disloque. »

La neige diminuait. À un moment de la nuit, le ciel pur, lumineux se déploya, et Gus découvrit qu'ils étaient sur une rivière gelée. Il se tourna pour regarder son père à la clarté de la lune. Il avait repoussé le duvet et la peau d'ours. Sa veste était déboutonnée et il avait même enlevé son bonnet rouge. Gus se dégagea du harnais et retourna vers le canoë. Les lèvres de son père, fendues et ensanglantées, étaient figées. Il avait l'apparence d'un cadavre. Gus trouva la gourde, mais son eau avait aussi gelé. Il en aurait pleuré s'il avait été vivant. Mais pour la quatrième fois, il était mort dans les régions frontalières. Il avait tué son père. Ils étaient morts tous les deux.

Il regarda alors sa main au clair de lune. Elle avait la même couleur que la lune et lui faisait atrocement mal. Il ouvrit son manteau et la glissa sous son aisselle, il n'était pas mort, car il saignait. Ses épaules étaient en sang et sa chemise, imbibée de sang glacé. Il recouvrit son père avec le sac de couchage et la peau d'ours, hissa le sac Duluth sur son dos, et se remit en route, la rivière défilant sous ses pas, et il inventa une mélodie pour les paroles de sa chanson : *« Par ici t'il passe trois cavaliers barons, Dondaine, don, dondaine, don, / Que donneriez-vous belle, Qui vous tir'rait du fond ? Dondaine, don, dondaine, don**… *»* Un instant, il crut entendre – ou entendit, peut-être – son père chanter avec lui.

C'étaient les derniers jours dans les régions frontalières, bien sûr, et pour Gus et Harry ce fut aussi le début. De la rivière, s'entend.

Ses sources avaient gelé. La voûte des arbres bordant ses côtes se déployait dans un enchevêtrement de branches enneigées, telle une haute tente. Il y parvint une fin d'après-midi et envisagea de dresser le camp – il avait à peine dormi quelques heures depuis deux nuits et n'avait presque rien mangé à part une poignée de brindilles, d'herbe et d'écorce dont se serait contenté un orignal, et de quelques fruits secs qui restaient dans le canoë –, mais la seule pensée de la tente à monter, du bois à ramasser pour le feu, le persuada de poursuivre son chemin, en proie à une autre sorte de souffrance.

Au crépuscule, la rivière s'élargit devant lui et une eau mouvementée remplaça la neige. Il s'arrêta sur la rive et considéra le courant sombre qui s'écoulait à la lueur du soir. S'agissait-il de la rivière du Bois Brûlé ? Était-ce du domaine du possible ? Il sortit le recueil de cartes de son père et consulta le plan n° 8, fac-similé de la carte du lac et des sources de la rivière qu'avait dessinée Thompson. Gus l'étudia avec nostalgie, comme si, à force de volonté, il pouvait se glisser sur la page et sauver leurs vies à tous les deux.

Puisqu'il n'avait pas de pagaie, il dénicha une branche grosse comme son bras, aussi grande que lui, puis il s'installa à bord du canoë, et s'en servit pour s'éloigner de la rive.

L'eau sous la quille du canoë lui procura la sensation la plus délicieuse qu'il eût jamais éprouvée, et lui redonna de l'énergie avant de le plonger dans un état proche du sommeil. Il aurait dû redouter les cascades, les rochers et les rives glacées qui s'étendaient devant lui, aussi inévitables que le temps qui passe, mais il était désormais incapable de penser. Ou du moins, de s'inquiéter. Ce qui devait arriver arriverait. Cela venait de loin, et cela continuerait d'arriver.

Son père dormait. Du moins Gus l'espérait. Le bruit de l'eau qui gazouillait, chuintait et clapotait doucement contre le canoë était une berceuse susceptible d'endormir un homme. Et l'eau qui entraînait le canoë ? C'était Morphée qui la déversait sur les rêveurs pour les séduire.

Gus dirigea le canoë toute la nuit, somnolant de temps à autre, reprenant ses esprits quand l'embarcation heurtait les rochers ou la neige molle entassée sur la berge. Parfois, la rivière était plus large et plus lente, ou plus étroite et plus rapide, mais dans tous les cas elle travaillait à sa place, et il lui en était plus reconnaissant que jamais. Il vit enfin le jour poindre, et le soleil levant briller à travers les arbres tandis qu'ils voguaient vers lui.

Gus remplit la gourde, but à longues goulées, puis la remplit de nouveau et s'approcha en hâte de son père, qui était inconscient. L'eau dégoulina simplement dans sa barbe et sur la peau d'ours gelée. Gus s'installa donc à l'arrière et couvrit ses yeux de son bras. Il s'endormit, puis se réveilla quand le canoë fut pris dans une gadoue de neige fondue et de glace sur un lac gelé. Gus chercha le fond avec sa perche artisanale, et après avoir peiné pendant une heure et épuisé ses dernières forces, il réussit à tirer le canoë sur la glace solide et à traverser le petit lac. En regardant ses rives, il aurait juré qu'il avait déjà dormi là autrefois. Lorsqu'il atteignit le bout du lac, la rivière s'ouvrit de nouveau, il se rassit et le canoë se remit à flotter.

Le reste de la journée la rivière s'infiltra dans la quille de l'embarcation, dans sa colonne vertébrale et dans son esprit qui fut submergé et continua de flotter durant les nombreuses années à venir. Il dormait, rêvait à l'eau et se sentait inondé. Il ne se noyait pas, l'eau s'écoulait simplement à travers son corps. Vers le soir, il se réveilla alors que le canoë s'immobilisait en douceur, et en l'absence de tout mouvement, il perçut le tumulte d'une cascade – ou peut-être qu'il se trompait. C'était sans doute le flot qui déferlait en lui.

Mais il reconnut avec certitude et sans le moindre doute – le récit qu'on lui en fit par la suite le confirma – le vrombissement des motoneiges. Il essaya d'ouvrir les yeux mais en fut incapable. Il ne parvint même pas à les ouvrir lorsqu'il entendit des voix familières, douces et fortes, résonner dans le crépuscule. Gustav Eide n'irait plus jamais aussi loin sur la rivière du Bois Brûlé avant le jour de la disparition de son père au début de cet hiver.

Vous n'êtes pas mort avant d'être chaud et mort. C'est ce qu'on dit à propos de l'hypothermie. Lorsque je vis Harry le soir où on le ramena des bois, il était presque bouillant – il ressemblait à un grand brûlé. Je ne parvins pas à croire qu'il n'était pas mort. Malgré tout l'équipement médical, le médecin et les infirmières qui l'entouraient à l'hôpital de Gunflint.

Je m'y étais rendue furtivement après la tombée de la nuit pour voir de mes propres yeux si ce qu'on chuchotait en ville était vrai : à savoir que Gus et lui avaient été ramenés par les frères Riverfish, et que Harry ne passerait pas la nuit.

Le bout de son nez et le haut des joues étaient gelés, couverts de cloques, et rouges. Il était enveloppé d'une couverture électrique depuis les chevilles jusqu'au menton. Un pied était caché, l'autre surélevé, et soigné par une infirmière. Sa cheville légèrement orangée passait du pêche au terre d'ombre, puis au rouille et au marron, et virait enfin au noir près de l'emplacement des orteils. Lorsqu'elle me vit – c'était Ana Olsson –, elle me sourit, recouvrit le pied et sortit de derrière le rideau.

« Que faites-vous ici, Berit ? » Elle garda une main dans son dos et me toucha le bras de l'autre. « J'ignorais que vous étiez une amie de Harry Eide. »

Comment pouvais-je l'expliquer ? Ou le comprendre moi-même ? J'étais venue à l'hôpital parce que j'étais si impatiente de le voir que je ne pouvais pas attendre une minute de plus. Lorsque j'avais appris que Harry et Gus remontaient la rivière en canoë, j'avais pensé que je ne les reverrais plus jamais, une certitude qui m'avait remplie de regret, de honte aussi. Quand le bruit courut en ville qu'ils étaient de retour, dans un état très préoccupant, rien n'aurait pu m'arrêter.

« Bien sûr, vous avez passé tellement de temps avec sa mère », dit Ana.

J'eus un faible sourire. « Qu'est-il arrivé à son pied ?

– Accident de chasse. »

*Harry ? Un accident de chasse ?* pensai-je. *En janvier ?*

Elle gardait encore sa main derrière son dos. « Son pied est le moindre de ses problèmes. Sa température était de moins de trente-deux degrés il y a deux heures, lorsque nous l'avons admis. Nous le réchauffons lentement, en espérant éviter l'arrêt cardiaque. Il a encore besoin de deux heures pour s'en sortir. C'est ce qui compte maintenant. » Elle chuchotait et hochait la tête près du rideau voisin, où Gus dormait comme s'il était en feu. Sa main droite était enveloppée de gaze, ses boucles emmêlées ressemblaient à un nid d'oiseau, sa barbe naissante longue de deux centimètres à peine aux endroits où elle avait poussé, et je ne pus m'empêcher de songer que cela lui donnait un air enfantin.

« Sa mère est venue ? demandai-je.

– Elle est partie il y a vingt minutes.

– Le garçon va s'en sortir ?

– Il est maigre comme un faon nouveau-né. Il a quelques gelures lui aussi, sur la main et en haut des joues. Mais surtout il est très fatigué.

– C'est vrai que Freddy et Marcel Riverfish les ont ramenés ?

– Honnêtement, Berit, c'était un spectacle effroyable. Ces deux-là et les deux autres, sortant tout droit des bois.

– Ils les ont trouvés où ?

– J'ai entendu raconter qu'ils étaient en train de mourir sur la rivière du Bois Brûlé. À vingt pas du gouffre du Diable. Leur canoë pris dans une congère le long de la rive. Encore deux ou trois mètres sur la droite, et ils étaient engloutis pour toujours. » L'infirmière regarda Gus un long moment, puis se tourna vers moi. « C'est tout le portrait de son père, n'est-ce pas ?

– Oui, c'est vrai. »

Elle posa encore la main sur mon bras et me dit de m'asseoir. Lorsqu'elle tira le rideau pour reprendre son travail, elle le fit avec la main qu'elle avait gardée derrière son dos. Elle portait un gant de plastique couvert de sang.

La nouvelle du retour de Harry et de Gus, ce jour de janvier 1964, se répandit en ville encore plus rapidement que l'annonce de l'assassinat de JFK deux mois auparavant. Certains parlaient déjà de miracle. D'autres disaient que le destin les avait préservés. Il y avait sans doute un peu des deux. Quelques-uns dirent même qu'entre Thea Eide, la grand-mère de

Harry, et Odd Eide, son père, la famille avait eu largement sa part de malheur, et que Dieu leur avait rendu justice.

Mais assise dans un coin de cet hôpital, j'aurais pu vous dire, alors que je voyais souffrir cet homme, que Dieu n'avait joué aucun rôle dans cette histoire. Je reconnaissais à la providence un seul mérite : celui d'être responsable de la rigueur de nos hivers, d'avoir fait de Harry l'homme qu'il était et de l'avoir mis dans une situation impossible qui échappait à l'imagination.

Cette nuit de veille est encore si vivace dans mon esprit que j'ai l'impression de l'avoir vécue hier. Si peu de temps semble s'être écoulé depuis que s'est épanoui le grand bonheur de ma vie. Il est vrai que je connaissais à peine Harry alors. Je ne savais pas non plus pourquoi j'étais venue à l'hôpital ni ce que je m'attendais à trouver là une fois arrivée. Je n'avais aucune idée de ce qu'il avait enduré pendant les mois de son absence, aucune notion de ce qui l'avait poussé à explorer les étendues sauvages, mais j'étais sûre – cette nuit-là – que mon amour pour lui était plus indispensable à sa survie que les soins prodigués dans cette chambre d'hôpital. Je le savais à cause de la puissance des sentiments qui m'envahissaient. Et j'avais raison.

Au début, alors que j'étais assise dans cet hôpital, je pensai à tout le temps perdu. Pas à son expédition dans les régions frontalières mais à tout le temps qui avait précédé. Aux années écoulées depuis que j'avais posé les yeux sur lui pendant l'hiver 1937, et six mois plus tard, le jour où nous avions parlé de mon bouquet de grassettes. Cela me chagrinait de penser à tout ce qui avait été sacrifié, à toutes ces années. Je souffrais aussi de songer à ce que Lisbet avait gagné de son côté : Gus et Signe, leur magnifique maison au bord de la rivière, de longs mois auprès de Harry, les nuits obscures et les matins lumineux, le bonheur d'une vie accomplie. J'enviais même les disputes, la tristesse, les moments difficiles et odieux qu'ils traversaient et que nous aurions inévitablement partagés. Tout cela aurait dû m'appartenir.

Je dois préciser, avant que vous me jugiez, que je savais même alors combien il est mal d'envier autrui. Mais j'avais attendu. Je m'étais montrée patiente. J'avais vécu ma vie, sans protester. Et du mieux que j'avais pu. Avec tous les amis que j'avais eus. Les livres que j'avais lus. Les soirées paisibles et mélancoliques où la beauté de cet endroit m'arrachait des larmes. Les chutes de neige et les levers de soleil. Tout cela représentait sans aucun doute une vie foisonnante. Alors que j'étais assise à l'hôpital, regardant Harry échapper à la mort, toute cette vie passée et le reste du monde m'apparurent soudain plus vastes et saisissants parce que je pris conscience de ce que j'avais toujours su : j'aimerais cet homme.

Il est stupéfiant – à un point extrême, en fait – de veiller une nuit entière et de découvrir le lendemain matin que vous êtes amoureuse. Que ce n'est ni un rêve, ni un fantasme, ni un objet d'envie, mais un sentiment de plénitude absolue. Certaines personnes disent que c'est une folie, ou que seuls les imbéciles s'y laissent prendre, mais j'ai vécu de ces trois manières – sans amour, avec le désir de l'amour, et avec l'amour – et j'affirme que la dernière est de loin la meilleure.

Avant même qu'il fasse jour dehors, j'ouvris les yeux pour voir le vieux Willem Lundby penché au-dessus de Gus qu'il était en train d'interroger, un carnet à la main, son badge sur la poitrine. Gus choisissait des morceaux de fruits séchés dans un bol en plastique. Avant que Willem constate que j'étais réveillée, je refermai les yeux et j'écoutai.

« Donc tu n'as jamais vu Charlie Aas ?

– Non monsieur.

– Tu n'as jamais vu son avion ?

– Non monsieur.

– Parce que personne n'a vu Charlie ni son avion depuis une dizaine de jours. La dernière fois que quelqu'un l'a vu, il survolait la ville en direction des collines.

– Je ne comprends pas de quoi vous parlez. Mon père et moi, on hivernait, c'est tout.

– Et tu m'as dit que vous hiverniez où ?

– Je ne sais pas exactement.

– Tu n'en sais rien ? Vraiment ?

– Non monsieur. Je ne le sais pas précisément. Quelque part dans les régions frontalières. On s'est perdus.

– Ouais. Donc, vous vous êtes perdus ?

– Oui monsieur.

– Et même Charlie à bord de son avion n'a pas réussi à vous trouver ?

– Même Dieu n'y serait pas parvenu.

– Et le pied de ton père là-bas ? Il est tombé dans un piège à loups ? »

Gus regarda dans la direction de son père. « Nous avons eu un accident de chasse.

– Un accident de chasse ? »

Gus hocha la tête.

« Ton vieux n'a jamais chassé sans permis, alors pourquoi commencer maintenant ?

– Il fallait manger. On essayait de ne pas mourir de faim.

– Il fallait manger. » Willem secoua la tête en signe de dénégation. « Grands dieux, s'exclama-t-il, feuilletant son carnet vers le début, tapotant sa moustache de son crayon. La plupart des gens s'imaginent que Charlie est parti à votre recherche à tous les deux. À cause des ennuis que lui a attirés ton père.

– Mais de toute manière, comment aurait-il pu nous repérer ? »

Willem leva les yeux de son carnet. « C'est ce que je veux découvrir, fils. Ou plutôt, je veux savoir ce qu'il s'est passé quand il l'a fait.

– Mais ce n'est pas arrivé. Personne ne pouvait nous trouver. Je vous l'ai dit. Nous en aurions nous-mêmes été incapables. »

La conversation se poursuivit ainsi pendant quelque temps : Willem était certain qu'on pouvait établir un lien entre les deux événements, et Gus, toujours en train de grignoter ses fruits séchés, lui affirmait le contraire. À la fin, Willem sourit, secoua la tête en signe de dénégation, et dit : « Fichtre ! J'en reviens pas ! Vous autres Eide, vous êtes vraiment capables de raconter une histoire qui tient debout. » Il empocha son carnet et son crayon, prit son chapeau quatre bosses en feutre marron sur la chaise près du lit et le posa sur son crâne chauve. « J'espère juste que ton vieux racontera la même chose à son réveil. »

Harry était peut-être éveillé pendant l'interrogatoire de Gus. Ou bien ils en avaient parlé ensemble pendant les journées où ils tentaient de fuir le monde sauvage. Peut-être savait-il simplement, à cause de leur consanguinité, ce que Gus avait raconté à Willem ou à toute autre personne de son espèce. Peut-être – c'était l'hypothèse la moins vraisemblable, à mon avis – était-il vraiment amnésique, incapable de se souvenir en détail des derniers jours de leur expédition. Peut-être leur histoire s'était-elle mise en place naturellement. En tout état de cause, quand Harry se réveilla le lendemain matin et que Willem revint poser son feutre de campagne sur la chaise à côté de son lit, l'histoire était la même, du moins les fragments dont il se souvenait.

Ana assura à Willem qu'il était normal que Harry eût perdu une partie de sa mémoire. C'était l'effet produit par l'hypothermie, qui dépouillait votre esprit de certains souvenirs. Et même si l'hypothermie n'en était pas la cause, le choc et le traumatisme qu'ils avaient subis pouvaient expliquer ce phénomène. En réalité, c'était aussi plausible. Willem repartit donc, et l'histoire n'avait pas changé.

Une semaine après les avoir amenés aux urgences, Freddy et Marcel Riverfish revinrent les chercher pour les conduire chez eux. Du moins, dans une maison désertée par ses habitants. Lisbet avait emménagé dans la mansarde où j'avais passé une si grande partie de ma vie, une ironie du sort qui continue à me piquer aujourd'hui encore. (Bientôt divorcée, elle ne tarderait pas à quitter définitivement Gunflint pour regagner Chicago et ce qui l'attendait là-bas.)

Pendant le reste de cet hiver, on ne parla plus à Gunflint que de l'endroit où devait se cacher Charlie Aas. Beaucoup de gens étaient prêts à croire qu'il s'était enfui du pays et était parti au Canada à bord de son avion afin d'échapper à ses ennuis judiciaires, devenus considérables. Les autorités n'avaient pas réussi à prouver qu'il avait assassiné George, mais toutes les recherches qu'elles avaient lancées pour étayer cette accusation avaient révélé des douzaines d'autres crimes en plus de l'enquête approfondie menée par le reporter de la *Tribune*. Lorsque Charlie avait quitté Gunflint pour la dernière fois, il avait déjà perdu sa licence d'agent immobilier, été mis en congé sans solde en tant que maire, et son épouse – d'une patience à toute épreuve – avait demandé le divorce. Sa fille Cindy ne lui avait pas parlé depuis qu'il l'avait envoyée se rétablir à Duluth dans le service psychiatrique de St. Luke, des mois auparavant.

D'autres pensaient que son dernier vol avait été une mission suicide. Majoritairement les mêmes qui accusaient les Cubains de l'assassinat de JFK. Les types comme Len Dodj, qui au lieu d'accompagner Charlie dans les régions frontalières, nettoyait les sols de l'hôpital où avaient atterri Harry et Gus. On voyait beaucoup Matti Haula en ville, le plus souvent affalé au Traveler's Hotel, et il avait sa propre théorie sur l'endroit où son pote avait disparu.

Mais personne ne le savait, pas même Lisbet. Elle répéta à Willem et aux autorités fédérales qui reprirent l'enquête que le matin de janvier où Charlie était parti, elle ne connaissait ni sa destination ni l'identité de ses comparses. Je n'ai jamais douté de la véracité de ses propos. Personne ne l'a contestée non plus.

Les spéculations ne prirent fin que début avril. Au bord d'un lac du nom de Hagne – au fin fond du Quetico – un trappeur canadien découvrit le Cessna de Charlie, intact et vide, mis à part un paquet de cigarettes, une boîte de chiffons, et trois pots Mason[1]. Un bidon de kérosène de soixante-quinze litres était posé sur la glace à côté de l'appareil.

Deux jours plus tard, le trappeur fit part de sa découverte au garde forestier du poste de Cross Lake Station, qui à son tour envoya une équipe pour récupérer l'avion. À l'époque, les restrictions du trafic aérien étaient déjà appliquées dans toute la zone sauvage des régions frontalières, et l'avion de Charlie, étant donné l'endroit où il se trouvait, fit d'emblée l'objet d'une enquête criminelle. Mais les recherches, menées par les trois hommes dépêchés par le garde forestier, ne durèrent qu'une journée. Lorsqu'il s'avéra que l'avion était celui de Charlie, et qu'on alerta Willem et les enquêteurs fédéraux, il était déjà donné pour mort.

Charlie Aas et les deux hommes qui l'accompagnaient n'avaient laissé aucune trace.

« C'est la première fois que vous revenez ici ?

– Ouais.

– Et quand vous recherchiez votre père ?

– Je me suis arrêté sous les cascades les plus basses cette nuit-là. » Il lança son pouce par-dessus son épaule comme pour dire, *Tout en bas*.

« C'est étrange ?

– Non. Je ne crois pas. » Il s'avança jusqu'à la balustrade du belvédère et jeta un coup d'œil par-dessus le bord. « D'une certaine façon, c'est comme si je n'étais jamais parti. Ces derniers temps, c'est quelquefois ce que je ressens. »

1. Contenant alimentaire en verre avec un couvercle métallique.

Il y avait encore de la neige dans les bois, des nœuds de glace dans les fissures au-dessus et au-dessous des chutes, mais les bouleaux verdissaient en amont de la rivière.

« À votre avis, des gens ont vraiment jeté des pianos et des voitures là-dedans ? demanda Gus en désignant le gouffre du Diable.

– J'ai entendu ces histoires moi aussi. »

Il regarda autour de lui. « Comment pourrait-on seulement hisser un piano jusqu'ici ? »

Je haussai les épaules. « Je ne sais pas si je dois vous détester ou vous remercier, Gus. »

Il me regarda comme si je l'avais giflé.

« Je sais que vous ne vouliez pas me blesser. J'en suis absolument certaine. Mais vous devez comprendre quelque chose à propos de tout ce que vous m'avez raconté. »

Il s'écarta de la balustrade, se tournant vers moi. « De quoi s'agit-il, Berit ? »

L'idée m'était apparue quand je m'étais trouvée ici, face aux chutes, et seulement alors. Ou plutôt, c'était en me tenant à cet endroit que j'avais été capable d'en saisir le sens. « Nous n'avons presque jamais parlé de cette année, votre père et moi. Lorsque nous avons commencé à nous fréquenter, je lui ai demandé ce qui s'était passé là-bas. Il a répondu que l'histoire était de notoriété publique. Comme si elle avait été écrite dans un livre. »

Gus avait maintenant l'expression d'un enfant grondé.

« Je crois qu'il y a eu seulement une autre fois, continuai-je. C'était peut-être il y a cinq ans. Je l'ai interrogé à ce sujet après la mort de Maddy, la femme de Charlie. En fait, je ne lui ai même pas posé de question sur cet hiver, j'ai juste demandé ce qui était arrivé à Charlie, d'après lui. » Je regardai Gus, qui se tenait si près que j'aurais pu tendre la main et lui toucher la joue. « Votre père a dit que Charlie avait dû se perdre dans les bois et mourir de froid. Il espérait qu'il était mort à petit feu. »

Gus me fixait avec tant d'espoir. Comme si je détenais la réponse secrète à l'énigme tout entière. Je crus qu'il allait tomber à la renverse. Au point que je levai les mains, prête à le retenir. « Je ne comprends pas », parvint-il enfin à articuler.

Je reculai d'un pas. « Nous sommes restés ensemble pendant plus de trente ans, Gus. Rappelez-vous. Il m'a mieux connue que n'importe qui d'autre. Cent fois mieux. »

Il me regardait toujours sans comprendre.

« Et tout ce temps, lui expliquai-je dans le tumulte des cascades, l'eau rejaillissant en fines gouttelettes glacées, je n'ai jamais su qui il était. En réalité, m'empressai-je d'ajouter quand il fit mine de protester, je veux dire que j'ignorais l'une des choses les plus importantes le concernant. Son secret, si vous voulez. Tout ce que vous m'avez raconté m'a fait réfléchir, je me suis demandé si cela l'avait changé – si cela avait changé le couple que nous formions. »

Il y a un petit banc en bois sur le belvédère et je m'y assis. J'avais le tournis. Je posai une main sur ma tête, exerçant une pression avec le bout de mes doigts pour dissiper la sensation de vertige.

Gus vint me rejoindre. « Je suis désolé », dit-il.

Il n'avait aucune raison de s'excuser, et je le lui fis remarquer.

« Je ne me suis pas assez préoccupé de la manière dont cette histoire pouvait vous affecter, reprit-il. C'est la vérité. Je le regrette. »

Je le regardai et je revis ce garçon sur son lit d'hôpital, des années auparavant. Je le fixai un long moment. À travers lui je retrouvais quelqu'un d'autre.

Quand il se mit à parler, sa voix couvrait à peine le bruit de la rivière. « Lorsque nous sommes revenus, après que papa soit rentré de l'hôpital, je passais du temps avec lui dans la maison. J'attendais en espérant qu'il dirait quelque chose. N'importe quoi. Des excuses, bien sûr. C'est ce que je voulais avant tout. Mais au bout du compte je me serais contenté avec joie d'un simple regard. »

Il se rapprocha encore plus de moi. « Je n'avais aucune idée de ce qui se passait, puisque ma mère et Signe habitaient dans la boutique d'apothicaire – il n'y avait que moi et papa. Ce n'était pas très différent, en fait, de la vie dans la cabane.

« D'après mes souvenirs il ne parlait jamais, mais je dois me tromper. Il ne disait rien sur ce qui s'était passé, en tout cas. J'ai donc dû vivre avec ça cet hiver-là, avant le petit printemps. Seul avec ça. J'ai commencé à avoir l'impression – et je suis sûr que ça paraît dingue – qu'il n'était pas vraiment là. Que j'étais de nouveau seul dans les régions frontalières. » Il s'interrompit et me prit les mains, exactement comme il l'avait fait en novembre, le lendemain de la disparition de Harry. « J'aurais dû être plus attentif, Berit. J'aurais dû comprendre à quel point il serait difficile pour vous de supporter tout cela. Je n'y ai pas songé, et je le regrette sincèrement.

– Je n'ai jamais été désireuse d'en savoir très long sur ce que votre père gardait pour lui. Il ne m'a jamais parlé de la guerre. Je sais très peu de chose sur son mariage avec votre mère. À travers ce qu'il m'en a confié lui-même, je veux dire. Il était déterminé à se rappeler les bons moments, les temps heureux de sa vie.

– Mon Dieu, quel idiot je fais.

– Mais non. »

Il lâcha mes mains et regarda entre ses pieds un long moment. Tant de souvenirs me revinrent alors en mémoire. Je pensai à Harry, bien sûr. Il me manquait tellement, je l'aimais si fort, et j'aurais donné n'importe quoi pour qu'il soit là, assis avec nous. J'aurais volontiers échangé le temps qu'il me restait à vivre sur cette Terre pour une heure de plus en sa compagnie. Mais je songeai aussi à Gus, à ses aventures dans les régions frontalières – je levai les yeux vers les chutes – qui n'étaient pas encore terminées. Ça ne finirait jamais. De toute façon, mes souvenirs de ma vie auprès de Harry comptaient autant que le temps passé avec lui, n'est-ce pas ? Et inversement ? Surtout aujourd'hui. Je pouvais oublier mes interrogations. Laisser les choses telles qu'elles avaient été. N'était-ce pas ma prérogative ?

Je me tournai vers Gus. « Ne vous inquiétez pas pour ça, je vous en prie. Rien ne pourrait changer ce que j'éprouvais pour votre père. Rien dans le monde d'aujourd'hui, et moins encore ce qui a pu se produire à une époque aussi lointaine. »

Quand vint le moment de partir, Gus se leva et me tendit sa main, m'aidant à me mettre debout, puis il dit : « Vous êtes prête pour la longue marche du retour ?

– Je ferais mieux, je suppose. »

Nous lançâmes encore un regard au gouffre du Diable avant de faire demi-tour et d'entamer la descente.

Pendant que nous marchions dans les bois en direction de Gunflint, j'omis de confier à Gus – était-ce une erreur de ma part ? – qu'à peine une semaine plus tôt j'étais venue ici, seule. La montée avait été plus ardue encore que ce que j'avais anticipé, surtout pour une vieille dame comme moi, mais j'avais voulu la faire seule. Être la première à lui rendre visite.

Je n'avais pas apporté de fleurs, comme j'aurais peut-être dû le faire, mais seulement le pompon du bonnet rouge de Harry. Je l'apportai avec les dernières bribes de ma colère et je lançai le tout dans la rivière au-dessus du gouffre. Je les regardai dégringoler avec l'eau de la chute qui se jetait dans le trou et je les vis disparaître. J'étais satisfaite que mes dernières offrandes, englouties à tout jamais, aient atteint le fond. Peut-être qu'un jour, l'esprit ou l'âme de Harry apercevraient le pompon et sauraient que je n'avais pas cessé de penser à lui. Et que je ne cesserais jamais.

La veille de l'inauguration, je me rendis au magasin de vêtements au bout de Lighthouse Road. Au fond de la boutique, derrière les sacs Duluth et les kits de cuisine, ils gardent un stock de cartes. L'une des filles qui y travaillent vint m'aider.

« Mademoiselle Lovig », dit-elle. Je pense que c'était l'une des petites Veilleux. « Vous prévoyez une excursion en canoë ?

– Je n'ai jamais posé le pied sur un canoë, répondis-je d'un ton faussement espiègle.

– La plupart des gens qui s'intéressent aux cartes se préparent à faire une excursion. C'est tout.

– Autrefois j'aurais pu m'y risquer. Mais ces jours-ci je préfère sentir la terre ferme sous mes pieds. » Je lui souris, m'efforçant de lui prouver que je n'étais pas une vieille folle, même si les gens le pensaient souvent. Mais je cherche une carte. Vous pouvez peut-être m'aider.

– Bien sûr.

– Il existe dans le Quetico un lac du nom de Hagne. J'aimerais le voir sur une carte. »

Si la fille savait que ce lac avait une quelconque importance, elle n'en laissa rien paraître. « Je ne suis pas sûre de l'endroit où il est, mais nous pouvons le trouver. » Elle sortit une carte de l'un des casiers inférieurs, une carte Fisher jaune. La *E-15*, indiquait le coin droit supérieur. « Voici toutes les eaux frontalières – la région sauvage de Quetico. » Elle la déplia sur le présentoir. « Enfin, presque toutes. Vous avez dit qu'il se situe dans le Quetico ? Rappelez-moi son nom ?

– Le lac Hagne. Il est très grand. »

Elle glissa le doigt sur la carte. L'ongle de son doigt était peint en rouge, et il se dirigea tout droit vers un point au milieu de la carte. « Lac Hagne. » Elle chercha une autre carte au-dessous, *F-18.* C'est la carte de cette région. Elle l'étala à côté de l'autre. « Voici le lac Hagne. » Elle posa son ongle rouge dessus.

« Merci », dis-je. Elle ne bougeait pas, et je répétai : « Merci. »

Elle s'en alla alors, me priant de l'appeler si j'avais besoin d'autre chose. Avant même que j'aie baissé les yeux vers la carte elle s'arrêta et ajouta : « Je suis impatiente de voir la société historique. Toute notre famille va venir. »

Je la regardai en souriant. « Je m'en réjouis. Priez pour que le soleil brille. »

Elle partit vers l'entrée du magasin.

J'étudiai d'abord la carte de toute la région et je remarquai, dans la légende, que deux centimètres et demi représentaient environ trois kilomètres. Donc la carte tout entière, de l'ouest à l'est, couvrait cent vingt-huit kilomètres carrés, et quatre-vingts kilomètres carrés du nord au sud. Un million d'hectares. Était-ce exact ? Il devait y avoir un millier de lacs. Une centaine de torrents et de rivières. Au milieu de la carte, le lac Hagne attirait mes yeux comme un aimant, me faisant oublier tout le reste.

Je ne peux pas expliquer exactement ce qui m'a poussée à consulter cette carte. Un besoin de preuve ? M'attendais-je à voir sur la carte Fisher un emplacement marqué d'une tête de mort ? Ou une note dans la légende : *Ici repose Charlie Aas.* Ou bien désirais-je simplement poser mon ongle sans vernis sur une carte et annoncer : *Presto !* Même si Gus n'en savait rien et ne le souhaitait pas, sifflerais-je ainsi pour toujours la fin de la partie, mettant un terme définitif à l'histoire ? Si je m'attendais à un pareil dénouement je me trompais sans aucun doute, mais je sentis monter en moi une forme de sérénité. Je roulai donc la carte et je l'apportai à la fille qui tenait la caisse. J'en ferais peut-être cadeau à Gus. Ou plutôt, je la rangerais sur le bureau de mon salon, avec tous les autres souvenirs et fragments de preuves que j'avais amassés depuis le jour où Gus était venu frapper à ma porte.

Le lendemain matin, Gus et Sarah vinrent me chercher à dix heures. Signe était avec eux, assise sur la banquette de la Subaru, et il ouvrit l'autre porte arrière pour moi.

« Bonjour Berit, dit Signe.

– C'est merveilleux de te voir, dis-je en lui étreignant le bras.

– Et de vous voir, répliqua-t-elle.

– Aujourd'hui c'est le grand jour », déclara Sarah sur le siège avant.

Gus se remit au volant.

« Mesdames, on y va ? »

Il y avait dans sa voix une légèreté que je n'avais pas entendue depuis de nombreuses années.

« Je suis si excitée pour vous, me dit Signe.

– Oh, ça n'a rien à voir avec l'ancienne postière.

– Absurde, protesta Gus jetant un coup d'œil dans le rétroviseur. Ça a tout à voir avec vous. Enfin avec vous deux à l'arrière. » Je vis que ses yeux souriaient.

Nous descendîmes le chemin du Bois Brûlé, la piste sinueuse franchissant la rivière en trois endroits avant d'atteindre la ville. Je voyais la glace flotter le long du lac Supérieur, il restait encore des tas de neige dans les fossés le long de la route, mais une énergie débordante régnait dans les bois, et le matin on entendait les premiers oiseaux chanteurs du printemps.

« Ça me surprend chaque année, dit Sarah.

– Quoi ? demanda Gus.

– L'hiver qui se termine pour de bon. La neige qui fond et les feuilles qui repoussent sur les arbres. » Elle lui sourit et se tourna vers nous. « Mais cela se produit chaque mois d'avril, sans exception.

– L'an dernier il a neigé en mai, pour l'anniversaire de Tom, dit Gus.

– Une année, c'est arrivé en juin. Les lilas étaient saupoudrés de blanc.

– Eh bien, nous n'aurons pas de neige aujourd'hui, répliqua-t-il.

– Sûrement pas », dit Sarah.

Au feu, Gus tourna à droite pour se diriger vers Lighthouse Road. Lorsque la boutique d'apothicaire apparut, trois pâtés de maisons plus loin, il tendit le cou et s'exclama : « Qu'est-ce que c'est ? »

Sa femme le regardait. Signe aussi. Mais j'observais l'expression de Sarah pendant que Gus conduisait. Il y avait dans ses yeux la fraîcheur de l'herbe printanière sur le bas-côté. Gus gara la Subaru à l'arrière, sauta de la voiture et contourna le bâtiment.

Quand nous le rattrapâmes, il était en arrêt devant le bateau, une main sous l'aisselle, l'autre sur le menton. Sarah s'approcha de lui et lui entoura la taille de son bras. Signe vint se placer d'un côté, et moi de l'autre. Il nous lança un coup d'œil à toutes les deux, examinant brièvement chacune d'entre nous.

« Eh bien ? » dit Sarah.

C'était moi qui avais eu l'idée du bateau. Il était resté une trentaine d'années dans la remise derrière la boutique d'apothicaire, oublié de tous. Dans un état de délabrement incroyable, mais il était encore très authentique dans l'ensemble. La quille, par exemple. Les bordages à clin et en chêne. Lorsque Signe avait fait don de la boutique d'apothicaire et que nous avions établi un premier inventaire – Bonnie, Lenora et moi –, nous avions eu la surprise de le découvrir dans la remise, recouvert d'une toile, sur une remorque dont les quatre pneus étaient dégonflés, où nichaient les souris et les tamias. Mais il avait aussi une perfection latente, une apparence incorruptible, et nous convînmes qu'il ferait une pièce d'exposition idéale. Je demandai à Chuck Veilleux s'il accepterait de le restaurer. Il ne le pouvait pas, mais il connaissait un spécialiste. En novembre dernier, il vint donc un jour pour l'extraire de la remise et le transporter à Duluth. L'atelier s'appelait Sargent's Boatright and Chandlery. Ils passèrent l'hiver à le restaurer, pas pour le rendre apte à naviguer, mais afin qu'il soit exposé dignement devant la Société historique de Gunflint.

Gus enjamba le câble qui avait été tendu autour et longea son côté tribord, la main sur la coque laquée de frais, nous entraînant toutes les trois dans son sillage, tels les écoliers derrière le joueur de flûte. À la poupe il s'arrêta et se couvrit les yeux. Le bateau s'était autrefois appelé *Rebekah*, mais j'avais demandé aux artisans de Duluth de lui donner un nouveau nom, à savoir celui de l'homme qui l'avait construit : *Odd Einar* était désormais le nom peint sur l'écusson.

« Je croyais qu'il n'existait plus », dit Gus. Nous vîmes ses yeux se voiler au soleil.

« Non, répondit Sarah. Berit l'a gardé en lieu sûr toutes ces années.

– Non, c'était Rebekah », rectifiai-je.

Signe franchit la corde pour rejoindre son frère. « Rebekah a acheté le bateau l'année où tu es parti hiverner avec papa. Il a cru qu'il avait été vendu à un pêcheur de Sault Sainte Marie. Alors qu'il a passé toutes ces années au fond de la remise. Il semble que tout le monde l'ait oublié.

– Pas moi, répondit Gus. J'en ai rêvé un million de fois.

– Eh bien, tu l'as retrouvé maintenant, reprit Sarah. Et nous aussi. »

Quatre séries de gradins avaient été érigées sur Lighthouse Road en arc de fer à cheval autour du *Odd Einar*. Un podium et un micro avaient été placés dans la proue. Des guirlandes étaient suspendues aux fenêtres de la boutique d'apothicaire. La fanfare du lycée se tenait sur le côté, prête à jouer. À une heure, les gens commencèrent à arriver. Toute la ville ou presque était là. Les gradins se remplirent peu à peu, ainsi que la pelouse alentour.

À une heure et demie, le maire Bear Anderson monta à bord du *Odd Einar*, souhaita la bienvenue aux habitants, remercia les membres de la société historique – en particulier Lenora, Bonnie et moi –, puis rappela à tout le monde qu'après l'inauguration aurait lieu un festin de *pemmican*[1] parrainé par Les Enfants de Norvège et l'église luthérienne Immanuel. À peine quelques secondes plus tard, il présenta Gus : « Nous avons la chance d'avoir ici des personnalités aussi éminentes. Je parie que si j'interrogeais chacun de vous sur ce gentleman, vous diriez avant toute chose : "Je connais Gus. C'est un ami à moi." C'est ce que je pense de lui, bien sûr. Le bateau où je me tiens en ce moment appartenait à son grand-père. Et son arrière-grand-mère est arrivée sur Lighthouse Road il y a une centaine d'années. La famille Eide vit à Gunflint depuis plus d'un siècle. Personne n'est mieux placé que Gus pour prononcer quelques mots sur cette société historique, le cœur régénéré de notre belle ville. Alors, sans plus attendre, voici Gus Eide. » Il tendit une main accueillante. « Gus, viens me rejoindre. »

Il gravit les marches improvisées, serra la main de Bear, sortit son discours de sa poche, le posa sur l'estrade, puis boutonna sa veste et repoussa ses cheveux ébouriffés par le vent de ses yeux. Avec un faible sourire, il regarda Sarah, Signe, se tourna vers moi. Le micro siffla lorsqu'il approcha sa bouche, il recula avec un sourire, le régla et se mit à parler.

« Merci, Bear. » Il inclina la tête vers le maire qui se tenait encore derrière lui. « Vous avez fait beaucoup pour cette ville, pour nous tous, et je pense que je m'exprime au nom de tous en disant combien nous l'apprécions. » La foule applaudit. « Vous voyez ? » dit-il, se tournant de nouveau vers Bear qui agita la main comme un grand maréchal.

1. Viande séchée pilée mélangée à des baies. Recette amérindienne.

« Et vous avez raison, nous sommes amis. Et nous faisons partie de la même famille. Nous avons vraiment beaucoup de chance. » Il sortit ses demi-lunes de sa poche de poitrine et étudia la feuille de papier en plissant le nez. Il prit une inspiration, puis une autre, et retira ses lunettes pour les ranger.

« Je ferais peut-être mieux d'improviser. » Il repoussa encore ses cheveux en arrière et reprit. « Sans ces trois femmes au premier rang, aucun de nous ne serait ici pour célébrer la création d'une société historique dédiée à ce que nous sommes. Bonnie Hanrahan, Lenora Lemay, Berit Lovig, vous avez accompli quelque chose de vraiment merveilleux. » Il fit un geste en direction de la boutique d'apothicaire. « Depuis l'époque où les gens ont commencé à s'installer ici, ce bâtiment a été le centre de la vie de Gunflint. Votre dur labeur permettra que cela continue. Chacun de nous vous remercie du fond du cœur. »

Il s'interrompit pour rassembler ses pensées. « Mlle Lovig me dit que les murs de ce bâtiment ont été construits pendant l'été 1893. Depuis ce temps-là, nous l'avons toujours appelé la boutique d'apothicaire, bien qu'on n'y ait pas vendu un seul cachet d'aspirine depuis environ soixante-quinze ans. Je suggère qu'à partir d'aujourd'hui nous lui donnions le nom de Société historique de Gunflint, qui est inscrit là-haut sur cette enseigne. Sommes-nous tous d'accord ? » La foule applaudit de nouveau.

« J'ai vu les expositions à l'intérieur et je peux vous dire que personne n'est oublié. Nous avons un passé riche et coloré. Compliqué aussi. Mais je pense que c'est important de le garder près de nous. D'être à l'écoute de ce qu'il a à nous apprendre et de vivre dans le respect de ce qu'il a été. En fait, je pense que sans lui nous ne sommes rien. » Il leva les yeux vers le pinacle. Ce bâtiment nous aidera à garder notre passé dans notre cœur. Il nous aidera à le maintenir en vie. » Il hocha la tête, satisfait.

« Alors, mademoiselle Lovig, et Bear, voulez-vous vous joindre à moi pour couper ce fichu ruban ? »

Nous fermâmes les portes à quatre heures. Bonnie et Lenora étaient derrière le comptoir en train de compter les dons – il y en avait eu beaucoup – et Sarah resta à la fenêtre. Gus, qui était demeuré silencieux, presque taciturne, tout l'après-midi, se tenait près d'elle, regardant le portrait de Rebekah Grimm au fond de la pièce.

Tous les habitants de la ville avaient visité l'exposition, et la grandiose inauguration avait été un succès à tous points de vue. J'étais soulagée, et Signe aussi. Le moment semblait curieusement choisi pour être aussi mélancolique, et je m'approchai de Gus.

« Vous avez l'air sombre, dis-je.

– Pas du tout, répondit-il. Je regardais ma grand-mère sur le mur. Elle garde un œil sur nous, hein ?

– Je suppose que oui.

– Vous vous souvenez du premier matin où je suis venu vous voir ? Après la disparition de mon père ?

– Bien sûr que oui.

– J'ai dit que vous pourriez peut-être m'aider à comprendre pourquoi il était reparti.

– Je m'en souviens, Gus.

– J'ai pensé que si je vous racontais l'histoire de cet hiver, si je vous confiais tous ces secrets, je me sentirais mieux, la vie retrouverait un sens.

– Vous vous sentez mieux ?

– Je crois que oui.

– La vie a-t-elle retrouvé un sens ?

– Je ne sais pas si c'est possible. » Il indiqua le portrait de Rebekah d'un signe de tête. « Vous savez, la ressemblance avec Signe est loin d'être fugace. Je ne l'avais jamais remarqué auparavant.

– J'ai souvent pensé la même chose. Pas à propos du tableau, mais au sujet de Signe et de Rebekah.

– Non, la vie n'a pas plus de sens. » Il se tourna vers moi avec un sourire. « Montons. Pour regarder une fois encore la vue d'en haut ? »

Nous gravîmes donc l'escalier que j'avais pris plus souvent que n'importe quel autre dans ma vie.

Au deuxième étage, il observa : « Un grand succès, hein Berit ?

– Oui, c'était une belle journée. »

Je vis par la fenêtre une équipe qui démontait les gradins tout en bas.

– Vous avez vraiment fait un travail admirable ici. Je regrette de ne pas l'avoir mieux souligné dans mon discours.

– C'était un très beau discours.

– J'avais écrit quelque chose, mais debout sur ce bateau, devant tous les enfants de la ville avec leurs parents, il m'a paru soudain beaucoup trop académique. Alors j'ai improvisé.

– Même ainsi, c'était très bien.

– Je ne cherche pas les compliments. » Il sourit, presque rougissant, puis se tourna pour contempler la vue par la fenêtre.

Au bout d'un moment il dit : « J'ai énormément pensé à mon père aujourd'hui. Surtout dans ce bateau.

– Moi aussi j'ai pensé à lui. »

Il y eut encore un silence.

« Je songeais aussi à notre montée vers le gouffre du Diable, Berit. À ce que vous avez dit. »

Je me retournai alors pour le regarder.

« Au sujet de mon père qui vous cachait un secret. Et du sentiment que cela vous inspirait. »

Je gardai les yeux posés sur lui jusqu'à ce qu'il se retourne. « Et alors ? dis-je.

– Vous n'êtes pas la seule à qui il cachait des secrets. C'est tout.

– Je suppose que nous en avons tous quelques-uns.

– Vous en avez sûrement, répondit-il, m'adressant un pâle sourire.

– Pas autant que vous pourriez l'imaginer », dis-je.

Ce fut le tour de Gus de me dévisager.

« Qu'y a-t-il ? demandai-je.

– Au rez-de-chaussée, il y a un instant, j'ai dit que la vie était aussi absurde que le jour où mon père a disparu. Pourtant, je pense que je la comprends mieux. Ces deux choses peuvent-elles être vraies en même temps ?

– Je suis une provinciale, Gus. Je ne suis pas allée à l'université. Je n'ai jamais voyagé de par le monde. Je n'ai pas de réponse à cette question.

– Mais vous ne m'avez jamais berné. »

Je souris.

« Racontez-moi cette histoire, Berit. Celle par quoi tout a commencé. Racontez-la-moi, et ensuite je promets que nous pourrons revenir au présent.

– Je savais que cela viendrait. C'était inévitable. Je suis heureuse que vous l'ayez senti.

– Alors vous allez me le dire ?

– Non, je ne le ferai pas. Je ne peux pas. » Je pris mon sac sur mon épaule, je l'ouvris, et je sortis l'enveloppe que j'y gardais depuis des semaines. « J'aurais peut-être dû vous dire tout cela en novembre, quand Harry s'est évanoui dans la nature. »

Il prit l'enveloppe et souleva le rabat qui n'était pas cacheté. « Qu'est-ce que c'est ?

– Un texte que j'ai rédigé à votre intention. Des choses que je me sentais incapable de vous confier. Cela vous aidera peut-être à comprendre. »

Votre père et moi avons rarement parlé de ce qui était arrivé à votre grand-père, bien que je me rappelle très bien ces conversations, et l'une d'elles en particulier. Nous étions assis sur sa terrasse un après-midi, à la fin du printemps. Cela se passait dix ans après que les frères Riverfish vous eurent sauvés tous les deux. Le Bois Brûlé débordait de neige fondue après deux jours et deux nuits de pluie déchaînée. À une distance de trente mètres, le grondement des flots se répercutait dans nos corps. Votre père tenait sa tasse de café entre ses mains, les yeux fixés sur l'eau torrentielle. Il se taisait. Comme toujours, il se taisait.

Je l'observais en train de surveiller la rivière, et je me mis aussi à la regarder. Je me souviens avoir admiré sa beauté tumultueuse. Et son infinie patience. Elle avait coulé pendant des milliers d'années pour devenir ce qu'elle était aujourd'hui. Je l'avais vue geler et dégeler, geler et dégeler encore et encore, année après année, pourtant ce n'était qu'une infinie fraction de son existence depuis des millénaires. Quelle idée merveilleuse.

Comme si souvent, votre père devina mes pensées. « Hier soir j'ai lu un ouvrage de Louis Agassiz, dit-il.

– C'était un scientifique ?

– En effet. Il croyait qu'autrefois une mer immense recouvrait cette région. Elle s'appelait le lac Agassiz.

– Pendant l'ère glaciaire ? »

Il acquiesça.

« J'ai lu quelque chose à ce sujet, dis-je. Et alors ?

– Tu crois que c'est vrai ?

– Si je pense qu'il y avait une mer à la place de ce territoire ? »

Il hocha de nouveau la tête.

« Oui répondis-je.

– À ton avis, elle resurgira un jour ?

– Un jour ? répétai-je, et le sourire que je lui adressai le prit au dépourvu. À en juger par la crue de la rivière, ça pourrait arriver ce week-end. »

À cet instant précis nous avons entendu un bang terrifiant. Nous avons tressailli en même temps, et nous avons réussi à distinguer à travers la brume un bloc de glace informe de la taille d'un camion qui avait roulé et écrasé plusieurs arbres sur la rive opposée.

« Mon Dieu, dis-je.

– Allons jeter un coup d'œil. »

Nous avons traversé la clairière, nous arrêtant au bord de la rivière, plus haute d'une dizaine de mètres qu'au mois d'août. L'eau se déversait en une longue cascade frénétique, bouillonnante, rejaillissant furieusement dans les airs. D'innombrables blocs de glace étaient emportés par le courant, mais le morceau gigantesque, qui avait dû se détacher des chutes en amont du Bois Brûlé, entraînait les arbres dans son sillage avec une violence étrangère à sa nature, même s'il n'était guère différent de la rivière en furie. Il s'agissait du même élément, après tout.

À l'expression du visage de votre père, je voyais que cette masse de glace le perturbait lui aussi. Comme s'il avait vu un fantôme. Il la contempla un long moment avant de dire : « Je ne t'ai jamais remerciée. »

J'étais perplexe.

« Remerciée pourquoi ?

– Pour ces pommes de terre sautées. »

J'ai dû avoir un air abasourdi.

« Le jour de notre première rencontre.

– Je sais de quoi tu veux parler », répondis-je.

Gus, vous devez comprendre que ma mémoire est une malédiction. Elle s'empare de tout sans que j'aie mon mot à dire. Il en a toujours été ainsi. Et elle ne me quitte pas. J'ai parfois des difficultés à me souvenir où j'ai posé ma tasse de thé, mais je peux vous dire exactement ce que je portais aux obsèques de Rebekah Grimm. Qui était présent et ce que le pasteur a dit. Je me souviens mot pour mot de conversations que j'ai eues avec ma mère il y a soixante ans. C'est injuste à bien des égards, de traverser la vie sans être capable d'oublier. Mais ce qui m'apparaît parfois comme une malédiction me permet aussi d'évoquer l'épreuve qu'a dû affronter votre père quand il n'était encore qu'un enfant. Ce fut, j'en suis sûre, le prélude à sa vie tout entière.

C'est arrivé un matin de février, alors qu'un vent d'est glacial soufflait sur le lac. Le soleil se leva au-dessus des nuages bas. La neige s'annonçait à l'est, elle était tombée dans la nuit et reprendrait au cours de la matinée, tourbillonnant sur le lac et le brise-lames. À cet instant précis le ciel était bleu et serein, votre père et Odd, votre grand-père, sortaient de la crique en tirant leur traîneau. Je tendis l'oreille, écoutant les pas de Rebekah, ralentis par l'arthrite, traverser la pièce.

Je triai le courrier, gardant un œil sur votre père alors qu'il forait des trous à quatre cents mètres du rivage. Je les vis s'asseoir sur les seaux renversés et lancer leurs lignes dans l'eau tandis que je glissais les lettres dans les boîtes, me demandant pourquoi depuis mon arrivée à Gunflint, un mois auparavant, je n'avais jamais vu ce garçon ailleurs que sur la glace.

À neuf heures, je montai pour préparer le thé matinal de Rebekah, comme chaque matin. Elle se tenait à la fenêtre, selon son habitude, touchant la vitre du bout des doigts, la tête baissée, les yeux fixés sur le lac. Elle se retourna quand j'entrai. « Oh », dit-elle. C'était le premier mot qu'elle prononçait depuis plusieurs semaines. Peut-être une manière de me remercier.

À dix heures – je le sais avec certitude, car j'entends encore les dix coups assourdis de l'horloge à balancier – tout a commencé. Et bien que j'aie assisté moi-même à la scène, je la revois toujours par les yeux de votre père.

D'abord, le *craquement*. Surgi de nulle part, tel un coup de feu, ce qui arrivait parfois. Les gens l'entendirent en ville, porté par le vent. Le son me parvint même à l'intérieur de la boutique d'apothicaire. Votre père fut projeté sur la glace côtière, et votre grand-père dans la direction opposée. Odd atterrit à plat ventre, leva les yeux, et vit la glace se fissurer devant lui, explosée de l'intérieur. Il se hissa sur les genoux juste à temps pour éviter une vague. Après avoir essuyé l'eau de son visage, il se tourna vers Harry. Des blocs de glace dentelés se dressaient déjà entre eux. Comme un mur de pierres sèches ou une chaîne montagneuse en miniature.

Odd inspecta le lac qui se déployait autour de lui, les banquises qui s'entrechoquaient, se craquelant avec une rapidité qui le stupéfiait. De toute sa vie, il n'avait jamais rien vu de tel. Votre père non plus, bien sûr. À cet âge, il avait rarement assisté à un événement sans la présence d'Odd à ses côtés.

Emporté par une grande vague puis une autre, le bloc de glace où se trouvait Odd flotta vers l'eau libre qui trente secondes plus tôt était encore gelée. Lorsqu'une troisième vague se brisa, son bloc se divisa en deux et il dut l'escalader pour rester hors de l'eau. Il retrouva l'équilibre et quand il regarda ses pieds, une de ses bottes avait disparu. Sur une plaque de glace encore intacte, l'eau se mit à crachoter par le trou de pêche qu'il avait foré à peine deux heures plus tôt.

Votre père scruta le ciel gris bleuté et vit les nuages s'amasser rapidement au-dessus du lac gelé qui se fissurait. Il regarda son père tomber à genoux et se redresser pour se tourner vers lui. Harry avait une corde à la main et la lançait désespérément dans le vent. Il hurlait, mais Odd ne pouvait pas l'entendre.

Il fut renversé de nouveau, et se releva. Il regarda son fils courir vers le rivage.

La banquise côtière fit une embardée et Odd retomba une dernière fois. Il retira ses mitaines et agrippa la glace jusqu'à ce que ses doigts saignent, mais il n'avait plus rien à quoi s'accrocher. L'eau montait encore, une force cruelle et impie l'entraînait vers le large alors que les pouvoirs de la nature auraient dû le ramener sur la rive.

Les gens de la ville intervinrent aussitôt. Nils Bargaard et deux de ses fils poussèrent leur skiff sur la glace du port et retrouvèrent Harry avant qu'il soit à la hauteur du brise-lames. Ils avaient atteint le large quand M. Veilleux détacha du quai la navette de la ville. Deux autres bateaux étaient déjà en train de sonder le lac quand je compris ce qui se passait. Une fois que j'eus enregistré la situation, je montai au premier pour annoncer la nouvelle à Rebekah.

Elle n'avait pas bougé de la fenêtre, sinon pour lever le menton. Je regardai les bateaux sillonner le lac, cherchant Odd. Je vis votre père qui se tenait prêt à l'avant du bateau des Bargaard. Même à cette distance, je voyais ses yeux affolés. Ou bien je les imaginais seulement. Il scrutait le lac, hurlait et maudissait Dieu.

Les recherches se poursuivirent désespérément ce jour-là. Seuls les plus vieux restèrent sur le rivage. Ainsi que le clan Aas, appuyé contre le câble du brise-lames pour observer les bateaux qui quadrillaient l'eau libre alors que la neige se mettait à tomber dru. Ils continuèrent de sillonner le lac pendant des heures, finissant par rentrer l'un après l'autre. À midi – la neige s'intensifiant à vue d'œil s'accumulait sur le lac –, le seul bateau qui restait avait été le premier à partir. Nils pilotait le hors-bord, ses fils priaient et scrutaient le lac, de chaque côté de l'embarcation. Et votre père ? Harry se tenait sur le siège avant, chuchotant « Papa, papa, papa ».

Il faisait nuit lorsque les quatre hommes poussèrent de nouveau le skiff sur la glace du port. J'étais en train de verrouiller la porte d'entrée quand je les vis arriver. Ils échouèrent le bateau sur le rivage, remontèrent

Lighthouse Road, et vinrent directement jusqu'à moi. M. Bargaard devant, puis votre père flanqué des deux garçons. Le plus jeune avait une botte à la main.

Je tournai le verrou, j'ouvris la porte, et je m'écartai pour les laisser entrer. M. Bargaard ne prononça pas un mot, époussetant la neige accumulée sur le manteau de votre père qui gardait les yeux baissés, lui étreignant les épaules un long moment, désemparé par son mutisme. Puis les Bargaard firent demi-tour. Le frère cadet posa la botte sur le sol, à côté de votre père.

C'est ce soir-là que je l'ai rencontré pour la première fois. Votre père avait seize ans. Moi aussi.

Quand je revins après avoir fermé la porte, il leva les yeux. « Serait-ce trop vous demander de me servir une tasse de café ? » demanda-t-il.

J'acquiesçai et je montai dans la cuisine, au deuxième étage. Rebekah n'était plus à la fenêtre. J'ignore où elle se trouvait à ce moment-là. Je fis chauffer de l'eau. Je coupai une pomme de terre en dés et je la mis dans une poêle à frire avec une cuillerée de lard fondu que je gardais dans un bocal au fond du frigidaire. Je préparai un sandwich de rosbif, coupai un cornichon en deux, puis j'attendis que l'eau bouille. Je la versai alors sur le café moulu, je retournai la pomme de terre jusqu'à ce qu'elle soit rôtie, je saupoudrai la poêle de sel et de poivre, remplis une tasse de café à ras bord, la posai sur un plateau avec le sandwich, fis glisser la pomme de terre sur l'assiette et portai le tout au rez-de-chaussée. Pendant tout ce temps, je n'avais cessé de pleurer pour ce garçon qui attendait son café, car je le croyais orphelin.

Quand j'arrivai au bas de l'escalier je vis Rebekah qui se tenait sur le côté. Je ne saurais dire si votre père l'avait remarquée. Elle me suivit tandis que je traversais la pièce pour déposer le plateau sur le siège près de la fenêtre.

« Je vous ai préparé quelque chose à manger », dis-je, essuyant mes larmes avec un mouchoir glissé dans ma manche.

Votre père leva les yeux vers la nourriture, prit la tasse, but une gorgée, puis déplia la serviette et la glissa dans le col de sa chemise. « Merci. »

Je me retournai vers Rebekah qui s'avançait, le menton en l'air. Votre père la regarda alors. Elle me repoussa et se baissa pour soulever la botte mouillée. Elle la fixa un long moment, puis demanda à Harry : « Qui es-tu ? »

La neige avait fondu sur le manteau de votre père et formait une flaque sur le banc et le sol au-dessous de lui.

« Qui es-tu ? » répéta-t-elle.

Cette fois, comme votre père se taisait, elle se tourna vers moi pour me dire : « Veillez à nettoyer tout ça avant de vous retirer pour la soirée. » Puis elle repartit en direction de l'escalier et monta.

La ville avait toujours eu ses secrets, qu'elle avait gardés jalousement. Alors que j'étais assise derrière le comptoir, regardant votre père terminer ses pommes de terre, je me rendis compte que je m'étais trompée une demi-heure plus tôt, dans la cuisine. Ce n'était pas un orphelin. Il prenait son repas du soir dans le salon de sa mère. Il est si facile de faire passer des mensonges pour des vérités. Nous ignorons si aisément ce qui nous saute aux yeux comme une évidence.

Ce soir-là m'apparut une vérité qui s'avéra être l'unique certitude de ma longue vie, à savoir que le chagrin de votre père à cet instant – que je ressentais aussi intensément que s'il avait été le mien – ne serait pas l'événement le plus triste de la journée. Pas pour moi.

Je le regardai s'essuyer la bouche avec la serviette, la poser à côté de l'assiette, et baisser la tête. Je retraversai la pièce, ramassai le plateau et le remontai dans la cuisine. Rebekah était de nouveau à la fenêtre, regardant la nuit sans lune et sans étoiles. Que voyait-elle dans cette obscurité ? Odd, sans aucun doute. Mais quoi d'autre ?

Voyait-elle son fils traversant la rue sous les réverbères ? Le vit-elle s'engouffrer dans l'allée après le Traveler's Hotel ? C'est ce que fit sûrement votre père. Car lorsque je redescendis il était parti. Il ne restait que la flaque de neige fondue.

Voici ce dont je pris conscience à cet instant : tant que votre père serait en vie et habiterait ici, je resterais. Je l'attendrais, aussi longtemps qu'il le faudrait. Je l'attendrais comme Rebekah l'avait attendu. La seule différence étant que cela ne me rendrait pas folle.

Je ne le suis pas devenue. J'avais aussi raison sur ce point. Voilà ce que j'avais appris sur les histoires qui nous accompagnent dans la vie et dans la mort : elles ne commencent ni ne finissent jamais, c'est certain. Elles existent dans l'esprit des vieilles dames ou à l'intérieur de coffres-forts antiques, dans les portraits accrochés sur les murs et les bateaux remis à neuf exposés sur une pelouse. Quelque part, au fin fond du Quetico, il y a un tas de cendres et un tas d'ossements. Ce sont aussi des histoires, tout simplement.

Pourquoi les raconter ? Vous m'avez confié la vôtre, et aujourd'hui c'est mon tour. Parce que nous avons besoin d'une preuve d'amour. Et c'en est une. Exactement. La plus belle de toutes.

# Remerciements

Mon père m'a fait découvrir la région décrite dans ce livre quand j'étais enfant. Pour cette raison et beaucoup d'autres encore, je lui adresse mon affection et mes remerciements.

J'ai trouvé les paroles des chansons qui apparaissent ici et là au fil de ces pages dans le magnifique *The Voyageur* de Grace Lee Nute. Son ouvrage m'a été aussi indispensable que *The Shoe and Canoe* de John Jeremiah Bigsby. Merci à Amy Greene, Laura Jean Baker, Tom Maltman, Emily Mandel, Jarret Middleton, Chris Cander, et Lance Weller, qui a lu toutes les versions antérieures de ce roman. Merci à Bill Souder, expert en balistique. Matt Batt, frère, tu es un lecteur impartial et un ami de cœur, merci encore et encore.

Merci également à Steven Wallace, Jason Gobble, et Joseph Boyden. Mes chaleureux remerciements à Greg Michalson. À Pamela Klinger-Horn, ma sainte patronne. À Ben Percy, conseiller et confident. À Laura Langlie, une corbeille de fleurs. Merci à Ruthie Reisner, pour avoir accompagné ce grand imbécile dans les bois.

Gary Fisketjon, le prochain est pour moi. Merci d'avoir élevé ce livre, un mot après l'autre. Merci aussi d'avoir offert au monde tant de mes livres préférés au cours des années.

Finn, Cormac et Eisa, merci d'avoir donné un sens à chaque journée.

Dana, merci pour tout ce que tu m'as donné, et pour ton soutien infaillible durant toutes ces années.

Mise en pages
PCA – 44400 Rezé

Imprimé à Barcelone par:
CPI Black Print
février 2022

*Imprimé en Espagne*